俄罗斯世界基金会资助项目
“俄罗斯白银时代中短篇小说汉译”
（项目编号：№ 1901Гр/ Ⅱ -348-18）

遇见热爱文学的你

被爱情冲昏了头脑

伊万·蒲宁等◎著
王金玲 武利茹等◎译

西苑出版社
XIYUAN PUBLISHING HOUSE
·北京·

图书在版编目（CIP）数据

被爱情冲昏了头脑 / (俄罗斯) 伊万・蒲宁等著；
王金玲等译. -- 北京：西苑出版社, 2020.3
ISBN 978-7-5151-0756-1

Ⅰ.①被… Ⅱ.①伊… ②王… Ⅲ.①短篇小说一小
说集一俄罗斯一现代 Ⅳ.①I512.45

中国版本图书馆CIP数据核字(2020)第024452号

被爱情冲昏了头脑

BEI AIQING CHONGHUNLE TOUNAO

责任编辑　陶永学　汪昊宇
装帧设计　马仕雯
出版发行　西苑出版社 XIYUAN PUBLISHING HOUSE
地　　址　北京市朝阳区和平街11区37号楼　邮政编码：100013
电　　话　010-88636419　E-mail：xiyuanpub@163.com
印　　刷　三河市嘉科万达彩色印刷有限公司
经　　销　全国新华书店
开　　本　710 毫米 ×1000 毫米 1/16
字　　数　224 千字
印　　张　18.75
版　　次　2020年6月第1版
印　　次　2020年6月第1次印刷
书　　号　ISBN 978-7-5151-0756-1
定　　价　58.00 元

总论

19 世纪末 20 世纪初是俄罗斯文学史上承前启后的时代（被称作“白银时代”），以象征主义、阿克梅主义、未来主义为代表的现代主义文学运动蓬勃兴起，在文坛上刮起了一阵强劲的风潮。这终结了俄罗斯文坛中传统现实主义一统天下的文学格局正式，一个流派统领一个时代的局面已一去不复返。各种思潮和流派多元共生的时代已经到来。作为这一时期最强大的两股文学思潮，相互排斥、相互斗争，现实主义与现代主义同时又相互汲取对方的优点，相互影响，相互渗透，构成了 19 世纪末 20 世纪初俄罗斯文学多声部交响曲的主旋律。[①]

现代主义文学摒弃了传统现实主义文学以“反映论”为中心的创作原

① 张建华，王宗琥．20 世纪俄罗斯文学思潮与流派 [M]．北京：外语教学与研究出版社，2012．

则，不主张用作品去再现生活，而是提倡对人的心理机制进行探索，从人的心理感受出发，表现现代人在荒诞世界中的异化，试图建立起以“表现论”为中心的新规则。从现实主义到现代主义的过渡，表现了文学由注重外在的真实转向了注重内心的真实。现代主义作家不再热衷于环境描写或创作跌宕起伏的故事情节，而是把重心转向了描写人物复杂多变的内心世界。与此同时，这一时期的俄罗斯现实主义文学也出现了转型。传统现实主义文学在新的文化语境下不断寻求自我调节和更新——一方面延续自身传统；另一方面广泛吸收其他艺术类型思维的长处——仍然是强大而富有影响力的文学流派。如托尔斯泰、契诃夫等老一代批判现实主义作家仍在从事创作。以高尔基为代表的新一代现实主义作家（包括安德烈耶夫、库普林、蒲宁、什梅廖夫）恪守现实主义文学的创作原则，不断创造新的主题、主人公、情节，探索新的体裁，寻求与读者对话的新方式，以自身卓越的创作才华为俄罗斯现实主义文学的深化与现代性转型起到了至关重要的作用。

与此同时，这一时期的现实主义文学在形式上也趋于复杂化和精细化，创作视野不断扩大。例如，蒲宁、库普林、安德烈耶夫等现实主义作家对人的潜意识投以极大的关注。现实主义文学在创作形式和创作手段上的丰富与多样，对非现实主义流派形式和手法的借鉴与吸收，绝不是现实主义本身的异化和危机，而是现实主义的发展和与时俱进。同样，活跃于19 世纪末 20 世纪初的现代主义作家不但没有完全摒弃现实主义传统，而且或多或少地传承了现实主义文学的创作经验。例如，象征派代表作家勃洛克就借鉴了同时代的现实主义作家的创作经验。这一时期，很多现代主义作家的创作中都出现了现实主义和现代主义交融与过渡的特征。例如，安德烈耶夫早期作品的现实主义倾向就极为明显。他的小说《红笑》反映出现实主义、象征主义、表现主义等多重艺术特征，成为一种独特的文学现象。而契诃夫在世纪之交的创作理念却更接近于象征主义和印象主义，充满了各种现代主义元素，因此，其现实主义是高度透明的、无意识的、与象征主义融为一体的。

这一时期俄罗斯文学多种体裁和形态的并存反映了俄罗斯20世纪文学的基本走向和趋势，涌现了一大批具有独特艺术个性和才华的诗人、小说家、文艺理论家，如梅列日科夫斯基、吉皮乌斯、勃留索夫、巴尔蒙特、勃洛克、别雷、曼德尔施塔姆、帕斯捷尔纳克等人。他们在文学语言、诗学和诗歌技巧等方面都取得了巨大成就，创作了大量内容独特、形式新颖、风格多样的抒情诗和别开生面的叙事作品。

作为表现作家心灵世界的艺术，文学总是以不同的形式和方式来表现人的内心情感，再现一定时期和地域的社会生活。世纪之交的俄罗斯文学的现实主义和现代主义在创作上的分道扬镳，从表面上看是各个文学流派和团体之间的斗争，而深层次的原因则在于各个流派对于文学的功能持相对对立的观点，并由此形成了对人在世界中地位的不同看法。尽管现实主义和现代主义属于两种相互独立甚至对立的文艺流派和美学体系，但在一定条件下，它们是相互影响、相互交叉的。特别是在20世纪初各种思潮和流派纷至沓来的时期，一位作家同时倾向于几种思想流派或辗转于各流派之间的现象也时有发生。因此，这一时期的作家们无论属于哪个流派，都以各自不同的视角、不同的方式，反映出那个时代社会生活的各个侧面，共同描绘出19世纪末20世纪初俄罗斯文学的全貌。

20世纪90年代以来，我国学者对19世纪末20世纪初的俄罗斯白银时代文学，特别是诗歌，进行了比较系统的译介和研究，相比之下，对白银时代中短篇小说的译介和研究则较少。例如，1998年由吴笛编译的《对另一种存在的烦恼——俄罗斯白银时代短篇小说选》，被收入“俄罗斯白银时代文化丛书”，由云南人民出版社出版。作家出版社在 1998 年也出版了一套“白银时代丛书”，包括扎米亚京的《我们》和别雷的《彼得堡[①]》。2006—2007 年，新星出版社出版了一套“俄罗斯文学经典”，包括索洛古勃的《创造的传奇》、安德烈耶夫的《撒旦日记》、库普林的《士官生》和阿尔志跋绥夫的《绝境》。2014 年，河南大学出版社出版了吴笛修订编译的《街上的面具：俄罗斯白银时代短篇小说选》，这本译著新增了波塔彭科、谢苗诺夫、阿尔志跋绥夫、苔菲、吉皮乌斯等重要短篇小说家的作品，共收集翻译了 40 部俄罗斯白银时代的短篇小说作品，力图展现出俄罗斯白银时代短篇小说创作的全貌。

但是，作为俄罗斯文学史上的繁荣时代，19 世纪末 20 世纪初的白银时代文学由于世界大战、革命、国内战争等非文学的原因而过早地结束。相对于这一时期取得较高成就的现代主义流派的中短篇小说这一巨大的艺术宝库而言，我国国内仅有的这些译作出版物，对于了解在过去相当长的时期内在俄罗斯国内并未得到足够重视的白银时代作家的全貌来说，是远远不够的，对于中国读者全面了解代表 20 世纪俄罗斯文学走向和趋势的白银时代现代主义文学流派来说，也是远远不够的。

因此，长春大学叶赛宁文化教育研究中心俄罗斯文学研究团队在俄罗斯世界基金会基金项目（项目编号：№1901Гр/Ⅱ-348-18）的经费支持下，携手江苏科技大学、西南大学、东北师范大学、江苏大学、四川大学等高校的 19 位俄罗斯文学研究者，经过反复研讨，集中对这一时期 20 位不同流派的代表性作家的 73 篇中短篇小说进行了解读、翻译，力争使译文

① 彼得堡是圣彼得堡的别称，这套书统一使用“圣彼得堡”称谓。这里为了尊重别雷的作品名，仍保留“彼得堡”的说法。——编者注

能真实再现原作者的思想意图和情感，再现原作的主题和意境。这些作家中有属于象征派的德米特里·梅列日科夫斯基、瓦列里·勃留索夫、亚历山大·勃洛克、费奥多尔·索洛古勃、安德烈·别雷、季娜依达·吉皮乌斯；有属于前阿克梅主义和阿克梅主义的米哈伊尔·库兹明、尼古拉·古米廖夫、奥西普·曼德尔施塔姆；有擅长写讽刺幽默小说的阿尔卡季·阿韦尔琴科、娜杰日达·洛赫维茨卡娅（苔菲）、萨沙·乔尔内；还包括世纪之交在俄罗斯文学进程中起过巨大作用的伊万·蒲宁、列昂尼德·安德烈耶夫、亚历山大·库普林等作家的作品。上述作家对世界、对人在世界中的位置所持的观点可能各不相同，但处于世纪之交的危机意识，俄罗斯即将被带入新的社会发展阶段的时代转换意识，“精神和物质统一的思想，对洞察人生、生与死的永恒秘密的向往”[①]，在某种程度上把他们联结在了一起。

希望这套“19 世纪末 20 世纪初俄罗斯文学作品选读”的翻译成果为我国学者深入研究这一时期俄罗斯文学的创作特点，了解这一时期现代主义小说创作的全貌，提供重要参考，以求让更多的读者和俄罗斯文学爱好者了解白银时代的俄罗斯文学，更加准确、全面地了解 20 世纪俄罗斯文学的发展脉络和进程。本项目团队希望通过这套书的出版，与更多的国内俄罗斯文学翻译研究者交流翻译经验与技巧，让更多的俄语语言文学研究者加入俄罗斯当代文学的翻译和传播队伍中来。同时希望这套书能为我国读者重新认识这一时期的文学成就，重新审视这一时期的文学遗产，促进新时代中俄关系背景下的中俄文化交流做出贡献。

---

① 弗·阿格诺索夫．白银时代俄国文学 [M]．石国雄，王加兴，译．南京：译林出版社，2001：3.

前言

19 世纪末 20 世纪初，面对现代主义文学的冲击及世纪之交俄罗斯社会、文化的转型，传统现实主义文学在新的文化语境下不断寻求自我调节和更新，一方面延续自身传统，另一方面广泛吸收其他类型艺术思维的长处，仍然是强大和富有影响力的文学流派。托尔斯泰、契科夫等老一辈批判现实主义作家仍在从事创作。以高尔基为代表的新一辈现实主义作家（包括安德烈耶夫、库普林、蒲宁、什梅廖夫）恪守现实主义文学创作原则，不断探索新的主题、主人公、情节和体裁，寻求与读者对话的新方式，这在托尔斯泰、契科夫、高尔基等人的创作中体现得最为明显。高尔基作为新一代现实主义的代表，在 1900 年给契科夫的信中说道："需要英雄人物的时代已经到来了，大家都需要令人鼓舞的东西，开朗明快的东西……希望有不是酷似生活，而是比生活更高、更好、更美的东西。"[①] 正是由于作家们的不断探索，俄罗斯现实主义文学在世纪之交发生了深刻变化。

① 李辉凡，张婕．20 世纪俄罗斯文学史 [M]．青岛：青岛出版社，1999.

首先是体裁的变化。世纪之交的俄罗斯社会处于动荡期，人与人、人与社会、人与环境之间失去了原有的稳定性，对世界的关照也呈现出片段性和不连续性的特征，因此，以鸿篇巨制为特征的长篇小说被灵活多变的中短篇小说取代。为此，晚年的托尔斯泰也以写中短篇小说为主。被誉为20世纪现代主义短篇小说鼻祖的契科夫，更不是依赖情节取胜，而是把注意力转移到对普通人平凡的日常生活的描写上。“简练”是蒲宁小说创作的一大特征。对蒲宁而言，传统长篇小说的形式是对生活的捏造，因此，蒲宁的小说故事情节非常简单。

其次是对人与环境的概念进行了重新评价。20世纪初，现代主义表现出从个人角度全面反对社会的倾向。受现代主义影响，现实主义表现的已不仅仅是“典型环境中的典型人物”，人物的行为可以不受环境、理智和因果关系的制约。许多作家由“再现环境对人的制约的理念转变为重在表现人与环境的疏离与对抗、个人的独立、人改变环境的能动作用”。[①]例如，蒲宁的作品着力表现的已不再是“典型人物”，而是“典型氛围”，蒲宁笔下的人物总是独立于社会环境之外。其短篇小说《被爱情冲昏了头脑》的主人公没有姓名，也没有对社会环境的描写。在生命的存在流中，作者仅用“他”和“她”来指代。这一原则被现代评论家称为“雾的效果”。

本卷共收入小说26篇，其中安德烈耶夫的早期作品带有鲜明的现实主义色彩，继承了陀思妥耶夫斯基、契科夫等人的传统，后期创作流露出某些现代主义倾向，具有表现主义、印象主义色彩。他创作的《小天使》等作品都深受传统现实主义的影响。但他在揭示现实问题的过程中，并没有把注意力放在对情节的描述和社会关系的分析上，而是更多地关注人的

① 张建华，王宗琥．20世纪俄罗斯文学思潮与流派 [M]．北京：外语教学与研究出版社，2012．

内心，从主人公的性格和心理入手，使作品展示出一种陀思妥耶夫斯基式的心理分析风格。他从现实主义出发，却没有局限于现实主义，而是汲取其他流派的特点和优势，把它们融入自己的创作中。例如，《小天使》这部作品讲述了一个叫萨什卡的小男孩由于家境困难、复杂的家庭关系和长期的压抑导致的叛逆行为和不屈服的个性品格。作者继承了现实主义“小人物”的创作传统。

库普林的作品以主题的多样化吸引着读者，称得上是“生活的百科全书”，他的作品中充满了反映神会生活的现实主义成分。本卷收录了库普林的《能歌善舞的蜻蜓姑娘》《圣洁的爱》《童话》等作品，刻画了形形色色的人物的内心世界。

阿尔志跋绥夫是一个真实表达个性声音的作家，也是一个用尽一生思考哲理问题的人，其作品充盈着对生命意义和死亡意识的思考、对人的出路的探索。阿尔志跋绥夫将个人感悟置于社会背景之下，在真实的描写中彰显社会的迷茫，在战栗的阐述中诠释青春的彷徨，在嬉笑的绝望中拷问人的精神价值。阿尔志跋绥夫的作品具有鲜明的时代性，较为真实地反映了 20 世纪初俄罗斯迷茫、彷徨的社会语境和俄罗斯人探索出路的精神状态。本卷呈现的《上帝》《在乡村》《无所不知》三部作品，对于深入解读阿尔志跋绥夫小说创作中的个人主义和死亡意识这两个重要思想与创作主题，全面把握阿尔志跋绥夫的整体创作特点，以及还原 19 世纪与 20 世纪之交的社会语境和人的精神状态具有重要意义。

波塔彭科的创作特点是揭示人类的道德精神问题和社会问题之间的相互补充又相互排斥的关系。他笔下的大部分主人公都具有善良、温顺、自我献身的本性，但也不乏在生活中迷失方向的人物形象。作家与他的主人公一样在不断寻找真理，他看待世界有自己的视角和观点。可以肯定的是，波塔彭科的创作涉猎了多种体裁和题材，刻画了各种社会和心理特征，表现出对现实主义传统的继承和创新。本卷呈现了《画》（一个乡下人讲述的故事）、《不原谅……》、《隐情》（随笔）、《幡然醒悟》四部作品，展示了作家短篇小说的语言表现力色彩和“中间社会阶层”主人公的内心矛盾，以及对生活的渴望和对自我提升的追求，展示了俄罗斯知识分子对俄罗斯人民意识觉醒的希望。

列米佐夫是俄罗斯白银时代创作风格十分特殊的一位作家，其一生著作颇为丰富，作品充满了作家对新旧时代交替中有关个人存在的种种问题的哲学思考。列米佐夫将梦境与神话这两种因素巧妙地结合起来，用非理性的梦境手法传达了丰富的神话思维，构建了神话潜文本。学术界公认列米佐夫是“复杂的作家”“卓越的文体家”“俄罗斯精神和语言的活宝库”[①]。国内对列米佐夫作品的翻译和研究比较匮乏，只有简单的介绍和零星的翻译，散见于一些作品合集，单行本大约只有2001年出版的小说《教妹》。本卷呈现的四部作品《奇闻异事》《凶兽》《玛尔信卡》和《记忆深处》均是国内首译作品。

① 阿格诺索夫．俄罗斯侨民文学史[M]．北京：人民文学出版社，2004．

译者

王金玲

王金玲，1970 年 1 月生。博士后，二级教授，现任长春大学外国语学院院长。主要研究领域：外语教学法、语言与文化、俄汉文学翻译。曾获吉林省长白山学者特聘教授、吉林省拔尖创新人才（二层次）、吉林省学科领军教授、俄罗斯作家协会会员等称号，获俄罗斯“彼得波尔杯”文艺奖、俄罗斯驻华大使颁发的中俄人文交流特殊贡献奖。主持完成国家社科基金中华学术外译项目 1 项，教育部人文社科基金项目 1 项，俄罗斯世界基金会项目 2 项，国家出版基金项目 1 项等。出版专著 3 部，主编教材 3 部，出版译著 8 部，包括《中国唐代诗歌俄译与鉴赏》、《中国古典诗歌精选》（汉俄对照）、《俄罗斯当代话剧选集》、《叶塞宁精选诗歌翻译》、《俄译中国古典诗词三十首》、《沙玛拉》（中篇小说）、《真正的五分》（短篇小说）、《虹》（短篇小说俄译），并在国内外学术期刊上发表论文 80 余篇。

原丽莹

原丽莹，1988 年 4 月生。俄语语言文学博士，现任长春大学俄语专业教师。主要研究领域：俄汉成语谚语俗语、外语教学法、俄汉文学翻译。在国外学术期刊上发表论文 6 篇。

夏宏芳

夏宏芳，1971 年 8 月生。俄语语言文学硕士。1994 年毕业于东北师范大学，获俄语学士学位。1999—2001 年在伏尔加格勒国立师范大学攻读俄语语言硕士学位。1994 年开始在长春大学外语学院俄语系工作，副教授。2018—2020 年在梁赞国立大学孔子学院做国家公派汉语教师。主要研究领域：外语教学法、俄汉文学翻译。对当代俄罗斯文学感兴趣，并在《作家》杂志发表了俄罗斯当代作家根那季・卡拉什尼科夫的作品译文《马》和《水管》。曾主持并参加过省级科研、教研课题多项，在国内外期刊上发表论文多篇。

齐望之

齐望之，1968年4月出生。语言学博士，副教授，现任东北师范大学外国语学院俄语系教师，硕士研究生导师。主要研究领域：俄语语言学、术语学、俄汉翻译。长期从事俄语专业教学工作。出版专著《俄语报刊中的科技术语》，主编教材《经贸俄语教程》，并发表学术论文10余篇。2018年参与翻译俄罗斯著名作家斯威特兰娜·瓦西连科的中篇小说《小傻瓜》，并于2019年承担国家社科基金中华学术外译项目翻译任务，完成27万字。

单妮娜

单妮娜，1971年10月生。硕士，教授，现任长春大学中俄学院副院长，俄罗斯叶赛宁梁赞国立大学孔子学院中方院长。长春大学第四期校级重点学科汉语国际教育学科带头人。长期从事外语教学法及翻译、汉语国际推广研究。曾获吉林省高校青年教职工“三育人”成果奖，曾获中华人民共和国驻俄罗斯联邦大使馆教育处及叶赛宁梁赞国立大学校长颁发的第十八届“汉语桥”世界大学生中文比赛俄罗斯赛区决赛优秀组织奖、优秀指导教师奖。目前承担国家社科基金中华学术外译项目1项，在国内外期刊发表论文20余篇。

武利茹

武利茹，1974 年 4 月生。俄语专业硕士，现任长春大学外国语学院俄语系副教授。主要研究领域：俄语翻译理论与实践。曾获 2011 年第三届全球俄汉翻译大赛三等奖，2012 年第四届全球俄汉翻译大赛二等奖，2013 年第五届全球俄汉翻译大赛二等奖，2012 年 CASIO 杯俄汉翻译比赛二等奖。2009 年在《译林》发表译作《小偷》；2011 年在《译林》上发表译作《突尼斯之旅》；2016—2018 年在《作家》杂志上发表《心殇》《新世界》《自鸣钟响起》《四月斋前的最后一个星期日》《人生珍礼》五篇译作。此外，在圣彼得堡"2017 感知中国・俄罗斯行——吉林文化周"活动上完成京剧《大闹天宫》的台词翻译，2019 年完成《俄侨在哈尔滨》9 万字翻译，在国内外学术期刊上发表翻译研究方向论文 20 余篇。

目录

亚历山大·库普林

伊格纳季·波塔彭科

阿列克谢·列米佐夫

列昂尼德·安德烈耶夫

小天使

人间

他——一个陌生人的故事

复活者的美好生活

假卢布和好心叔叔

列昂尼德·安德烈耶夫

列昂尼德·安德烈耶夫（1871—1919），启象征主义之先、殿现实主义之后的俄罗斯当代作家。他被高尔基称为“两个世纪之交欧美大洲最有趣和最有才华的作家”。鲁迅说他“其文神秘幽深，自成一家”。他的重要代表作品和文学史上公认的名著是《红笑》《萨什卡·日古廖夫》等篇。安德烈耶夫的一些作品沿袭了批判现实主义的感伤，另一些又蕴藉着象征主义的抽象，不过他最好的小说是带有实验色彩但仍以讲故事为正宗的那些作品，如《小天使》(1899)、《沉默》(1900)、《在地下室里》(1901)、《瓦西里·菲维伊斯基的一生》(1903)、《永远没有结束的故事》(1907)、《人间》(1907)、《七个被绞死的人》(1908)等。在这些作品中，安德烈耶夫既表现出了对观察外部世界必要性的承认，又指认了内心世界与外在现实烘托相融的道路。

小天使

夏宏芳 译

一

有时，萨什卡真的非常不情愿做很多事情，可是只要活着，就得做下去。用漂着薄冰的冷水洗脸；去上学，还要听学校里所有人对他的责骂；母亲罚他下跪，一跪就是一个晚上，跪得腰酸背痛。但是，他只有十三岁，他不知道，大人们在不想活下去时，要采取什么方法结束这一切。于是，他只好继续上学、被罚下跪，仿佛这种煎熬的生活永远不会结束。

时间一年又一年地过去，而他仍然要去上学，在家里被罚下跪。萨什卡生性倔强，胆子也大，他从不逆来顺受，总是找机会对生活的不公进行报复，为此，他经常殴打同学，对教务主任出言不逊，还撕书。一天到晚，他不是对老师说谎，就是对母亲说谎，但是唯独不会对父亲说谎。如果打架的时候，鼻子被打破了，他会故意将伤口弄得更难看些，不流一滴眼泪地号叫着，声音是那么大，大到所有人都会因为忍受不了这种让人难受的声音而堵上耳朵。一直叫到自己觉得累了的时候，他才停下来，伸着舌头在草稿本上画漫画——画他自己怎样号叫，画捂住耳朵的学监，还画那个吓得发抖的得胜者。整个练习册里都画满了讽刺画，其中出现最多的画面是：一个又矮又胖的女人正用擀面杖揍一个骨瘦如柴的小男孩。图下面是歪歪扭扭写得大大的黑色字："向我求饶吧，小崽子！"回复是："绝不！即使要了我的命，我也不求饶。"

圣诞节前，萨什卡被学校开除了，母亲开始打他，他却一口咬住了她的手指。这一来他可就自由了，不用再每天早上洗脸，可以整天和孩子们疯跑，和他们打闹。只有一件事情让他恐惧，那就是饥饿。母亲根本不给他饭吃，只有父亲偷偷为他藏下的面包和土豆可以充饥。即便这样，萨什卡还是觉得可以生存下去。

在圣诞节前的一个星期五，他和其他孩子们一起玩，直到他们各自回家，直到最后一个人身后冰冷的、生锈的栅栏门不再吱吱作响。天已经黑了，僻静的胡同一端通向田野，田野深处飘来灰蒙蒙的雪雾；在一个胡同出口，街道边一幢低矮的黑屋子里亮起了一道闪烁的灯光。寒气越来越重了，当萨什卡走过路灯照在地上的光圈时，他看见了空中徐徐飞舞的、冷冰冰的小雪花，这时他才不得不回家。

"你去哪儿逛到半夜才回来，小崽子？"母亲冲他叫喊着，挥舞着拳头，但是却没有打他。她的袖子卷着，露出白胖的手臂，没有眉毛的扁平的脸上渗出了汗珠。萨什卡从她身边经过时，闻到了熟悉的伏特加的味道。母亲用粗短食指的污秽指甲搔着头，因为没有腾出空来骂他，她只是啐了一口，喊道："一句话，都是精于算计的人精！"萨什卡轻蔑地哼了声就走到了间壁墙的后面，因为从那里传来了父亲伊万·萨维奇沉重的呼吸声。他总是觉得冷，于是坐在烧热的火炕上取暖，把手掌垫在自己的身底下，好让自己暖和起来。

“萨什卡！斯韦奇尼科夫家邀请你去他家过圣诞节。女仆来过了。”父亲低声地说。

“你瞎说吧?”萨什卡有些怀疑地问道。

“真的，别生你妈的气，她故意没有告诉你，却给你缝了一件外套。”

“你在说谎吧?”萨什卡更加惊讶了。

斯韦奇尼科夫一家是有钱人，是他们送萨什卡上的学。萨什卡离开学校后，他们就禁止他去他们家了。父亲再一次对天发誓说他说的都是真的，于是萨什卡陷入了沉思。

“往旁边挪一挪！你占的地方太大了。”他一边对父亲说着话，一边跳到小火炕上。“我不想去见那些讨厌鬼。我可不去，我这么一个‘坏孩子’会把他们带坏的。”萨什卡拖着长音说，“他们自以为自己是好人，那就让这些肥头大耳的讨厌家伙自己快活去吧。”

“哎呀，萨什卡，萨什卡!”父亲冷得缩成一团，“去一趟又不会要你的命。”

“那你呢，会要我的命吗?”萨什卡粗暴地反驳道，“你可别说了，连老婆都怕，嘿，窝囊废!”

父亲蜷缩地默默坐着。一缕微弱的光从屋顶宽宽的缝隙里透过来，在那里，间壁墙离天花板有二十五厘米的距离。灯光投下的阴影落在他高高的额头上，额头下的眼窝深陷，眼圈发黑。过去，伊万·萨维奇喝酒喝得很凶，那时妻子怕他，并且恨他。当他开始吐血，不能再喝酒时，她反倒喝起来了，还越喝越上瘾。于是她开始报复，因为这个窄胸高个子的男人让她受了太多的苦，他说着让人理解不了的话，因为执拗和酗酒丢了工作，还往家里领一些像他自己一样留着长发、胡作非为、傲慢无礼的人。

跟她的丈夫相反，她越酗酒，身体就越强壮，她的拳头也变得愈加有力。现在，她说着她想说的话，随心所欲地把男男女女领到家里来，跟他们一起高兴地大声唱歌。每到这时候，伊万·萨维奇就沉默地躺在间壁墙后，永远不停地打着哆嗦缩成一团，思考着人世间的不公平和可怕。妻子向每一个跟她说话的人抱怨，在这个世上没有像她丈夫和儿子这样的，像仇人一样与她作对——两个人都是那么傲慢而且精于算计。

过了一个钟头，母亲对萨什卡说："我跟你说，你必须得去！"每说一个字，她就在桌子上重重地敲一下拳头，桌子上洗过的酒杯也弹起来相互碰撞着发出声响。

"我也跟你说，我是不会去的。"萨什卡冷冰冰地回答，嘴角不时地抽动着，做出一副龇牙发狠的样子。因为这个龇牙发狠的习惯，学校里的人都管他叫"狼崽子"。

"你看我不把你揍扁，哼，看我打不死你！"母亲喊着。

"那好呀，你揍呀！"

菲奥克蒂斯塔·彼得罗夫娜心里清楚，她已经不能再打儿子了，因为他开始用咬的方式回敬她。如果把他赶到街上去，他会去闲溜达，就算冻死，也不会去斯韦奇尼科夫家，所以她跑去求丈夫说服儿子。

"亏你还是做父亲的，眼看着我这个当妈的受欺负却不能保护我。"

"是啊，萨什卡，去吧，你为什么这么固执呢？"他从火炕上回应道，"他们或许会再次把你安置到学校去上学，他们是好人。"

萨什卡轻蔑地冷笑了一下。许久以前，在萨什卡还没有出生的时候，他的父亲在斯韦奇尼科夫家做过家庭教师，从此以后便将他们看作世界上最好的人了。那时，他还在当地的统计局工作，而且还不会喝酒。他让房东太太的女儿有了身孕并娶了她，在这之后他才同斯韦奇尼科夫家断绝了往来，并开始酗酒，而且竟堕落到了有时烂醉如泥倒在大街上，让人抬着送到警察局去的地步。但是斯韦奇尼科夫仍然继续资助萨什卡上学，菲奥克蒂斯塔·彼得罗夫娜恨他们，就像憎恨书籍以及和她丈夫过去有关的一切东西一样，但仍旧珍视与他们的交情，且常常引以为荣。

“或许，你可以从圣诞树上给我摘下点儿东西回来。”父亲继续说着。

父亲是在引诱儿子，这一点萨什卡很清楚，他瞧不起父亲的懦弱和谎言。但他真的想带点儿东西给这个可怜的患病老人。父亲已经许久没有抽过什么好烟了。

“那好吧，”他脱口说了出来，“来，把我的外套给我。纽扣都缝上了吗？我太了解你了，干活总爱留尾巴！”

二

孩子们还没有被批准进入安放圣诞树的大厅，他们就坐在儿童房里聊天斗嘴。萨什卡一面轻蔑而高傲地听着他们幼稚的谈话，一面用手摸索着裤兜里碾碎的烟卷，这是他从男主人办公室里偷来的。就在这个时候，斯韦奇尼科夫家族中年龄最小的成员科利亚向他走来，然后一动不动地站在他面前，脸上露出一副惊骇的神情。他的双脚脚尖向里并拢，一根手指头放在胖嘟嘟的嘴角上。六个月前，在家人的督促下，他才改掉了把手指放在嘴里的坏习惯，可是还不能完全习惯不做这个动作。他的头发是浅色的，额头上的头发剪得很短，后面的卷发披到肩上，一双浅蓝色的眼睛像是受到了惊吓，就凭他的这副长相，他就属于萨什卡特别愿意欺负的那一类孩子。

“你就是那个忘哼（恩）负义的孩子吧?”他问萨什卡，“小姐跟我说过，我可是个哈（好）孩子。”

“可不是嘛！别提你有多好啦!”萨什卡打量着科利亚身上穿的天鹅绒短裤和大翻领衣服说道。

“你喜欢玩仓（枪）吗？给你!”他把一支带橡木塞的小枪递过来。萨什卡接过枪，压下弹簧，瞄准没有丝毫防备和怀疑的科利亚的鼻子，扣动了扳机。橡木塞打在科利亚的鼻子上又弹回来，吊在线上来回晃荡着。科利亚的蓝眼睛睁得比之前更大了，眼里一下子充满了泪水。他将手指从嘴边移到发红的小鼻子上，不断地忽闪着长长的睫毛，低声说：“坏的……你是一个坏孩子。”

一个年轻漂亮的女人走进儿童房，梳得光溜溜的头发遮住了一部分耳朵。她是女主人的妹妹，萨什卡的父亲先前做过她的家庭教师。

“这孩子就是了。”她向那个陪着的秃头男人说。然后她指着萨什卡说道：“快行礼呀，萨沙[①]，这样没礼貌可不好。”

但是萨什卡既没有向她鞠躬，也没有向那位秃头男人鞠躬。漂亮的太太丝毫没有想到萨什卡会知道很多往事。事实上，萨什卡是知道的，他可怜的父亲曾经爱过她，但是后来她嫁给了别的男人。虽然这事情是发生在父亲结婚后，但萨什卡绝对不能原谅她的这种背叛行为。

“跟他的父亲一样，”索菲亚·德米特里耶夫娜叹息着，“柏拉图·米哈伊洛维奇，您能不能给他安排点儿活干？我丈夫说，相比上学，手工作坊更适合他。萨什卡，你愿意去手工作坊吗?”

① 萨沙是文中女主人的妹妹对萨什卡的称呼，比较正式，表示尊敬。——译者注

“不。”萨什卡听到了“丈夫”这个可恶的字眼，简短地回答道。

“怎么，小弟弟，那你愿意去放羊吗?”秃头男人问道。

“不，我不想当羊倌。”萨什卡生气地说。

“那你想去哪儿?”

萨什卡不知道他想要去哪儿，去干点什么。

“我无所谓干什么，”他想了一会儿回答道，“就去放羊吧。”

秃头男人迷惑地仔细打量着这个奇怪的男孩。当他的目光从带补丁的靴子移到他的脸上时，萨什卡吐了一下舌头，又立刻收了回去，所以索菲亚·德米特里耶夫娜根本没发现他的调皮举动，但这位老绅士却表露出一种让她不解的怒气。

“我还是想去手工作坊。”萨什卡谦虚地说。

漂亮太太很惊喜，她叹了口气，也许是想到了往日的爱情。

“但是我不知道那里缺不缺人手，”老人捋着脑后竖起的头发，没有看萨什卡，冷冰冰地说，“无论如何，我们会想办法的。”

孩子们吵闹着，非常兴奋，按捺不住地期待着看圣诞树。萨什卡刚刚和小男孩做的玩枪游戏，以及他的身高和坏孩子的名声，为他赢得了其他孩子们的尊敬。男孩子们纷纷模仿他玩枪的恶作剧，于是一个个小鼻子都被气枪打得通红。女孩子们则把双手抱在胸前，笑得直不起腰来，笑她们的“勇士们”一边摆出对害怕和疼痛不屑一顾的样子，一边又不由得紧锁眉头等待着被橡皮塞击中的怂样。门终于开了，有人喊道:“孩子们，进来吧！要安静!”

孩子们睁大了眼睛，屏住了呼吸，静悄悄地绕着闪闪发光的枞树走。枞树发出的亮光直接照在孩子们一个个张得圆圆的小眼睛和小嘴唇上，照在他们的脸庞上。大家鸦雀无声，全都被深深地迷住了。寂静只持续了一会儿，随之而来的是一片热烈的赞叹声。一个小姑娘掩盖不住自己的快乐，默默地在原地不停地跳着、蹦着，扎着天蓝色蝴蝶结的小辫儿在肩膀上甩来甩去。萨什卡闷闷不乐，心情忧郁，有一种不快从他受伤的幼小心灵中涌出。枞树的美丽，树上无数支蜡烛发出的那种张扬放肆、毫无顾忌的光芒使他眼花缭乱。然而枞树对他来说，如同聚集在枞树周围的那些穿得干干净净、漂漂亮亮的孩子们一样，是格格不入而且充满敌意的。他真想去推倒枞树，让它倒下来压在这些浅色头发的小脑袋瓜上。仿佛有一双神秘的铁腕攫住了他的心，要把他最后一滴血也挤压出来。萨什卡躲到钢琴后面，坐在那个角落里，下意识地把裤子口袋里最后几根香烟弄断。他心里想，他虽然有父亲、母亲和一个家，但事实上，就跟没有一样，他也没地方可去。他拼命去想不久前换来的那把削笔刀，他喜欢极了这把削笔刀，可削笔刀已经很旧，刀刃变得很薄，只剩下半个发黄的刀把。明天他要是把削笔刀弄坏，那他就真的什么都没有了。

突然，萨什卡细长的眼睛里闪耀出惊讶之光，他脸上的神情一瞬间又恢复成平素的果敢、自信。枞树朝向他这边的光线较弱，是枞树的背面，在这里他看到了一件他的生活中从来都没有见过的东西，如果没有这件东西，周围就会显得空荡荡的，好像周围的人也毫无生机。这是一个可爱的、用蜡做的小天使，它悬挂在树枝最繁茂的黑暗地方，看起来，仿佛悬浮在空中。它有着蜻蜓般透明的翅膀，翅膀由于灯光的照耀仿佛在微微颤动，整个造型栩栩如生，小天使宛如正要展翅高飞。它的粉红色小手上的精致手指向上伸出，它的头就像科利亚的头一样向上扬起。此外，小天使的脸上还有科利亚脸上没有的，在别人的脸上和别的东西上面也没有的神情，既不显得喜气洋洋，也不愁云笼罩，却显露出另外一种感觉，这是非言语所能形容的，也是无法用思维来定义的，只有具有同样感情的人才能理解的一种感觉。萨什卡不明白，是什么特别的神秘力量把他吸引到小天使那里，但是他感觉到，他了解小天使，爱它，爱得比他的削笔刀还要强烈，爱得比对父亲的爱还要多，比其余的一切都多。满怀着让人无法确信的怀疑、惊讶和莫名的快乐，萨什卡双手交叉放在胸前，低声说："亲爱的……亲爱的小天使!"

他越是看得仔细，感觉小天使的表情就越是意味深长、高深莫测。它在无限遥远的地方，与周围的一切迥然不同。其他的玩具仿佛为自己能漂漂亮亮、花枝招展地悬挂在闪闪发光的枞树上感到自豪，而小天使却郁郁寡欢。它害怕惹人厌恶的强烈光线，故意躲在黑魆魆的绿色枝叶丛中，不让任何人看见它。谁要是轻轻触碰到它娇嫩的翅膀，对它来说就太残忍了。

"亲爱的……亲爱的小天使!"萨什卡一遍遍地低声呼唤着。

萨什卡热血上涌，他把手背在身后，满怀着誓死为小天使而进行殊死搏斗的决心，小心翼翼地在小天使旁边踱来踱去。他没有看向小天使，担心引起别人对它的注意，但是他能时刻感受到小天使在这里，不曾飞走。这时，女主人出现在门口。这是一位身材高大的傲慢太太，花白的头发高高地盘在头上，发髻上戴着一个闪亮的头饰。孩子们兴奋地围着她，而那个刚才乐得直蹦的小姑娘则疲倦地吊在女主人的胳膊上，勉强眨着充满睡意的眼睛。

萨什卡也走上前去。他的喉咙像是被什么堵住了。

"阿姨，阿姨，"他努力把话说得温柔些，但发出的声音却比平时更加粗暴，"阿……姨……"

她没有听见，于是，萨什卡急得拽了一下她的裙子。

"你要干什么？你为什么拽我的裙子?"头发花白的太太惊讶地说，"这样很不礼貌。"

“阿……阿姨，把树上的一个东西给我吧，小天使。”

“不行，”太太语气漠然地回答他，“枞树上的东西我们要到新年的时候才能分给大家。你已经不是小孩子了，应该对我用尊称，玛利亚·德米特里耶夫娜。”

萨什卡感到自己正在掉进深渊，为了自救，他想起利用最后一件法宝。

“我会悔改，我会好好学习的。”他突然说道。

然而，这番在老师面前颇为灵验的套话，却没能打动头发花白的太太。

“这样才好，我的朋友。”她和先前一样冷漠。

萨什卡粗暴地说：“把小天使给我吧！”

“不可以！”女主人说，“你怎么连这个道理也不明白呢？”

但萨什卡的确不明白这个道理。太太转身向外走去，他紧随其后，目光呆滞地盯着她黑色的、沙沙作响的裙子，脑海里思绪起伏。忽然，他想起他的一个同班同学在请老师给一个三分，而老师拒绝了的场景。那个同学跪在老师面前，双手合十，就像做祈祷时那样，并开始哭起来。当时老师十分生气，但最终还是给了那个同学一个三分。萨什卡用漫画将这个场面记录了下来。但现在，他仅有的方法，就是去模仿那个孩子。他又扯住了太太的衣服，在她转过身来的时候，他砰的一声跪了下去，又如上面所描述的那样合上手。但是哭是怎么也哭不出来。

“你疯了吗？”头发花白的太太喊道，她环视了一下四周，庆幸，整个大厅里没有别人，“你怎么回事？”

萨什卡合手跪在那里，用仇恨的目光看了她一眼，粗暴地请求着：“给我小天使！”

他的眼睛紧紧地盯着太太，努力捕获着她要说的第一个字。他的眼神很不友善，于是太太急忙答道：“好，给你，我把小天使给你。哎，你可真傻！

你要，我当然会送给你，但是为什么不能等到新年呢？站起来吧，以后再也不要这样，”她用一种训诫的语气补充道，“不要向任何人下跪，这样有损你的人格，男子汉只有在上帝面前才可以下跪。”

“随你怎么说。”萨什卡心里嘀咕着，试图走在太太的前面，但不小心又踩到了她的裙子。

当她从树上取下小天使的时候，萨什卡一直盯着它。他紧张地皱着鼻子，张开十指想要接住小天使。他觉得，这位高大的太太会把小天使弄坏。

“的确是个漂亮的东西。”太太说，她开始可惜这个精致的、看起来很贵重的玩具了，“是谁把它挂到那个地方的？好吧，那你告诉我，你为什么非要这个玩具？你已经不是小孩子了，要这个玩具做什么？那里有书，有带插图的书。这个我可是答应了要给科利亚的，他求过我。”她撒了谎。

萨什卡的愤怒再也掩饰不住了。他颤抖着咬紧牙关，甚至咬得牙齿咯咯响。头发花白的太太最害怕会起什么事端，只得慢慢地把小天使递给了他。

“给，拿去吧，真是个固执的孩子！”她满脸不快地说道。

萨什卡的双手像钢丝弹簧般紧紧握着小天使，但又是那么温柔小心，努力让小天使自由地在空中飞翔。

“唉！”萨什卡的胸口发出一声憋了很久的叹息，眼睛里闪烁着两滴小小的泪花，泪花停留在眼眶中，仿佛还不习惯明亮的光线。他慢慢地将小天使贴在胸前，晶莹的目光一刻也没有从小天使身上移开。他沉浸在无比的喜悦中，静静地、温柔地微笑着。仿佛只要小天使那柔和的翅膀一触碰到萨什卡干瘦的胸膛，就会发生一些令人高兴和幸福的事情，这是一种在这块悲惨的、罪恶的、充满痛苦的土地上从未体会过的高兴和幸福。

“啊！”小天使的翅膀触碰到萨什卡时，他发出一种类似屏住呼吸的呻吟。

萨什卡的脸焕发了光彩，被装饰得五彩缤纷的、无所顾忌地放射出光芒的枞树本身仿佛也变得黯然失色了。于是，头发花白的、高傲的太太也会心地微笑了，秃头男人那冰冷的面孔也为此动容，孩子们也被别人的幸福感染而鸦雀无声。在这一瞬间，大家看到了，在这个动作笨拙、穿着不合身的小衣服的中学生和经过艺术家之手而充满灵性的小天使的那张小脸庞之间，竟有着如此神秘的相似之处。

但在下一个瞬间，画面完全变了。萨什卡像预备跳起的豹子一样，弓起身子，用阴沉的目光扫视着周围的人，看谁敢把小天使从他的手中夺走。

“我要回家，回父亲那里去。”他一边声音沉闷地说着，一边想着怎么从人群中走出去。

三

母亲睡着了，一整天的工作和喝进肚里的伏特加使她疲惫了。小屋里，间壁墙后面的桌上一盏小厨灯亮着，它微弱而发黄的光线勉强透过熏黑的玻璃，在萨什卡和他父亲的脸上投下了奇怪的影子。

“它好看吗？”萨什卡低声地问。

他把小天使举得高高的，举到离父亲很远的地方，不让父亲去触碰它。

“是的，它身上有种不同寻常的东西。”父亲若有所思地凝视着小天使。

父亲的神情紧张而愉快，萨什卡的表情也是这样。

“你看，”父亲继续说，“它马上就要飞起来了。”

“我也看见了。”萨什卡兴高采烈地回答，“你以为我瞎了吗？你再看它的翅膀。哎，别摸！”

父亲抽回了手，乌黑的眼睛观察着小天使每个细微的地方。这时，萨什卡摇头晃脑，像个学究似的低声说：“老兄，你这习惯可不好。不要每样东西都用手去摸。你会弄坏它的！”

墙上清晰地映出两个身影，他们低垂着头，那影子轮廓很难看，一动不动，一个是大而头发蓬乱的，另一个是小而圆圆的。那个大人的头里沸腾着痛苦而又愉快的思想，他的眼睛一动不动地凝视着小天使，在这全神贯注的目光下，小天使似乎在渐渐地长大，且渐渐地光亮起来，它的翅膀开始无声地颤动起来，而周围的一切——被烟熏黑的木头墙壁，污秽的桌子，还有萨什卡——所有这一切都融成了一大块均匀的灰色的东西，没有光线也没有影子。这个心已经死去的男人，仿佛听到了从一个奇怪世界里传来的可怜的声音，在那里他曾经生活过，可是却被永远地驱逐了出来。在那个世界里，没有卑鄙的行为，没有令人沮丧的咒骂，没有利己主义者之间令人苦闷而盲目的残酷斗争；那个世界也没有，当一个人倒在大街上时，会在一片嘲笑声中被人抬到警察局去，会被看门人粗壮的手臂打得遍体鳞伤，会遭受到种种痛苦。在那里，一切东西都是纯洁、快乐而光明的。这一切纯洁的东西都存在于他爱过她的心中，他爱她甚至超过爱自己的生命，但却失去了她，只留下了自己无用的躯壳。从玩具身上散发出蜡的气味，混合着一种美妙的芬芳。这个沉沦的人觉得好像是他用珍贵小巧的手指在触摸小天使，他多么想一个一个地久久地亲吻这些手指啊，直到死神永远封闭他的嘴唇。正因为如此，这个玩具小天使才这么漂亮，正因为如此，它身上才有一种特殊的、具有吸引力的、无法用言语来表达的东西。小天使从天而降，它的身上附有她的灵魂，它把光亮带进了潮湿阴冷、油烟弥漫的房间，带进了这个失去了一切——失去了爱情、失去了幸福生活的人那忧郁的心中。

一双已经风烛残年的人的眼睛旁边是一双刚刚开始新生活的人所拥有的炯炯发光的眼睛，两双眼睛温柔地注视着、爱抚着小天使。对于这两个人来说，现在和将来都已经不存在。永远忧愁、可怜的父亲也好，粗鲁得叫人难以忍受的母亲也好，还是充满欺凌、残忍、侮辱和让人不堪忍受的寂寞也好，全都消失得无影无踪。萨什卡的幻想是模糊不清、虚无缥缈的，但也正因为如此，他那颗惶惶不安的心才如此震撼。世界上所有的善和感念上帝的灵魂所承受的一切深深的痛苦与希望，统统都集于小天使一身，所以它才发出这般柔和而圣洁的光芒，所以它那蜻蜓般透明的翅膀才悄无声息地微微颤动。父亲和儿子没有互相看对方，两颗受伤的心以不同的方式在难过、在哭泣、在高兴。但是，他们感觉到在他们的情感之中有一种东西将两颗心连在一起，它能消除使人与人分离，使人变得孤独软弱的无底深渊。父亲下意识地把手搭在儿子的脖子上，用他的手围住了儿子，而儿子也同样无意识地倚靠在父亲患了肺痨而干枯的胸膛上。

“这是她给你的吧？”父亲低语道，他的目光没有离开小天使。

如果是在其他时候，萨什卡就会粗暴地否认了。但此刻，他的内心自然地给出了回答，嘴里平静地说出了明显的谎话：“还能有谁？当然是她了。”

父亲没有说话，萨什卡也陷入了沉思。隔壁房间里发出的鼾声很响，忽又停止了动静，一片寂静中只有时钟匆匆敲响：一下，两下，三下。

“萨什卡，你做过梦吗？”父亲若有所思地问道。

“没有！”他回应着，“啊，不是，我做过一个梦，梦里我从房顶掉了下来。我爬上房顶逮鸽子，结果我摔了下来。”

“我常常做梦。有一些是美好的梦。在梦里你会看见过去发生的一切，你的爱，你的痛苦，跟真的一样……”

他又不说话了，萨什卡觉得放在脖子上的手在颤抖。父亲手臂的抖动和压力渐渐变得强烈，夜里温柔的沉默突然被痛苦压抑已久的抽泣声打断。萨什卡表情严肃地皱着眉头，小心地（为了不惊动那沉重的抖动的手臂）拂去了眼角的一滴泪水。看着一个大人、一个老人哭泣是一种奇怪的感觉。

“唉，萨什卡，萨什卡！”父亲呜咽着，“这一切都是为了什么？”

“哎，都过去了，还能怎样？”萨什卡严厉地低声说，“你哭得完全就像个小孩子。”

“呵，那，那我不哭了。”父亲露出可怜的微笑，抱歉地说，“何必要哭呢？”

菲奥克蒂斯塔·彼得罗夫娜在床上辗转反侧。她叹了口气，奇怪而坚定地嗫嚅着不连贯的话音：“把麻布拿住……拿住，拿住。”萨什卡意识到需要睡觉了，但上床睡觉前，必须把小天使安顿好。把它放在地上是不行的，小天使被挂到了拴在炉子通气孔上的一根细线上，在白色瓷砖的衬托下清晰地显现出来。这样，萨什卡和父亲两人都能看到它。父亲急急忙忙把垫在身下睡觉用的破衣裤全都扔到角落里去，然后迅速地脱掉衣服，仰面躺下，为了能快点儿开始看小天使。

“你为什么不把衣服脱掉？”父亲问。他哆嗦着，将自己卷在破被子里，并将盖在脚上的大衣铺好。

“不用了，我很快还要起来的。”

萨什卡想说他一点儿也不想睡觉，可是还来不及说出口，他一下子就睡着了，仿佛沉入了一条深邃而水流湍急的河流的底部。很快父亲也睡着了。温和、安详又平静的神情出现在饱受折磨的脸上，也出现在才刚刚开始生活、勇敢的那张脸上。

但悬挂在炉子上的小天使开始熔化。萨什卡坚持不让吹灭的油灯使房间里弥漫着油烟味，油灯透过熏黑的玻璃，把凄凉的灯光投在小天使慢慢熔化的画面上。小天使仿佛在颤抖，大滴大滴的蜡油顺着它那粉红色的小脚往下滴，落在火炕上。煤油的气味里，增加了正在熔化的蜡烛的沉重气息。只见小天使猛地一动，仿佛要展翅高飞，但却落到滚烫的炉板上，发出一声柔和的声响。一只好奇的小蟑螂绕着正在熔化的一摊蜡爬了一圈，给烫着了，它又爬上了蜻蜓般的翅膀，抽搐了一下触须就跑开了。

淡蓝色的光照进挂着窗帘的窗户，新的一天开始了。院子里响起了浑身冻僵的运水工人那长柄铁勺的敲击声。

人间

夏宏芳 译

一

仁慈的上帝叫来白衣天使并对他说："请把耳朵贴到地面仔细倾听，如果听到了什么，马上告诉我。"

天使听了许久，回复说："我好像听到了哭声，人间在哭泣。我好像听到了呼喊声、号叫声和呻吟声，还有孩子们的声音。人间在遭受苦难。我还听到了愚蠢的哈哈笑声，嗜欲者的尖叫声和杀人犯的咆哮声。那里罪孽横行。生活在那里的人们恐惧万分。"

仁慈的上帝接着说道："我曾经派了许多天使去人间，迄今为止，没有一人回来。我徒劳地等待，痛苦地哭泣流泪，但还是不见他们归来的身影。人间依然在呻吟，就连我的星空也变得暗淡无光。我很舍不得你，但现在轮到你了，飞到人间去，扮成人，在人类中间走走看看，了解一下他们的诉求。远离夸夸其谈的人，但也不能放弃倾听那些沉默不语的人，要有耐心等到他们开口，他们说的话，你要像爱惜珍珠一般铭记于心。要去和快乐的孩子们玩耍，但是注意还有一些面带忧伤的孩子，他们小脸苍白，大大的眼睛乌黑明亮，他们不会嬉闹，他们不知道自己这样大的孩子应该做什么游戏，他们的悲伤甚至让我也感到恐惧。把天使的爱心和天使的仁慈送给这些孩子们！我会焦急地等待着你的归来，星光将从此不会暗淡，我要用希望之光让它们永远闪亮。”

天使带着上帝的嘱咐，扇动着雪白的翅膀，奉命来到了可怕而陌生的人间。这一夜电闪雷鸣，狂风暴雨，许多人葬身在坍塌的房屋和大海的深渊中。天空不断有闪电划过……

二

天使回来了，他扇动了一下洁白的翅膀，恭敬地等待着上帝的提问。上帝很高兴，他命令很多小星星都亮起来以示庆祝，半个天空都熠熠生辉。让上帝感到更加开心的是天使衣着整洁，白衣闪闪。于是，他开始提问：“很高兴看到你这个样子，没有损害天堂的颜面，但是请你告诉我，亲爱的，难道人间完全没有肮脏污秽的东西吗，为什么在你的衣服上我看不到一丝污迹?”

天使回答说：“主啊，人间有很多肮脏污秽，但是我避免触碰到他们，所以没有被弄脏。”

上帝皱了一下眉，疑惑地问：“难道人间停止争斗流血了吗？你的衣服像雪一样白，没有溅上一滴血污。”

天使回答说：“不是这样，主啊，人间鲜血横流。但是我没有跟他们亲密接触，所以我才能保持这样的洁净。如果在人群中行走，是无法躲避人间的肮脏和他们的血污的，不弄脏衣服是不可能的。我根本没有降落到人间，只是飞得很低，远远地对他们微笑，给予责备或祝福。”

上帝说：“这样的话，你很难知道人间需要什么，但是，也许，你还是弄明白了一些事情。”

天使回答说：“不，主啊，我主要是告诉他们要怎样生活才不会痛苦和流泪，才不会弄得满身脏污。但是他们好像听不懂，他们一如既往地像动物一样卑微地生活。应该把他们全部毁灭，这就是我的想法。”

“你是这样想的?”

“是的，我的主！还有个坏消息，他们日夜吵骂哭泣。他们把您和魔鬼同样看待，用你们来赌咒发誓，缠斗厮打后弄得满身血污。但更可怕和可恨到不能容忍的是，您派去的纯洁的白衣天使们都是浑身脏污，简直无法辨认，他们做出肮脏的行径，流着血，犯着罪。”

“你看见他们了?”

“我看见了，主啊，但我没和他们打招呼。我就当没认出他们来，他们中的许多人甚至头脑不清醒，口出狂言，行为不端，举止可耻。”

“你在哪儿看见他们的，亲爱的?”

“说起来让人感到羞愧，我的主。我在下等酒馆和监狱里见过他们。在监狱里，他们和小偷、杀人犯在一个锅里吃饭。我看见他们和私通者、散布谣言者以及各种罪犯为伍。他们的衣着简直无法描述——根本没有天使的样子，衣衫褴褛，几乎辨不出颜色。他们极力保持体面，用其他颜色甚至红色碎布打补丁。我从旁人那儿听说，他们想念天堂，心里却又好像充满难言之隐，变成这个样子后他们害怕回到天堂。一天夜里，在路边，我看见一个睡着的流浪汉。他喝醉了，说着梦话。我认出了他，他是您满怀信任派去的天使，可惜的是，他已经背叛了自己的信仰。我在他断断续续亵渎神明的高喊中听到他在说，‘失去天堂，我痛苦不堪，但是我不想做人类中的天使，不想穿白色的衣服，不想要翅膀’。”

上帝机械地重复着：“不想要翅膀！”

三

天使就这样一边讲述着，一边舒展开洁白的羽毛，等待上帝夸奖自己的干净整洁和英明谨慎。可是等到的却是上帝的雷霆大怒，他对这个衣着整洁的天使说出了无法解除的恶毒诅咒。当上帝的咆哮平息，犀利可怕的眼神慢慢地变得柔和之后，他用平静的语气说：“从这里退下，等你全身心地投入拯救受难的人的行动中再回来。亲爱的，你要明白并且记住，身着白衣是身在天堂的使命，但是对于那些去过人间的天使，如果他们的衣服像你身上的衣服一样干净，那就是耻辱。我看得出，你过于爱惜自己，这让我很厌恶。快走吧，否则响雷会更加逼近。当你在人间看见那些从前被我派去的天使时，如果他们害怕回来，你要温和并仁慈地告诉他们，或者就以我的名义对他们说，回到天堂吧，不要害怕，主是爱你们的，他在等着你们归来。”

倍感委屈的天使痛苦，甚至恶毒地冷笑了一下，但表面上仍做出一副恭顺的样子，他垂下狡猾的目光，回答说：“我已经告诉他们了，但他们已经不心存幻想了。”

“不幻想什么？”

“不幻想着能够回到天堂。”

“是因为害怕吗？告诉他们，我会给他们新的衣衫。”

“不，他们不想回来。他们是这样说的，我的主，‘如果我们回到天堂，重新穿上白衣，那么留下来的人怎么办？如果要走，就所有的人一起走，我们不会抛弃他们单独离开’。”

上帝陷入了沉思，他想了很久，最后终于说：“这是什么样的人间啊！我看见我的天使们虚弱无助。我开始想，是否要亲自去一趟人间。”

天使说：“他们一直呼唤并期待着您的到来。但是请原谅我的无礼，我的主，如果您亲自去人间，那您就回不来了。”

上帝惊呼：“那时我的天堂会变成什么样子，会空无一人吗？”

“他们说，那时您的天堂就在人间了。无论是他们、您，还是受难的人都不再需要另一个天堂了。他们是这样说的，现在我看他们是对的，永别了，我的主！”

天使说着这些话，重新降落人间，永远地迷失在人间的泪水和鲜血中。天堂在凝重的思绪中变得暗淡，众神好奇地看着渺小、充满苦难的人间，这种悲伤让它显得是这样弱小，这样疲惫不堪又不可战胜。为节日燃起的星星悄悄地熄灭，在它们红色的光晕中，王座空虚得如同死寂一般。

他——一个陌生人的故事

夏宏芳 译

一

我沉浸在无比的快乐之中，感谢命运对我的眷顾。我是一个连饭都吃不饱的穷大学生，因为付不起学费而被学校开除，用最后的四十戈比发了一个应聘做家庭教师的广告。结果让我感到意外和惊喜，我竟然得到了一份报酬丰厚的工作。那是在圣彼得堡十月末一个阴暗的早晨，我收到一封来信，请我到位于马尔斯卡娅大街的“法兰西”饭店面谈。一个半小时后，出门时下的雨还没有停，我已经有了工作、住所和二十卢布的“巨款”。就像发生在梦里和童话里的故事一样，一切都是那么的美好！豪华的旅店，富丽的房间，雇用我的先生非常客气、殷勤，态度温和。因为紧张、害怕和高兴，我只弄明白了这位先生年纪不小，衣着讲究，像所有那些从小就习惯于穿好衣服的有钱人那样很会打扮自己。我当然是毫不犹豫就答应了他提出的所有条件：住在乡下，有自己的房间，教一个八岁的小男孩，每月五十卢布薪酬。

“您喜欢大海吗？”诺尔金问我。（在这个故事中我不能尊称他为先生。）

他的问题让我不知所措，所以只能含糊不清地说道：“大海，噢，先生……”

他突然大笑了起来：“当然了，谁年轻时不喜欢大海啊！您在我们那里会很愉快的，您会看到最美的大海……有些灰暗，有些忧伤，但是它会发怒和微笑。您会满意的。”

“也许不仅仅是满意。”

我笑了，诺尔金也对我报以微笑，然后他突然说道：“我的女儿在这个海里淹死了，已经是成年的女孩儿，叫叶莲娜，五年前。”

我愣在那里，一句话也没有说，不知道说什么好。另外，他的微笑让我感到窘迫和难以理解，说到女儿的死，自己脸上还能挂着微笑。我甚至没有相信他，认为这只是个玩笑。二十卢布是他主动提出给我的，同时，他非常信任我，不仅没有要收条、检查护照，甚至没有询问我的姓氏。换作别的时候，我绝不会对这种信任感到惊奇，但当时我是饥饿难忍，狼狈不堪，袜子也湿透了。我都无法信任这个样子的自己，要知道我是因为交不起学费才被学校赶出来的。

但是，人很容易适应优越的生活。仅仅在诺尔金家住了一周，我就对这种奢华的生活习以为常：有自己的房间，体会着饱腹的愉悦、满足和温暖，双脚也是干燥的了。随着我越来越远离圣彼得堡的饥饿与拮据，不用再为了生存而勉强卑微地挣扎，新的生活逐渐开始，但是很奇怪，我完全快乐不起来。

我还写信告诉同学们，我的生活好极了。可是我并不快乐，就是不快乐。这种状态出现的原因，我找了很久也没找到，因为表面看一切都好，周围很漂亮，欢声笑语的，我从来都没有像在诺尔金家里笑得这么多过。只是在我一步步深入地了解到这个古怪的房子和反常的家庭秘密后，准确地说是在触碰到冰冷的墙壁之后，我开始猜测这个地方压在人心里的沉重与忧伤、痛苦与烦恼从何而来。

让我先从这个地方讲起吧。房子和花园就建在海边，这幢两层的楼房雄伟壮观，房间很多而且很奢华。他们给了我这个穷光蛋——一个辍学的大学生房子一层的一个房间，好像我是留下来过夜的显贵访客或是主人的朋友。花园富丽堂皇，它的建造大概花了很多精力和金钱吧。这里修剪精美的茂密植物处在凌晨从灰暗呜咽的海面飘来的寒冷水雾之中，高大的树林矗立在贫瘠而恶劣的，只有沙子、云杉和石头的自然之间。这里还有椴树，一些泛蓝的云杉，甚至长着栗子树。这里鲜花烂漫，一丛一丛的玫瑰和茉莉芳香馥丽，花丛间是异常平整翠绿的草坪，我觉得这种草坪从来都不会让人心生暖意。所有透过栅栏看见美丽花园的人都羡慕它的主人，诺尔金自己当然也引以为豪。我也是一看到它就由衷地感叹它的精美。但是草坪间错落有致的树木太过孤独，很快就会有一种冰冷的不快感折磨着你，让你心神不宁，陷入深深的忧伤和幻觉。它使你预感着自己要犯下不可挽回的错误，会永远失去拥有的幸福。

为什么小路上没有留下任何足迹？大房子里住着很多人，还有三个小孩，他们经常沿着花园的小路散步，但在我的记忆中，花园里总是空旷无人，路上没有任何脚印。

诺尔金本人对此很是扬扬得意，他解释说，小路是用一种特别的黏土和沙子混合物精心铺成的，上面均匀地嵌着碎石或鹅卵石，所以，哪怕大雨过后，再深的脚印也不会留下痕迹。但是我对此很反感，并对诺尔金讲出了自己的想法。他笑了很久，我理解不了，他为什么笑？之后，他小心翼翼并极其礼貌地碰了一下我的手肘说："您早上起来看看，即便是出现过的脚印，它们也终会消失，您清早起来就会看到的。"

按照诺尔金先生的吩咐，一大清早，天刚蒙蒙亮，我就醒来了，擦掉窗户上的水汽，看见三个人弓着腰沿着小路慢慢移动，一边还向身后扫着什么。我明白了，这是诺尔金的工人们在用铁耙把昨天白天和夜里留下的脚印扫掉。这同样让我感到不快。

难道需要清理的只是脚印吗？孩子们会把玩具落下，他们总是把玩具到处扔，工人们会忘记铲子或耙子，但这里没有人遗落任何东西。最后的树叶从树上飘落，这也完全不是一幅快乐的画面：发黑卷曲的枯干树叶毫无生机地落到冰冷的碎石上，它们也很快被负责清扫脚印的、恭顺的工人们扫走。有时我会有这样一种感觉，可能是因为诺尔金自己想要彻底忘记过去，竭力制造出一种什么都没有发生的假象。空虚就像野兽的嘴巴一样，张得越大，被驱赶的回忆、被消除的景象和被扫去的印迹就越发明显可查。就连我这么一个外人，一个凡夫俗子，一个天生不会洞察是非的人，都已经感觉到了。这些关于某人犯下的令人悲伤的错误，永远失去的幸福和可悲的谎言，都像甩不掉的黑暗回忆，已经开始慢慢侵蚀着我。

很快，我自觉充当了一个密探和痕迹的追踪者。可是随着事态的发展，这件事就不了了之了。我自己从一个观察者变成了被观察者，从一个侦察员变成了躲避者，从一个跟踪者变成了被跟踪者。但在此之前，我查找了所有迹象。我这个人拥有悲观的想象力，善于进行复杂而且沉重的虚构，我经历充满痛苦的童年和孤独难忍的青年，这一切在我心里构筑了一个可怕的城堡。城堡里充满了形形色色的犯罪、凶杀和死亡。当然，我还年轻，每当阳光明媚，一扫十一月阴霾的快乐日子出现时，我就开始嘲笑自己的遐想。但是，海上飘来了云雾，低低地压下来，它熄灭了光明，黑压压的乌云笼罩着天空，我又重新听到铁耙刮地、扫掉脚印的声音，心又开始不安地躁动起来。

在诺尔金和我沿着远离花园围栏的海边单独散步时，他从未告诉过我那个用水泥加固圈成的金字塔形状的石头堆是什么，我不知道自己是否有能力解开这个谜团。秋天的海浪击打侵蚀着这个水泥塔，有些圆石头已经从缺口处滚落下来，稍许破坏了塔的形状，也许正因为如此，我才没有注意到它的存在。

“看见金字塔了吗?”诺尔金说道，“虽然比胡夫金字塔小，但也终究是金字塔。”

他笑了起来，他为什么总是在笑？然后他继续说道：“我想在这里建一个中世纪诺曼风格的教堂。您喜欢诺曼风格吗？但是有人不允许我建，多么狭隘的视野啊！”

我沉默着，不知说什么，我一直不是一个随机应变、机智灵活的善谈人。他沉默了一会儿，时间足够让我给出答复或提出问题。没有等到我的答复，他自顾自地主动解释说：“就是在这个地方找到了我女儿叶莲娜的尸体，头冲着这儿，脚冲着那儿，我好像对您说过这件事吧?”

“怎么出的事儿?”

“你是说年轻人怎么会淹死吗?”诺尔金微微笑了一下，“她一个人划船出海，起了暴风，把船掀翻了，这不是常有的事吗?”

我看了看泛着细小涟漪的灰色海面，远处露出光秃的黑色巨石，有些地方海水闪着银光，水底清澈可见。

“这个地方很小。”我说。

“她划出了很远。”

“可是她为什么要划出那么远?”

“你是说年轻人为什么要划出那么远吗?”诺尔金笑着反问了一句，并极其客气地碰了一下我的胳膊肘，“我有两艘特别棒的船，每年冬天都维修保养一下，春天再下水。您喜欢划船吗?”

“那艘船也修好了吗?”

诺尔金一开始没明白我的问题：“哪艘船? 当然，当然被拖上了岸。但现在已经粉刷一新，完全认不出来了，这是一艘非常坚固的船。春天的时候，你可以亲自去试试。”

不知道我是否会去划这艘船。我有些顾不上去想这件事。我的所有注意力都集中在大海上，我预感到，就是它，就是这个神秘的大海是笼罩在人们心里和整个这个地方的巨大悲伤的主要根源。大海是……

二

但是我还是早些讲出这个房子的情况和我在这里的生活吧，在这些奇怪的人中间，尽管我很满足，但这些人却真的让人感到极其的厌恶和难以忍受。

每天早晨我要和瓦洛佳一起上课。这个有教养的八岁小男孩有着成人般良好的绅士风度，执行力强，有礼貌，异常的顺从。他从没像我的其他学生那样把脚抬起放到桌子上，他不抠鼻子，不在纸上和桌子上乱写乱画，甚至没做过任何坏事；他表情奇怪地倾听我的每个想法和意见，就好像我是以色列国王所罗门，而他是臣服于我的最谦卑的信徒一样。不管他对我是真的信服还是只是做出样子假装信服，但是这种令人诧异的关注神情让人极其不自在，以至于让最微不足道的话突然获得了巨大的价值，膨胀起来，仿佛至理名言一般。每天，除了节日，十点整，浅色头发修剪整齐的、显得有点儿大的脑袋就会准时出现在书桌前，在我眼前晃动两个小时，然后十二点整准时消失。他的脸是平的，苍白恭顺，没有眉毛，眼距很宽，两只浅色的大眼睛向外凸起，仿佛是两个摆放在盘子上的圆球。我打心眼儿里希望长大后的瓦洛佳会变漂亮。尽管他很恭顺，尽管他比其他学生惹的麻烦少得多，甚至少到可以忽略不计，但是我还是不喜欢他。不喜欢的好像正是他的顺从、客气和分寸感：他从来都不笑，甚至连微笑也没有，但是如果有大人开个玩笑，他会殷勤地哈哈大笑起来；他苍白而扁平的脸上通常不会流露出任何表情，但是如果大人们想要引起他的恐惧、惊奇、兴奋或者高兴的情绪，这张脸马上就会呈现出应有的表情。这好像不是一个小孩，而是一个为了讨好成人而自愿履行孩子义务的人。他也有过淘气的时候，但是只有在受到邀请后才会胡闹一下，并且行为古怪，像是重复梦中看到的别人的顽皮举止一样。也许是因为在家里七岁小男孩和五岁小女孩的身上他也学不会什么，他们和瓦洛佳是一样的。况且，我很少看到这些小孩，他们经常是和一个英国老女人待在一起，因为语言不通，我和她一句话也没有说过。

我曾试着带瓦洛佳去散步，但是他走起路来也是装模作样，令人反感，就像被打扮成有教养的男孩子的昂贵的小洋娃娃一样。只有一次，就一会儿，我看到瓦洛佳是一个活生生的人。我出来到花园里溜达，在一个非常干净的白色长椅旁，在平整的没有人迹的小路上，我看见了瓦洛佳。他直接坐在潮湿的沙土上，双手抱着腿。看得出，他狠狠地摔了一跤，因为他脸上表情痛苦，他还在哭，一个人坐在那里哭。但是一看到我，他马上就站了起来，瘸着腿向我慢慢走来，他的脸是平的，眼泪干了，整个人很快又调整成一副毕恭毕敬的样子。

“瓦洛佳，你摔疼了吧?”

“是的，有一点儿。”

“你怎么不哭呢?”

他若有所思地看了我一眼，似乎在努力想要弄明白我说此话的用意，看出我态度认真，于是很温顺地回答道：“我已经哭过了。”很有可能，就像是古老的笑话中说的一样，他甚至会补充说“谢谢您!”这个奇怪又可怜的小男孩就是这么有礼貌。

我一整天都是空闲的。如果可恶的十一月天气变好，我就去散散步，或是在自己的房间里读读书。诺尔金允许我看他的所有藏书，书很多，最初这是我单调无趣的生活中最大的快乐。有时我在诺尔金的书房里（他甚至允许我在他的书房里看书）感觉自己像个国王：柔软的沙发，巨大的桌子上散放着各种杂志和装帧精美的书，安静得就像身处于公共图书馆里。书房在二楼，任何吵闹声也传不到那里。况且，如果不是诺尔金自己因为某些他所了解的原因弄出响声，比如让狗叫，让孩子们跳舞唱歌，让所有人哈哈大笑，这里是没有任何动静的。

午饭时我们会聚在一起，有孩子们、英国女人、诺尔金和我。我从未见过诺尔金的客人，但有时会出现一个沉默的肥胖德国人，他只有在吃东西或诺尔金邀请他一起笑的时候，才会把嘴巴张开，他好像是经营诺尔金的庄园和圣彼得堡的房产的管家。坐在桌前大家一直在笑，很难说为什么，但是都在笑。主人亲自讲一些笑话，固执地邀请所有人跟着一起笑。他给英国女人翻译，但即便他偶尔忘记讲笑话，她也还是会哈哈大笑。看来，这是家庭习惯使然。最初我是严肃、不苟言笑的，这让诺尔金很不安，甚至伤心。他惶惑地紧盯着我的眼睛，惊奇地询问："您为什么不笑？您觉得这不可笑？可是这是一个很机智俏皮的笑话啊！"

随后他会解释笑话是如何的机智俏皮，以及我为什么应该笑。但是如果我继续保持严肃的态度，或者只是微笑，而不是大声地哈哈笑，诺尔金就开始紧张，不依不饶地、一个接着一个地讲一些枯燥无聊的笑话，像是要从油里榨出水一样，压挤出我的笑，好像我不开始笑，他就会哭，并来亲吻我的双手乞求拯救他的生命。他渴望着，哪怕我只是痛快地哈哈大笑一次也好。结果是我也像所有人一样哈哈笑着，直到现在我还记得那种荒谬的、像抽搐般白痴的笑怎样撕扯着我的嘴角，就像咧开的马嘴，记得那种因为恐惧和极度顺从而引起的痛苦感觉。所以当我孤身一人在自己的房间里或海边时，脸上的肌肉就突然开始被奇怪地拉扯着，被疯狂地拉扯着，近乎蛮横地让人露出假笑。

连续几天一起就餐的都是我已经提及的那些人，由此我认定房子里再也没有其他人。但是有一天，正在吃午饭时，上面那个总是房门紧闭的房间里有人弹起了钢琴。我很惊讶，可能有些失礼地（我总是混淆这些礼节）问道："谁在弹琴？"

诺尔金愉快地回答道："啊，这个，难道您不知道？这是我的妻子。请原谅，如果我忘记了告诉您。这是我的妻子。她身体不是很好，从不出房间。但她是一个非常有天分的人，您来听听，她弹得多好。"

但音乐是那么的悲伤，诺尔金变得不安起来。

他用刀子敲打着盘子边，附和着难以捕捉的节拍，又一次重复道："弹得太美妙了。"但是突然他好像再也忍受不下去了，起身飞快地跑向楼上。回来时，他从楼梯处开始就愉快地喊道："孩子们，茉莉小姐，准备好，妈妈想让你们快乐起来。"

上面确实响起了欢快的曲调：是支时髦的舞曲，疯狂的节奏会让人做出像抽搐般飞快又欢畅的动作。在巨大的乐声中可以感觉到演奏者的不自信。诺尔金解释说："这是新曲子，我刚刚从圣彼得堡带回来的。迷人的舞曲，整个欧洲马上都会流行起来跳这支舞。"他愉快地喊着，"跳舞吧，我的孩子们，跳舞吧，茉莉小姐！"

于是这些听话的木偶娃娃们开始旋转，最小的女孩天真无邪地看着大人的动作，他们的表情像是在掩盖着他们的丑态，她举着小手，笨拙地移动着短胖的小腿。也许，她是所有人中真心快乐、由衷发笑的那个。茉莉小姐学着孩子们，笨拙生硬地转着圈，好像马戏团里的马，听到响亮的甩鞭声，抬起前腿，用后脚站立着。诺尔金拍着手掌，喊着，给舞者们鼓劲。终于，他做出把持不住的样子，自己开始转圈儿，边转边问我："您怎么样，您怎么还站着？"

然后他停下来开始劝说我："请和我们一起跳舞吧，就一会儿。您会给我们带来巨大的快乐。您是不会跳吗？茉莉小姐很快就能教会您。"

但是我坚决拒绝跳舞。满面绯红的孩子们被带走后，诺尔金开始抽烟，他惬意地吐着烟圈说道："哎，累了，我们这里真的很快乐，不是吗？"

从那天起，我几乎每天都能听到上面传来音乐，有时是悲伤的，但经常是欢快的、不自信的曲调。每次圣彼得堡之行后，诺尔金都会带回某支迷人的舞会上全欧洲都在跳的舞曲。他去圣彼得堡去得很勤，在那里有重要的事情，但去的时间不久，一天，两天，不会再多。我很想知道，诺尔金究竟对他的妻子做了什么。现在我感觉，这就是为什么这个房子和这里的人如此苦闷的谜底。但是，我的努力一无所获。我不想和女仆靠太近，看得出来，她什么都不知道，而瓦洛佳礼貌却不够坦率，甚至丝毫不用怀疑，他爱说谎话。

“说说，你妈妈今天怎么样?”我问他，“你们今天去过她那里吗?”

“是的，我们每天早晨都在妈妈那里。妈妈很遗憾不能和您认识。”

“她病得很重吗?”

“不，不是很重。她钢琴弹得很好，她很有天赋。”

“她经常哭吗?”我突然问道。

“她?”瓦洛佳很惊讶，“不，她从来都不哭。”

“笑吗?”我生气地冷笑着问。

“难道笑不好吗?”这个最恭敬的学生委屈地问道，显然期待着我给他讲一个关于笑的长篇大论，并且做好准备，遵照我的结论做出笑或者愁苦的样子来。但是我没给他讲关于笑的大道理，关于他妈妈的话题也没再提起。

有一天深夜，确切地说，是在黎明，那三个人在清扫着脚印，弄得铁耙嘎吱作响。家里突然慌乱起来，看得出来，是和未曾谋面的女音乐家的病有关。什么东西掉了，有人因为可怕的惊吓或疼痛喊了起来，房子里人们拿着蜡烛跑来跑去，房门半开着，我听到诺尔金安抚着众人说：“没关系，风刮掉了窗户挡板，她受到一点儿惊吓，已经过去了，都好了。”

风真的很大，从海上刮来了飓风，烟囱道里整夜风声呼啸，湿气渗透到房子的每个角落，有时像是歌手在露台演唱，或是停在草坪上吹着口哨，唱着野蛮的歌。但是所有的挡板都是完整的，这是我在清晨看到的，诺尔金撒了谎。就在那个早晨，我看到了他的妻子。我抬眼望向她的窗口，在明亮如镜面般闪光的玻璃后面，在昏暗的房间里，我看到了一个虚幻的身影：她站在那里看着狂风过后咆哮的大海。让我感到惊讶的是，经过仔细端详，我看出她不老，完全还是个年轻漂亮的女人，长着一双乌黑深陷的大眼睛。我放肆地（我现在有时对待诺尔金有些放肆失礼）问诺尔金，他的妻子多大。得知，她才二十九岁，淹死的叶莲娜，是诺尔金第一次婚姻留下的女儿。

三

我在诺尔金那里写的日记不知被谁偷走了。很显然，扫除痕迹，这一系列坚持不懈地与表面现象抗争的事情都与这本日记有关。无论是谁偷的，他这种卑鄙龌龊的行为是徒劳无功的，这只高贵的手白白忙着撬锁了——即使恐惧让我数月里意识全无，但我还是相当确信并且清楚地记得所有事件的始终。这些深深印刻在我记忆中的痕迹，是那三个在黎明时用铁耙犁地的人怎么也清除不掉的。

怎能忘记这个毫无生机、颓废的小海湾呢？它浅平得好像这里的地球不再是圆的一样。想到海，我总会无意识地想到船，但是这里没有船只出没，船的航线在遥远的地方，在永远是模糊的一片雾气茫茫的水平线以外的地方。水面低沉，像灰色的沙漠，细小的微波一浪推着一浪，无力地涌向岸边，最终归于平静。偶尔可见远处一艘孤独的渔船，一动不动，很容易让人把它当作浮出水面的石头，这还是几个小时紧盯不放才能看到的景色。在那次看见受到惊吓的、我从未见过面的奇怪女主人的那一天的暴风雨之后，持续一周的时间内一切都安静得让人无精打采，天气潮湿温暖，清澈闷热的空气，让人即使靠近也无法感觉到它的存在。远处雾气茫茫，中午俨然变成了灰暗的黄昏，海水随着雾气远远地退离岸边，露出一些小岛和整片整片的沙滩。沙滩平坦，没有任何标记，没有任何物体，扰乱了所有关于大小距离的真实想象。当我深入这片神奇的领域，我的脚步迈得很大，跳跃过狭小的海沟，我像一个巨人，一个神秘的生物，第一次走过刚刚被造物主创造出的没有生命的荒漠。

就这样，跳过一个又一个“陆地”，我到达了灰色的水边。这一次，水波的微小涌动让我感觉如巨大的浪涛，它轻轻的拍打声仿佛海浪的轰鸣和怒号。在干净的沙子上，我清楚地写下叶莲娜的名字，每一个小字母都像巨大的字符，对着空旷的海、天和地大声呼喊着。为什么我没有原路返回？深夜来临，我迷路了，辨不清方向，到处都是一片汪洋。我吓坏了，直接沿着水洼向前蹚过去，终于看到了夜幕下的黑色石头金字塔，我幸福极了，竟然意外地走到了叶莲娜的尸体被海浪推上来后停在岸边的那个地方。

“您为什么在这个地方住了下来？”那晚我冒昧地问诺尔金，“这里的大海极其无聊乏味！”

诺尔金显然因为我的想法而变得难过起来，惶惑地把头转向黑暗的窗户。

“难道它很无聊吗？不，不是这样的。您只要多了解它一些，就会被它迷住的。”

它现在就已经让我着迷，但这是忧伤和恐惧的迷恋，是逃之不及的危险致命的毒药……可诺尔金永远不会明白这一点，他已经在讲述新的笑话，渴求地盯着我的眼睛，强迫我发出傻笑，笑破肚子。我们俩就这样面对面坐着，笑着。上帝啊，这是多么的愚蠢和难堪！

这次谈话之后，随后的日子没有在我的记忆中留下任何印记，就像完全没有发生过一样。我一直处在无梦的昏睡中，直到十二月五日大海被冻住了，下了第一场大雪。随着第一场大雪的落下，就在那天，十二月五日，发生了一连串不同寻常的事件，越发让我搞不清楚在这个颓废的地方人们为什么生活得如此悲伤的谜团。直到现在我也弄不明白，有时觉得这只是愚蠢的臆造或失败的童话。讲到这里，我大概又要可惜那本日记了，日记里对于每天都有清晰的记录。因为只有通过记录里严格又有逻辑的陈述（即使无法解释清楚），才能理解那种逐渐控制我、让人无法忍受并最终形成病态的恐惧感的原因。

我要尽我所能，准确地讲述所有与事件相关的细节。我觉得特别重要的是那个可怕离奇的事物，它仿佛是所有黑暗力量、一切忧伤和悲痛的化身，它笼罩着诺尔金那不幸受诅咒的房子，连我这个旁观者都被吸进了恐怖的旋涡。

在此我强调一下，十二月五日这一天，下了第一场大雪。前一天整夜和第二天早上都在下雪。和瓦洛佳上完课后，我走到外面，周围一片寂静，死亡一般的洁白美好。我匆忙走到海边，身后留下深深的脚印。太令人惊叹了，大海消失了！昨天冰冷的、被狂风卷动的、闪烁的浑浊水面，今天平整得没有任何褶皱，视线所及，一片白茫茫。如果世界是画在纸上的，那么可以这样想象，在我的身后是已经完成的画卷，接下来是画笔未动的白纸一张；就像想在所有平整的、未曾触及的表面留下足迹或图画的人一样，我摘下右手的手套，用手指在冰冷的雪上写下了大大的“叶莲娜”。

回头看“石塚”，它已经不见了。只剩下石头围成的圆形的小雪丘，寂静温顺，就如叶莲娜再次死亡，永远离去。头冲着这里，脚对着那边……不，很难想象，没有土地，没有海岸，没有掀翻小船的波涛，只有这白色的、一望无际的广阔平原。我仿佛感受到了自由——变得异常的轻松和心无杂念，不知为何煞有介事地想到，应该回学校一趟，看望一下老师们。诺尔金这个人简直就是个怪物，真的，让人感觉不快、不幸而又无辜。总之，他与常人不同：赚大钱，说走就走，让这里的人想怎么活就怎么活，讲讲笑话，跳跳舞。

“哼，看你现在拿这些脚印怎么办！”我快乐地想着，往回走时，故意不踩原来留下的脚印，蹚出一条新的、宽宽的凌乱足迹。这是多么的惬意：留下脚印明天还记得今天从这里走过，可能，很多天后，直到再次下雪，被新的、干净的雪覆盖，看着自己回到过去。连花园也变得朴实无华：在宁静的白雪的冰冷温存中，让树木饱受痛苦折磨的疏远和孤寂消失了，随之而来的是梦和静静的幻想。只是这种祥和宁静还是被打破了——诺尔金为了保护南方的珍贵树木不受冻，给它们穿上了一些巨大的木头外套，我之前从没看过有人在花园里这样做。我非常不喜欢这些高高的东西，让人一下子弄不明白是什么，就好像是空置的木头箱子的东西，其中一些模模糊糊的，像巨大的棺木，在举行某种原始仪式的队伍的最前面，被放在送葬人的脚上。“就像切断了死者的复活之路。”想到这儿，我恶毒地回忆起诺尔金曾把这些箱子看作高明、实际而愉快的发明。

诺尔金已经两天没在家，他去圣彼得堡办自己的事情了。偌大（我还不了解所有的房间）、温暖的房子里空旷安静：孩子们和英国女人在各自的房间里不吵不闹，厨房的女仆也安静下来，楼上的某个房间里，在镜子般闪亮的玻璃窗后孤独生病、年轻漂亮的女主人也默默无声，她是一种未知力量造就的蒙昧的牺牲品。我在书房坐了大约一小时，但是不想看书，心里有些过于快乐和不安，就把这个空旷、安静且没有考察过的房子当成了猎奇的对象。在小心倾听没有人走过后，我迈过房间的门槛儿，走了进去，其中一间是不幸的女主人的。门是开着的，我小心又慌乱地穿过一个又一个房间，然后眼前出现了一个又短又窄的走廊，我来到一个楼梯台。它连接着一个向下的楼梯。有关这个楼梯我也一无所知，可是我马上意识到，就在这里，女主人就在这个沉默的高门后。我无比坚定地想打开这扇门，但是门没有被打开。我站在空空的楼梯台，不知道接下来做什么。敲门？我哪有这个权利！

我站了很久，就像第一次被诱惑般，被羞涩和无法打破的宁静压迫着，寂静每一分钟都在加剧，渗透到每个物品，冻住了楼梯的台阶，用苍白的眼睛看着广阔的窗外。终于从下面传来了脚步声，我快速回到书房，又重新感受到了那种不安的快感和不久前经历的下意识的紧张。这时我还是读不下去书，很快手里拿着书在宽大、柔软的沙发上睡着了，最后带我进入梦境的是死寂的、被铅笔勾画过的白雪世界，身处在无边无际的白雪中的无助的迷失感和狭小安全的避难所带给我的孤独的温暖。

晚上，我像往常一样，在自己的房间里记日记、写信，按照往常的时间躺到床上，但是因为白天睡了很久，我久久无法入睡，睁着眼睛躺了一个或者是两个小时，饶有兴趣地看着、听着这个陌生的房子，还有不太熟悉、现在在夜晚的半明半暗中完全陌生的房间。夜晚像白天一样悄无声息，在薄薄的白色窗帘遮挡下的窗外，夜色昏暗又发白，原来是月亮在云后散发出梦幻之光。好像，我已经开始慢慢入睡，突然间感觉到窗外站着一个人，像阴影般投射在白色的窗帘上。

这里要解释一下，我的房间在下面一层一个两面墙相交的角落，窗户离地面很低，只要踮起脚尖或个子高就可以看到房间里面。“显然，有人来了，却不知道怎么进来。”想到这儿，我有些担心地走到窗前，掀开窗帘……是的，就在我的面前，一个人站在那里，胸口到窗台的高度，脸色黑暗，一动不动地看着我，我有些慌乱，做着手势，像是在表示欢迎，但是他没有任何回应，完全不动。我用手指敲打着玻璃，那个黑暗的身影和阴影中的面孔还是一动不动。

“您要做什么?”我声音不大，忘了透过冬季的两层窗框可能听不到我的声音。

确实，没有回应，那张黑乎乎的脸还是一动不动地、直直地看着我。“你等着，看我把你抓住!”我很生气。但我还没来得及转身离开窗户，他已经开始走开，慢慢地，不慌不忙，一瞬间他的身影像勾勒出的一个黑色平面画。我只来得及看见，他的肩膀很平，异常的宽，头上戴着不高的圆顶礼帽。总体来说，他身上没有任何不寻常和奇怪的东西，或许只是深夜神秘出现在别人窗户下的陌生人而已。为了安全起见，我决定出去看看，但是在我穿衣服的时候，又有些犹豫了，我没动，假装漠不关心地想着："明天就会知道怎么回事儿了。"

早上，我问遍了女仆和家里的人。结果，大家都说整晚没有人来过，谁都没看见一个像我见过的那个陌生人一样的人。在我的询问下，看守院子的人表现得非常正常和平静，只是刮了胡子的年轻的仆人伊凡，据我的感觉，表现出了不安和一些惊慌。他请我又重复讲了一遍关于陌生人出现的事，最后他才放心了，并一再坚决地声明，所有这一切只是我的幻觉。后来，我打听到，房子里很多人都怕幽灵，但是所有人都深信，那个幽灵就是淹死的叶莲娜。而且，这种恐惧，并不是深刻到心底的真正的恐惧，它具有在不幸多疑、充满好奇心的家里出现的迷信说法的特征。

一无所获后，我就去看了看我的窗户，希望它能给出所发生事情的谜底，但是我看见和发现的，反而让我极度不安甚至有些呼吸不畅的紧张。窗下没有任何脚印，这是最先映入眼帘的，然后，很明显地，我弄错了窗户的高度，认为它不超过普通人的身高。事实上，虽然我身高中等偏上，但指尖只勉强够到窗台。这对我很重要，因为昨天陌生人的胸口到窗台了，或者他不是正常人，身高异乎寻常地高，或者像幻影一样悬在空中。“是的，幻影。”这就是观察到最后得出的结论，它让我惶恐不安。

对此的解释也是理所当然的：我高度紧张不安地盯着陌生的房子，期待着发现神秘或阴暗的诡异奇闻，这损害了我的神经系统，像送礼物一样让我看到这么一件怪事，这是我们这个怀疑一切、有文化教养的时代唯一尚存的东西。是的，不容置疑，如果它不是偶然的过路人，或者疯子，或者其他什么，那么，这就是幻影……但脚印又是怎么回事呢？如果这是幻影，那么，为什么我感觉自己健康、强壮，没有一丝的神经衰弱，所有的物体看得一清二楚，并且想象力清晰准确呢？为什么我的恐慌和神经错乱的结果是出现了这个身影，真的，相当阴郁，但又普通平常，与我的猜测毫不相关？就像房子里的很多人一样，我更期待的是看见叶莲娜，但却是戴着圆顶礼帽的沉默先生，他的礼帽与我何干？

我没有找出问题的答案。但即使没有任何结果，我也快速地平复轻松了下来：健康的感觉给了我自信，无论从哪个角度看这个现象，都不会有严重的事情。日子沿着正常的轨道在进行着，傍晚诺尔金从城里回来，带回来一些非常开心时髦的新舞曲。于是晚饭后上面未曾谋面的妈妈很不自信地摸索着、弹奏着陌生的曲调，孩子们跳着舞，茉莉小姐旋转得像马戏团的马，诺尔金也在屋里走了两圈，模仿着芭蕾舞舞者的动作，并搞笑地夸大着动作的幅度。所有人笑得很厉害，当我用笑出眼泪的眼睛看了一眼窗外时，我感觉，有人站在那里。我立马清醒了。仔细一瞧：窗外漆黑，空无一人，也不可能有人。我脸上微小的神情变化却引起了诺尔金的不安：“您为什么不笑，这多么可笑啊！或者是您不喜欢我们的新舞步？这不可能让您不喜欢，我要向茉莉小姐告状，她会像惩罚坏小孩一样惩罚您。啊！看来您已经害怕了。”

他指着我，对茉莉小姐用英语说了些什么，强迫她笑着，摇着头，最后，继续说着笑话，让她走到我跟前，像是惩罚般，戏谑地用她的手打我的手。这还不够，诺尔金像个撒欢的小男孩一样跪下邀请家庭女教师和孩子们，嬉笑着哀求我和他们一起跳舞。我不知道该怎么办，说些什么，心里顿时感到无比羞耻和厌恶。而这只是一个玩笑，就完全束缚住我，让我哑口无言。一瞬间我看到门口仆人伊凡愤怒的脸，一分钟后，他穿着礼服，应该是戴了白手套，也这样跪着请求我跳舞。音乐一直在轰响，沿着我昨天看到的无声的台阶传送着，一切都变得野蛮和病态般的可笑，这是对人致命的抓痒。最后以我开始跳舞收场，我在无数黑暗的窗前和包围我的怪圈里旋转舞蹈，我迷惑不解：我在哪儿？我怎么了？

诺尔金久久无法平静下来，孩子们已经去睡觉了，他还拉着我在餐厅絮叨着之前发生的事情的细节：茉莉小姐怎么转圈儿，瓦洛佳怎样旋转，所有人跪下说服我是多么可笑。他用保养得很好的老爷的手信任地拍打我的膝盖，把脸贴近我的脸，可惜这张脸我直到现在也没有看清楚，没有记住。他动情地说：

“不，您想想，这有多美好，多愉快，终于是有文化的场面了！是的，有文化。我们住在荒僻的地方，一个小村庄，方圆十公里没有人烟，那个方向（他伸出手指向大海），可能有几百几千公里，但是我们怎么办？我们笑，我们还能做什么？我们跳舞！我的圣彼得堡的朋友问我，怎么能在这么幽静的地方生活而不感到无聊呢？是的，要是他们看到今天的场面就太好了！”

他哈哈大笑着，不断用手拍着我的膝盖，笑了很久，太久了，让人无法忍受的长久。然后他继续快乐地说：

“是！让他们都看见，让他们都来和我们跳舞！我们为什么不这样做呢？是的，是的，好主意！真是个出色的想法！”

他激动地在房间里走来走去，夸张地扮演着一个忽然想出好主意的人——时而手指贴在额头，时而摊开双手，眼睛向上翻着。

“今天已经是深夜……”

但是他打断了我：“是，是，当然，我们叫来五十、一百个人，我们所有人都要跳舞，会是多么快活，多么隆重，多么有文化！”

“可是今天已经很晚了……”

诺尔金飞快地转过头，表情严肃地看了我一眼。他没说话，我却感到自己也无力说话，就像一把铁锁挂在我的嘴唇上。

“您想说什么？”他礼貌地向我俯下身。

但是我已经什么也不想说，而且什么也说不出来了。

这晚，我很快就睡着了，睡得很沉、很轻，像掉入了坑里，上面铺满黑色的羽毛。睡到两三点钟，有人叫醒了我，大声地说着：“该起来了！”声音是那么大，以至于我在床上就直起身来，房间里空旷寂静，门是关着的。我马上想到，这是熟睡的人的幻听。我翻身到右侧，准备继续睡，突然想起窗外的模糊幻影……是的，像昨天一样，有人站在窗外。

就是他。我竖起手指警告他，但是，像昨天一样，他什么也没有答复，继续一动不动地站着。现在我清楚地看见，他确实有特别不正常的身高，他是站在地上，不是悬在空中，这没有吓到我，反而让我放下心来。我又想应该走出去抓住他，刚一想到这里，他好像猜出来我的用意，转身离开窗口，不急不慢地顺着房子走了。穿衣服？不，不用，反正也来不及了。

“如果就是这样……如果就是这样，那么，也不是那么可怕！”我想了想，蜷缩在被子里，几乎因为今天一切都结束了而感到快乐。

但是我的手和脚是那么冰冷，一只脚碰到另一只脚都感到疼痛。好像这不是我的脚，而是别的什么人的冰冷的脚在被子下面。不一会儿我开始全身颤抖，就像患了冷热病。

四

在随后一天的夜晚，十二月七日，我躺下睡觉，但是穿着衣服。我下定决心要追上陌生人，抓住他的领子，无论如何要解开奇怪的、令人不快的谜团。我没有感到害怕，但是微微不自然的紧张感，甚至是愤怒让我无法入睡。但是我的等待是徒劳的。窗外，既没有影子，也没有一点儿声音来打破夜的宁静和空洞。就这样平静地又过了两夜，谁也没有出现。在这种无比轻松又奇怪的状况下，我几乎完全忘记了自己的“访客”，偶尔想要回忆起这件事会让我产生病态的感觉，记忆也拒绝勾起让它不悦和难堪的影子。在那晚之后，我睡得一如往常，平静而酣畅。

星期六（诺尔金还是没在，他去城里了），我整晚坐在他豪华的书房里，浏览国外珍贵的艺术画册，有些忧伤地想着，我的审美还没有达到应有的高度。思考着纠正这一缺点的方式和手段，我忘了时间，看了一眼书房不报时的钟表，已经十一点多，我很少在十一点后就寝。我急忙收拾起自己的几页笔记，不经意间看了一眼漆黑的窗外：他，在那里，胸口以上突出在窗台上，向房间里看着。由于突然的惊吓，我失手掉了手里的东西，我弯下身来，把它们从地毯上拾起，再看窗外时，他已经不在那里……我的希望落空了。

就在照向窗外的灯光下，我能够很清楚地看到他的脸：安详，甚至是漫不经心的，这张脸本身并不可怕。看样子他大约三十五岁，脸上线条粗犷端正，没有胡须，这张脸甚至闪着光亮，好像不久前经过仔细的修剪，剃过须，只有一点我没看清——他的眼睛。他双眼明亮，像所有人一样，我看着这双眼睛，但是他直视我的目光扰乱我看清、看懂它们。目光中有什么，我不会形容：它直率，丝毫不动，我能感觉到它对身体的接触，由此出现的观感可怕至极。他站在这里看了我多久？这个想法触碰到我的自尊，恢复了我的勇气和力量。我意识到他就是个下流的恶棍，我向窗前迈了一步，威胁地喊了一声。几乎同时，在我房间的窗户旁，他慢慢转身离开，消失在深夜的黑暗中。

我笑了起来，兴奋地在房间里走来走去，大声重复说："真是个恶棍！难以想象的恶棍！"

我越发气愤，决定不顾深夜，叫醒仆人伊凡和下人们去搜索花园。突然，一个简单的想法熄灭了我的怒火和这个愚蠢的计划——我想起来书房的窗户在房子的二楼。

书房中的这个夜晚变得荒唐古怪、毫无目的和意义，但他开始坚持不懈并有条不紊地追踪我。我无法准确恢复记忆中的天数、日期，但我知道，这是显然的跟踪。他谨慎地慢慢靠近我，占据越来越多的窗口，停留的时间也越来越长，好像他无处不在，可怕地包围着我。大约一周半的时间他只在深夜造访，然后是傍晚，再然后是黄昏时刻，确切地说是从黄昏开始，因为一天中他已经不止一次地出现了。

是否可以把这种默默地突然出现在任何一个窗口的行为称作造访？我极力逃避着固执的访客，不敢走近窗前。记得有一次，我飞快地穿过房间，从一头走到另一头，让我万分惊讶的是，他已经出现在那里，围着房子绕过很长的距离，又在等候着我出现。

显然，家里没有人怀疑什么，生活像往常一样，冰冷忧伤。无声的沉默和宁静偶尔被诺尔金白痴般的快乐痉挛打破。为什么这栋房子里的孩子们从不哭闹，也不任性撒泼？只有一次，和瓦洛佳上完课后往房间走，我听见近处有最小的女孩的细小哭声。这很突兀，不合房子的常态，我停住脚步，轻轻地打开房门，小女孩就在门后。让人惊奇的是，无论是茉莉小姐，还是她的保姆都不在，房间里除了她之外，没有别人。小女孩在角落里，脸对着墙，带着哭腔很快地小声说着话。她一只手抱着洋娃娃，洋娃娃两只软弱无力的腿向前伸出并微微屈膝蜷起，头发披散着，一只眼球被挤出眼眶，小女孩把另一只手不断地放在眼前，煞有介事地继续说着话，擦着眼泪。听到我的声音，小女孩停止自言自语，但是没有回头，只是小心翼翼地把娃娃拉向自己，藏到了身后。

“茉莉小姐惩罚你了？”我俯下身问小女孩，但是她不敢把她的脸转向我。就这样，不知为何，小女孩的悲伤让我感觉是不可侵犯的、可怖的。我重复了三四次问题，才听到小声的回答：“不，是我自己惩罚自己。”

“想让我抱你吗？我抱你在房间里走走。”

小女孩没有回答，但是洋娃娃慢慢滑落到地板上，小女孩的整个身形，窄而圆的小肩膀和脑后褐色的卷发表达了她犹豫的态度。我伸出双手要抱她，就在这时诺尔金响亮的笑声穿过房间传了过来。我离开小女孩，飞快地走出房间，决定尽快和诺尔金解释清楚，然后离开这里。

五

我当然应该离开，所有的理智都在催促我快点离开这里，甚至是立马动身。可能，就在这一天，这一分钟，我有了自救的念头。但是有一种比理智、无聊、颓废地说教更强大的东西把我束缚在这个地方，控制着我的意志，把我更深地引到不可知的黑暗不安中。忧伤和恐惧有自己的迷惑力，黑暗力量对不知快乐的孤独心灵影响巨大。我不知道，我是否想过，或找寻过虚伪的借口。但是，我几乎是毫不犹豫就放弃了离开的想法，我要留下来承受新的痛苦和折磨。

可能留住我的部分原因是之后到来的美好宁静的日子，天气晴好，阳光灿烂。夜晚寒冷的雾气给树木和我曾经走过的电报局的电线挂上了白霜，每根细小的枝条都变成了未曾见过的白色的、毛茸茸的美丽植物。在秋天变得萧瑟的花园又郁郁葱葱起来，仿佛被新的白色叶子覆盖。树枝间的阴影虚幻，远处和近处的树完全融为一体，所有的树枝交叉错落，迷惑的双眼永远也分不清这静止的银色混沌。

但但仔细一看，突然又觉得一切很分明——粗壮的树干，蓬松的树冠，白色的枝条在湛蓝的天空下摇曳，仿佛整个世界都充满了冬日的美好气息。这太美，太不寻常。当太阳的粉黄色的光线射入这场静止的游戏，静静地闪着光，闪烁着，迷失在遥远的霜花里，双眼和心灵皆因这美景变得疼痛。

这些天他都没有再出现过，诺尔金连同他的笑和笑话留在了城里。他不在，没人喧闹。寂静的感觉是那么强烈，好像整个世界里所有的不安、喊叫和声音都停止了。在这些安静幸福的时刻，我完全忘记了夜晚的可怕，大地不再是我熟知的模样，寂静笼罩着一切。每天早晨我套上滑雪板到冰封的海边，到坟冢前，看雪中用大字书写的清晰的名字——叶莲娜。

回来时，走进房子，我礼貌地不断打量着诺尔金妻子住的房间的窗户，怀着希望，哪怕只有瞬间，能够看见曾经出现过的年轻又苍白的脸。但是谁也没出现，这不得不让人想象成那里没有活人，世上根本没有诺尔金夫人这个奇怪的、面色苍白的女人。没人说起她，就像世上没有叶莲娜一样。人们不谈论她，但每天有人把孩子们领去那里。很少，真的，我很少在自己的房间里听见仆人住的下房里响起犹疑的、微弱的铃声，响三下，不像其他任何人的铃声：这是她在叫仆人。我很奇怪地想到，她的门像其他门一样被打开，她起身迎向清洁女工，小声对她说着什么，请求什么，让人看到自己苍白的脸。清洁女工漫不经心地称呼她为“女主人”，但关于女主人什么也讲不出，或者不想讲？

十二月十五日，诺尔金从城里回来，可是随后天气急剧变坏，天空阴暗起来，厚厚的灰雪倾泻而下，冰冷地、密密地覆盖在画出的“叶莲娜”的名字上。他和坏天气一起席卷而来，我和这个让人难以忍受的访客的关系进入了新阶段。

十二月十九日，星期天，晚饭后，所有人都离开了餐厅，我和瓦洛佳站在窗前看着花园里雪花飘落，他出现了。这是第一次，白天，有旁人在场时他出现了。他站在离窗户两步远的地方，黑色的礼帽上和肩上雪花莹莹，我清楚地看见两三片雪花轻轻落在他黑色的衣服上，安静地留在那里。但瓦洛佳吸引了我的所有注意力：他的双眼眯着，目光集中想要看清近处的物体，不用怀疑，瓦洛佳也看到了我看到的。而且，当陌生人几秒钟后转身要走时，瓦洛佳甚至向前迈了一步，想继续看看。我激动万分地拉过男孩，严肃地问道：“你看见他了？”

他像个成年人一样平静地撒了谎：“我不明白，您在问谁？我什么也没看见，除了落下的雪花。难道您还看见了其他什么？”

“是的。”

“您还看见了什么?”

我知道他会一直说谎，于是放弃通过他去了解一些事情。第二天，这件事又原封不动地发生了一次。只不过和我站在窗前的不是瓦洛佳，而是更加虚伪的他的父亲，他还是那样完全暴露地站了几秒钟后走开，躲到了角落后面。诺尔金用目光追寻着他。

“怎么样?”我问他，并用力地笑起来。

“我很高兴，您终于快乐起来了，但是怎么回事?”诺尔金显出由衷的惊讶，小心地碰了一下我的肩膀问我。

可事实上，他看见了，看见了，我知道，千真万确!

“您看见了吗?”

“没有。”

“不，这不是真的，您回答的方式说明，您看见了。这是什么意思?”

他若有所思地看着我，脸上没有一丝笑意。我感到特别的无助，几乎是绝望般粗暴地喊出:“我要告诉所有人!”

“告诉所有人?”

当然，他捕捉到我小孩般的行径后，脸上的表情突然就变了，变得充满关切，殷勤得腻人，就差没拥抱我，而且眼看着就要对我一顿亲吻。然后，诺尔金问了我很多问题，想知道我为什么对这里不满意。

“难道有人羞辱了您？大概是仆人？在我的房子里，我绝不允许这种事情发生！说出他的名字，我马上（处罚他）……噢，这种情况下严厉些是对的！不是这样？那是您想家了，是的，是的，别说出来，我猜猜看。我年轻时也这样……啊，青春，青春!”

他又絮叨了很久，很难理解，他是在故意嘲笑我，还是自己想摆脱不安的情绪。他近乎执着地请求别人要快乐，现在，马上开始笑，有时几乎变成了恐吓、威胁。最后他计划举行非常有趣、非常快乐的枞树晚会，从明天开始准备，现在就写出购物清单，马上派人去城里……

我们的谈话就这样荒唐地结束了。接下来的几天，伴随着我心灵上不断浓郁的忧伤，房子里却人为地呈现出愉快忙碌的景象。人们大声吵闹着做一些无用的事，开着谁也高兴不起来的玩笑，巨大的笑声像绝望中撕扯衣服的破裂声。枞树送来了，真的是非常大的云杉，整间屋子都散发着针叶树枝甜香的树脂气味，还有些许葬礼的气息。蜡烛冒着烟，有时为试验效果点燃后又熄灭了。我、茉莉小姐和孩子们在挂东西，顺着梯子爬上爬下，诺尔金把着梯子，将银线散开在带刺的、非常难弄的树枝上。然后，跳舞，表演一些匪夷所思的仪式和合唱，未见面的女音乐家重新给我们伴奏。

深夜里发生了下面的事情。和诺尔金的谈话，准确地说，是我自己的愚蠢让我震怒，我立刻决定，鼓起勇气不让事情不了了之，要坚定果断。又像那个夜晚一样，我躺到床上，没有脱衣，焦急地等待着他出现在窗帘后的那一刻。这一次，我按捺不住激动的心情，准备自己叫住奇怪无情的跟踪者。但是，他来迟了，已经是深夜一点钟左右，像往常一样，我的感觉从未欺骗过我，他就在那里。我快速走到窗前，掀开窗帘：是的，他在这里。我用仇恨愤怒的眼神看了一眼黑暗中的身影，宽肩膀，暗处的头显得有些小。就在我用手指做了威胁的手势转身要走时，他也转身离开了窗户。我走得很快，小心翼翼地不发出声响，摸索着走过两个房间，直到嗅到皮毛的味道——我已经到了前厅。我点燃一根火柴，可是它马上就熄灭了。我打开前厅和外门之间相隔的冰冷的玻璃门。铁闩冰凉刺手，黑暗中，火柴点不着，我忙乱地弄了很久，终于把门打开。我坚定地迈向黑暗的屋外，几乎和他碰在一起。他站在被白雪覆盖着的不大的一块石头地上，离我仅一步之遥，默默地一动不动。他发黑的脸对着我，个头比我稍高。我们就这样面对面站着，不知道过了多久。他没有尝试走进房子，没动，但一秒接着一秒，我越发感到恐惧，身体悄悄地向后退着，我慢慢地，感觉荒唐但又认为很有必要地开始关门。关上门后，我急忙上闩，仿佛觉得他在拉门把手，但，这只是幻觉。

黑暗的前厅里温暖舒适，又闻到冬装散发出的浓浓的皮草气味。我打着哆嗦回到自己的房间。

六

那时我还没有失去理智。第二天早上，在经历了漫长茫然的夜晚后，我极力思考着所发生的事情。我清楚地记得，那个早晨，我很严肃，很平静，头脑像所有人一样完全健康，像没有被惊吓过的人一样清醒。为了认真地思考，不被打扰，我借口身体有些不舒服，拒绝参加未完成的圣诞树的后续装饰工作，沿着通向车站的宽阔平坦的道路走去。天气阴冷。

从前人所写的书里我知道，像所有人都知道的那样，孤独的、遭遇突然不幸或犯罪的人会产生幻觉。但是我没有犯罪，也没有经历过痛苦，最主要的、最难以理解的以及毫无意义和荒谬的是，这个人和我的生活从没有过，也不可能有任何关系。这个像是街头流浪汉的不同寻常的先生，戴着圆顶礼帽，飘在空中，守在我的窗边，对我纠缠不清，就像神秘地爱上了我似的。他想从我这里得到什么？我只是这个家里的补习教师，对那个可悲的错误，痛苦的谎言，甚至很可能是犯罪的事情我一无所知。这个罪恶阴影笼罩着对我来说陌生的人们和陌生的地方。我很健康，每天体重都在增加，但这一切都毫无意义，我甚至不能去看心理医生。他想从我这里得到什么？我只是这个家里的补习教师。

路上没人，我几次大声地重复，就像念咒一样：我只是这个家里的补习教师。这句话足够清楚、有说服力，一瞬间我甚至想和幻影谈谈，向他解释明白，他错了，我只是这所房子里的补习教师。但是难道和幻影能够说话，就可以向他们证明什么？无稽之谈，无稽之谈！

我沿着道路继续走，紧张地思索着，直到发现我的思想是重复的，思维按着同一轨迹运转，就像马戏团里的马一样绕圈跑，在同一个地方重合，并重复着同一句话：无稽之谈。要脱离这个圆圈，换种方式思考，但是怎样做？我不知道。循环重新开始，我不是在走路，而是顺着封闭的路线在跑，返回时，拼命向前，失去了希望，变得无力。我感到无法忍受的万分恐惧。不是因为幻影，他不知为何已经失去了意义，而是因为可悲的人头脑里出现的可怕想法。我差点儿喊叫起来，转身后快步向家里走去，甚至这也好像是意识中出现过的家，它与空虚的幻觉相连。

回到家后，我感觉十分的快乐、温暖、欣慰。那种高兴甚至让我笑出声来。我不在时来了两个大学生，他们是诺尔金的外甥，被邀请来过圣诞节。他们两个长得很像，很随和，很谦逊。他们和诺尔金一起在圣诞树旁忙碌着，打扮着圣诞树，孩子们也在那里，上面响着音乐，这一次我不再感觉这是伪装的快乐，诺尔金夫人演奏的是大学生带来的新的舞曲。我记得我和两个大学生去散步，然后吃午饭时我们喝了葡萄酒，多次开心地笑着，晚上已经完全像是有模有样的舞会，因为来了一个胖女士和她的两个女儿，年轻女孩很活泼热情。我要提一下，在这之后的几天又来了很多受邀参加圣诞晚会的客人，他们亲切有礼貌。我甚至感到奇怪，房子虽然很大，但怎么能容下那么多的人。深夜来临，这些人回到各自的房间，仿佛凭空消失一般。他们是谁，说实在的，我不知道。我还要指出我的记忆力一个滑稽可笑之处：我一张面孔也没记住，无论是老人，还是年轻人。记得住的是衣裙，男人的、女人的、黑色的、彩色的，我非常清楚地记得有一件将军的制服，但是穿着这件衣服的人脸确实无力想起，好像那不是一个活生生的真人，而是制作军服的裁缝铺悬挂的牌匾。

再回到遇到大学生带着两个女儿来的那一天。喝过葡萄酒，又跳了舞，我卖力地跳，所有人都被我笨拙的样子逗笑了，我的头晕极了。等所有人都散了，我回到自己的房间，衣服还没脱就扑到床上，立马睡着了。过了两三个小时，深夜时我醒来，干渴和另外一种不安或命令叫我起床。屋里死一般的寂静，忘记拉上窗帘的窗户外面，他站在那里。我记得自己耸了一下肩膀，不慌不忙地盯着窗户，给自己连续倒了两杯水，都喝了。但是他没离开。我被冻得浑身冰冷，好像窗户朝外开着，在冬夜的严寒和黑暗中，我完全忘记了疯狂跳舞、音乐悠扬的晚会，整个人都是怯生生的，顺从并哀伤。我慢慢地，用手指了指门，对他示意后，和昨天一样在黑暗中向出口走去。还像昨天一样，前厅散发着皮草的气味，冰冷的铁栓，双手微微颤抖着努力了很久才能打开。又像昨天一样，他站在小广场上默默地等着。我也不说话，仔细倾听着远处孤独的狗叫声，这是打破寂静夜晚的唯一真实的声音。不知道过了多久，他突然迈步走进门里并狠狠地撞了我的肩膀。我跟在他身后，他打开前厅通向房间的门时，我看到远处窗户上他的黑色身影一闪而过。我一点儿都不惊奇，他走进了我的房间，正是我的房间。我也走了进去，并习惯性地关上了门，但是没有往前走——太黑了，我不知道他在哪儿，可能会撞上他。过了相当长的一段时间，我的眼睛适应了房间里的昏暗，看见墙边高大、一动不动的暗影。假如我之前不知道这个地方的墙是空出来的，我会把它当作家具或挂着的一堆衣服。房间里安静得连呼吸声都听不到。

时间过了很久很久，他仿佛静止在那里，我开始怀疑他是否还在那里，于是向前迈了一步，手伸出很远，小心地碰了一下，我的手指一瞬间感觉到了衣料和衣料下面结实坚硬的肩膀或者手。我缩回手，又站了很久，不知道接下来该做什么，终于我忍住嗓子里的干痒，嘶哑地大声说："您要做什么？我只是这个家里的补习教师。"

但是他沉默不语，我开始感到好笑，我竟然称呼他为"您"。从他的沉默中我还是明白了些什么，我应该躺下睡觉。在他黑暗中看不见却洞察一切的目光下，我把衣服一件一件地脱下，坐在床上，因为我的动作，床发出嘎吱的声音，让我很难为情。躺在冰冷的被子下，我还在想，没有把鞋子放在门外，但又认为，现在这些都无关紧要。我仰面躺下，否则会显得不礼貌。这时，他也坐下，小心地把我往墙这边挪动了一下，然后移到床边并把手放在我的头上。他的手冰凉、沉重，从手上传来忧愁和睡意。生活中我经历过很多艰难，亲眼看见挚爱的父亲死去，曾不止一次地想过，我虽然年轻，但心里也承受不了这种痛苦，心会伤心难过得破碎。但是，在这只冰冷沉重的手触到我的额头后产生的忧伤感是我在这个夜晚之前所无法想象的。马上我就意识到，我在渐渐入睡，但很奇怪，睡意和忧愁没有相互争斗，而是一起进入我的身体，从头开始慢慢渗透到全身，直到最深处，变成我的血液、我的手指、我的胸膛。我还意识到忧愁和睡意到达心脏，填满了它，但是之后，所有的，包括意识、恐惧、对发生事情的片段记忆都消失在吞噬一切、掩盖一切的忧愁中。所有的形象、思想和回忆都熄灭了，青春逝去，所有的愿望，连带生命都凋谢了。那种忧伤占据了内心，疼痛得无法用语言比喻，无法用词语形容。

已经变得完全无趣又乏味，他坐在旁边，把可怕的手放在我的头上，我忧伤至极，一动不动，忧伤超越了现实可以限制的范围，我慢慢地沉睡，没有梦。

早晨我在往常的时间醒来。房间是空的，一如平常，东西在原来的位置。冬日粉红的阳光照进窗里，我感觉自己不好不坏，有些空虚，内心空荡荡的。穿衣时，在镜子里看到自己普通、毫无变化的脸，是谁也不想爱抚的、饥饿的人常有的那种灰暗难看的脸。一切如往常一样，但是有一点我深信，世界有了变化，昨日的世界不存在了，而且永远不会再有。刹那间，还没走出房间，我已经观察到一个有趣的、让我高兴的现象：不久前在神秘幻影前感受到的，这段时间一直折磨我的恐惧感已消失得无影无踪。走到餐厅，客人们已经聚集起来，诺尔金在所有人的笑声中讲着自己的笑话，对这些人我感到无法遏制的厌恶。厌恶强烈到在和每个人问好握手时，我都感到纯粹生理上的反感和涌到嗓子眼儿的恶心。的确，在喧闹繁杂的一天中，厌恶的感觉减轻了，几乎消失。但是第二天早晨，伴随着和陌生人紧紧 握手而产生的令人痛苦的恶心又开始了。

七

那天早上散步时，在诺尔金先生的带领下，我们打了雪仗，回来后，我在自己的房间里待了一会儿，给住在城里的一个大学同学写了封信。生活中我没有朋友，这个大学同学不是我的朋友，但是他对我比其他人对我要好些，他是个善良的好人，总是乐于帮助别人。我写这封信时，情绪很低落，因为我当时病得很重，希望他来救救我，但是写得很含糊，听起来也很平淡，勉强表达了我的意愿。但是我不知道为什么当时没有把信寄出去，在我康复后很久，在上衣兜里看到了这封已被封好但没有写地址的信。或许是因为我那时忘记了地址？我不知道。信上没有写日期，里面写着：“亲爱的×××，如果您不是很忙，请到我这儿来一趟吧。这里发生了一些事情，请把我从这里带走吧。”然后是签名。

总之，可以认为，正是从这天起我的记忆力开始奇怪地减退，有时几乎完全丧失，导致的结果是在诺尔金这儿生活的最后阶段只有片段和混乱的回忆。我曾经说过，我不记得诺尔金家所有客人的脸，看见的只是不分男女的衣裙。好像看到的不是人群，而是衣柜被敞开后，衣服活了，跳起了舞。这里要补充一下，虽然我坚信，我和所有人说了很多话，开了玩笑，也开心笑过，但是具体说了什么却不记得，一个词都不记得了。完全不记得日期，到现在也不知道，在离开这所房子之前过了多少时间，又过了多少个白天和黑夜。有时我觉得像是过了不止几个星期，有时又觉得这一切就发生在两三天之内。同时我极为清醒地记得个别的细节，记得当时自己的想法和感受，记忆中保留的不是对这一时期的淡忘，相反，是牢牢记得，有清醒的意识；好像，只是现在，病后，我才忘了发生的事情，而当时记得一切，感知到了一切。

那么，首先让我无法忘记的是，我记得他来了，并把冰冷沉重的手放在我的头上。这些拜访似乎成了我生活中的习惯，每次都发生在同一状况下：从傍晚开始，客人们陆续回到自己的房间，我穿着衣服扑到床上，睡几个小时，然后在黑暗中走到前厅，打开外面的门，把已经等在小广场上的他放进来。然后我们回到房间，我脱衣仰面躺在冰凉的被子下，他在旁边坐下，把自己的手放在我的头上。手上传来睡意和忧愁，对陌生人的恐惧完全消失，真的，我从未想要去触摸他或对他说话，不是因为害怕，而是感觉所有的语言都是多余的。一切表面看起来是那么平静自然，好像他不是巨大的恶魔，我的死神，而是普通、守规矩、沉默的医生，每天来探望同样守规矩、沉默的病人。但是忧伤是致命的。

接着是一个没有阳光的早晨，漫长、喧闹、混乱、愉快的晚会一个接着一个。不知道，我不在时，他们怎么装扮了圣诞树，但是它每天晚上都变得越来越明亮，照亮了天花板和墙壁，向窗外投射着一束束耀眼的光亮。从早到晚整天到处响着诺尔金不间断的笑声和邀请的呼喊："跳舞吧！跳舞吧！"

我不记得其他声音，但这个叫声直到现在还在我的耳畔回响，伴我入睡，侵入我的思想深处，驱赶着我的思维；盖住了音乐、笑声、踩脚声和所有聚集在此娱乐的人发出的噪声，它尖锐得像鹦鹉的叫声，回响在各个角落，让人无处躲藏，无法忍受。有时诺尔金愉快地、开着玩笑地喊叫，但经常是，据我所记忆，声音嘶哑，几乎是威胁地恐吓。有时让人觉得他自己都累了，可已经停不住，他几乎含着眼泪恫吓地喊着："跳起来！跳起来！"

我清楚地记得这样一件事。不知为什么，上面的音乐突然卡住了，接下来一片寂静，这是这一时间不常有的现象。我不知道，大概也没注意聚在被圣诞树的光照亮的墙边的客人们都在做什么，只记得诺尔金一个人的样子。大概，他喝醉了，胡子、头发凌乱，脸上的表情狂野可怖。他站在屋子中间，挥舞着拳头，恶狠狠地号叫着："跳起来！"

他在威胁谁？接着又是音乐和舞蹈。好像在这个晚会上，就是这个晚会，是最大的，甚至是宏大的舞会，我记住了很多舞动的身影和刺眼的亮光，像火灾或是成千上万的油桶燃烧发出的火光。当然，舞会上不可能只有诺尔金的普通客人，人那么多，一定还有其他人，被邀请来的，然后又走了。这个晚会给我一种奇怪的感觉，叶莲娜仿佛也在舞会上，我离她很近。非常可能的是，花园里或院子里真的有油桶烧着了，我不自觉地或有意识地来到了海边，那里是被雪覆盖的石堆，我想了很久叶莲娜，但是在当时那种状态下，我感觉那个人就是她，我找不到其他解释。但这只是解释，靠近叶莲娜的感觉直到现在还是确定的、不用怀疑的。我很自然地想起所有的真实发生的事情，我甚至记得我们并排坐着的两把椅子，我们聊着，记得说话的感觉和那张脸……就只有这些。现在我觉得那是发生在一瞬间的事，只要我用力去想，我就会看见她的脸，听见她说话，最终捕捉到最重要的、发生在我周围的一切。但是，不行，我做不到，也不想费力去想。让一切如它本来的样子是最好的。然后叶莲娜走了，再也没有回来过。

当时的感觉能清晰保留在记忆里的只有一个：好像我是某些极其重大的、非常事件的偶然的、愚蠢的见证者，这些事情就发生在我身边，是我无法看到的东西之间的痛苦可怕的斗争。我是个无意中的见证者，无用且完全是愚笨痴傻的。但是在我周围的空气中这些事物在斗争，在移动，空气也在颤抖，幅度大而狂野，把我也带入旋涡中。我不认为，诺尔金比我知道得更多；如果他是其中一个主角，那么他比我这个见证者也聪明不了多少。但是，这种感觉和猜测，什么也解释不了，不在白天出现，每当深夜它会来。所有的不安猜测，愿望和自制力，通通被死一般的、无比的忧伤淹没。忧伤和睡意同时而来，交融在一起，忧伤更加不可战胜和强大。当人不是在梦中忧伤时，还有现实世界存在的声音和物体打破痛苦的感觉；但我睡着了，梦像无声的墙，把我和整个世界隔开，甚至感受不到自己的身体，剩下的只有忧伤，它是整体的、无法打破的，超越现实界定的所有界限。

在这次不同寻常的舞会之后，不知过了多少天，诺尔金不依不饶的喊叫“跳起来！跳起来！”突然喊声意外中断了，被另外一些巨大不安的人声吞没。舞蹈也突然停住了，被人流的晃动掩盖，人们慌乱无序地、哀伤地奔走着，声音也变得哀怨忧郁。事情发生在深夜，就在他要来的那个时刻前后，好像是十一月的天气，还下着暴雨，未曾见面的诺尔金夫人发生了不幸。我醒了，不知为何，我认为不需要走出房间。同样是漫不经心地，很难理解地坚定相信，今天他不会来。我脱掉衣服躺到床上，但是房子里的说话声和走动声持续了很久，其中一个声音特别持久——有人不断地沿着木楼梯跑上跑下。

有人在向上跑，楼梯的木头板子上立即响起慌乱急促的脚踏声，又有人跑下来，再跑上去，再跑下来。换个时间，这不安的声音说明有不祥的事情发生，我会感觉痛苦，当然也会让我无法入睡，但现在我没有去想这声音的含义，甚至很高兴，它让我相信，只要房子里喧闹不止，他就不敢来，我就能安稳地睡觉。我漫不经心地，像个死人一样没有思想、没有忧伤，并很快睡着了，最后沉重不安、慌乱的脚步踩踏空旷楼梯的声音把我带入梦境。那时我还不知道，他永远不会再来，我再也看不到他宽阔的肩膀和黑色的小脑袋。

早晨我按时醒来，房子里异常的安静。通常这个时候大家都已经开始忙乱起来了，但是今天，在经历了昨夜的慌乱后，甚至连仆人们都还在睡觉，所以，整个房子一片寂静。我穿好衣服走到餐厅，一下子就看到在那张桌子上，就是我们昨天晚餐用的那张桌子上，躺着一个死去的女人，身上穿着逝者所穿的丧服。

虽然我从未正面见过诺尔金夫人，但我马上意识到，是她。

八

她面前既没有蜡烛，也没有朗诵者，周围是无法打破的寂静，因此我最初的感觉是这个房子里谁都不知道她死了，她就一个人孤单地躺在自己的包厢里。但是我又立马想到，他们所有人确实在睡觉，就不再去想他们了。这不是我意识的缺陷，相反，正是这一刻我的意识比从前更加清晰。不，我不再去想这些人，不需要他们了，他们和我毫无关系。

她年轻又美丽。不，她不美，但是她是我认识和爱了一辈子的人。我爱过她，却不知道我爱她，我寻找她，却不知道我在寻找她。我不需要走到另一侧就能看见她眼角的黑痣，可爱的黑痣，我知道它在那里。我不需要触碰她合在胸前的冰冷的纤细手指，就能想出她富有生气的样子。我不需要抬起她的眼睑，就能看到她熟悉的目光和眼里闪烁的光芒。我怜惜她美丽的手指，本应弹奏出愉快而陌生的舞曲，让不幸的诺尔金又笑又跳，不断地又笑又跳。原谅他吧，他什么都不知道。原谅我在沙子上写了叶莲娜的名字，那是因为我不知道你的名字，到现在也不知道。

不，她不美，谁也说不出她长得什么样。但是，她就是我钟爱一生，却不曾意识到我爱她的人。我一直想的是另外的一些人，却一次也没想到她，所以我的思想是虚假的；我看到和听到的都是别的人，别的声音，她和她的声音却没看过，没听过，以至于所有的人都让我感觉不是真实的。我只了解你一人，也只有你是我从未见过的唯一。

我想不出更准确的表达，但是，站在死者面前，我大概是这样认为的。现在我已不知道，当时的感觉有多少真实性，况且，我想不起那张清晰的、苍白的脸，虽然我曾看了很久，记得很深。但是我知道，那份突然醒悟的爱是深刻且难以理解的，那份悲痛同样深邃，一开始是轻轻的，然后不断加剧。仿佛我没有马上明白她是死人，只是渐渐地，看到一动不动的尸体，感觉到死屋的空荡和安静，我心里开始产生一种难以排解的痛苦忧伤。我哭了起来，哭了很久，就这样哭着，辨不清自己的脚步，我走出了诺尔金的房子。

我没穿外衣，只穿着一件常礼服[①]，没戴帽子，但是没感觉冷，这个天不是很冷，否则我一定会被冻死在路上。我没有在路上走，而是穿过积雪很深的花园，走到岸边，又从那里向大海走去。冰上的雪不知为何不是很深，走路很轻松，很快我就离岸边很远，来到了僻静、平坦、银白的世界中心。我停止哭泣，什么也不想，只是走着，每一步都像是掉入了无际的白色深渊。我的面前、我的周围没有路，没有脚印，也没有任何黑色的斑点。我开始感到疲惫和寒冷，停了一下，环视四周，荒无人烟，一片平整的白色荒原，这种虚无的感觉只能在梦里出现。很快，我向前走着，就像是陷入了单调无休止的梦里，毫无希望地和无法战胜的空间搏斗。就像受尽折磨的聋马在长途跋涉后产生了幻觉，东奔西走的人机械地被自己的脚步牵引，偶尔会唤起生命的意识。雪越来越厚，双脚在深深的雪堆中跋涉，我不时地停下来，看看四周，感叹着："太痛苦了！太不幸了！"

我说这些话时像是要说服谁，我的双眼看着无际的平原，眼睛也仿佛变得像白雪一样苍白、木然而没有生气。这还是行走在这条路上，嘴里说着话时的最初的感觉，然后我完全不作声地移动着，默默地停一停。

很长一段时间我完全感受不到寒冷，头脑和胸膛因为冷空气的刺激反而感觉特别舒爽，就像把衣服从身体上剥离，没有任何疼痛和不快，接着，手肘和膝盖开始麻木，然后难以弯曲。但是我不认为，也不明白我已经被冻僵了，我还是继续走着，仔细地看着脚下的雪。雪都是一样的，无论我怎样抬起脚，放下脚，雪还是那个雪。不知是夜晚真的降临了，还是我内心的昏暗在加剧，周围开始慢慢地、悄无声息地变黑。白色的平面变成灰色，继而什么也看不到。当没有什么可看的时候，就是失明，我那

① 常礼服是 18 世纪出现在欧洲，19 世纪初流行到俄罗斯的一种长度及膝、单排（或双排）纽扣、紧腰身的男士节日礼服。——译者注

时是这样理解的，然后继续这样像盲人一样走了不知有多远。不记得我什么时候摔倒了，失去了知觉。

接下来发生的事情我就不知道了。

之后大家相传，打鱼的人在冰上发现了我并救了我，很幸运，我意外地摔倒在他们的必经之路上。我在医院里被锯掉了几个冻僵的脚趾，后来又病了两三个月，很长一段时间都是处在失忆的状态。诺尔金的夫人死了，他寄来了钱给我治病，再之后就没有了他的消息。同样，从那一夜开始，“他”再也没有出现过，我知道，他再也不会来了。即使他现在真来的话，我或许还很愿意见到他呢。

问题是我几乎要死掉了。他们一直在盘问我，我究竟发生了什么事，为什么我不说话，究竟什么原因会让我几近死掉，这些问题即使现在对我来说也是最难回答的，甚至是让我感到极其沉重的。我知道他们都是出于爱我、想帮助我才不断地询问，但是我怕极了这些问题。难道人们总会知道他们因什么而死吗？我不知道该怎么回答他们，可他们还是在一直盘问我，让我痛苦不堪。我现在和那个我曾写信给他的 ××× 同学住在一起，他很热情好客，一周之后，正值五月末，他想带我去乡下。这样很好，我完全不反对，但是不要没完没了地追问，不要说那么多话。我该怎么向他解释呢？其实，在一个人已经坚信了某些话，且内心已经对这些话痴迷的时候，沉默就是他最正常的表现了。

昨天晚上我们去了一个岛上。那里非常好，有很多人在散步。尽管是深夜，一艘白色的帆船出海了，逐渐消失在远处的海平面上。

是的，好像还需要补充一下，我不爱叶莲娜，也不爱诺尔金夫人，并且完全不想念她们。现在可以结束我的故事了。

复活者的美好生活

夏宏芳 译

您是否去过墓地？在这些一个个被隔开的、寂静并长满葱郁绿草的小角落里有着自己独特的、骇人的故事。日复一日，不断有人被送到这里，马上整个鲜活、巨大并且喧闹的城市也将被移到这里。连新出生的人都已经在等待着自己的归宿。墓地就这样，静静地，充满着贪婪的气息。这里的气氛是别样的、异乎寻常的宁静，仿佛树木的低语也是别样的伤感、多愁、温存。好像白桦树也忘不了那一双双哭泣的眼睛，在绿枝间找寻着天空，而一声声深深的叹息继续搅动着空气和嫩叶。

您静静地、若有所思地沿着墓地徘徊。耳边听到轻轻的呢喃和哭泣，视线落在豪华的墓碑上，简陋的木十字架和无字的无名墓上，埋葬在这里的人开始一生沉默，一文不名。您读着墓碑上的题词，脑海中浮现出所有这些从世上消失的人。他们年轻、欢笑、恋爱；他们精力充沛，滔滔不绝，执着地相信着生命的永恒。

就是这样的一些人，他们死了。难道需要走出家门，到墓地去？难道吞噬了白日喧嚣的昏暗深夜包围着你，还不够让你体会到死亡的降临吗？有多少豪华的墓碑，又有多少默默无名的墓地！难道还需要黑夜里去墓地走一遭？难道不安、喧闹、仇恨也能被平息的一天还不够吗？审视您的灵魂深处，是否会有那么一个白天或黑夜，您能找到自己的墓地，一块不大却可以贪婪到吞噬一切的墓地？您会听见静静的、忧伤的低语——这是已逝者沉重的叹息，那时被放入坟墓的故人还很珍贵，您还没有来得及不爱他或忘记他。您还会看见墓碑上面的题词，哪怕一半的字迹已经被泪水洗掉。静静无声的坟墓是狭小而凶险不祥的丘岗，下面埋葬的是曾经鲜活的生命。虽然您不知道他如何活过，又如何死去，可是这可能是您心里最好的未知……

可是，为什么我要说“请深思”？难道在漫长艰难的岁月中，在无数平凡的日子里，您都没看到过深藏内心的坟墓吗？可能就在昨天，您想起敬爱的逝者并为他们哭泣；可能就在昨天，您埋葬了某个重病缠身、久治不愈，在他活着时便已经被人遗忘的人。就在厚重的大理石下，在密实的铁栅栏包围中，爱，和她的姐妹——信任，安息在此。这对姐妹曾经是那么的美丽迷人！双眼仿佛是明亮闪烁着的火焰，温柔白皙的双手拥有妙不可言的强大威力。这双满怀柔情的手曾把清凉的水送到干渴灼热的唇边，喂给饥渴的人；这双手曾小心翼翼地触碰疼痛的伤口，医治他们。她们还是死去了，就像墓碑上所说，这对姐妹经受不住生活的寒风，死于感冒。

不远处的倾斜的十字架预示着地下掩埋着一个天才。他曾经是那么的精力充沛，朝气蓬勃，开心愉快。他跃跃欲试，想做好一切并相信他能征服世界。

他还是死了，那么的无声无息。他曾勇敢地走入人群，迷失了很久，回来时却遍体鳞伤，忧伤难过。他哭了很久，奋力想说些什么，最终却什么也没说就死去了。

再看这里的小坟丘，有长长的一排，谁在里面？哎，是的，是孩子们。爱玩爱闹顽皮的孩子们，他们是未来的希望。这些希望曾经那么多，因为这些希望让心灵欢乐。但是他们也一个接着一个离去。那么多的希望，那么多心灵的快乐随之而去。安静的墓地里，小白桦树的叶子忧伤地沙沙响着。

让死去的人复活吧！打开阴暗的墓穴，推倒沉重的墓碑，除去铁栅栏。哪怕给那些深受重压、处在黑暗中的人一天，或者一瞬的自由。

你们以为他们死了？不，他们活着，他们沉默不语，但是他们活着。

活着！

请让他们看见无云的蓝色天空，呼吸纯净的春天的气息，沐浴在温暖和关爱之中吧！

沉睡的天才请到我这里来。为什么你那么可笑地揉着眼睛，是阳光太刺眼？不是吗？阳光太明媚？你在笑？哦，笑吧，笑吧，人们的笑声太少了。我也会和你一起欢笑。要是燕子飞来，我们会跟着它飞走！你在坟墓里饱受折磨？在你的眼中我看到了可怕的东西，像是坟墓里的黑色暗影？不，不，不要。别哭。我对你说，请别哭！

要知道，复活者的生活是那么美好！

你们这些小孩子，我的希望！你们的小脸多么可爱，引人发笑。你是谁，古怪的胖小孩？我没认出你。你为什么笑？或者是坟墓没有把你吓倒？安静，我的孩子们，安静。你为什么要欺负它？只是因为你看到我的“小希望”苍白又羸弱？就在这个世界好好生活下去，不要烦扰我，不要让我担心。难道你们不知道，我也曾经被埋葬，因为刺眼的阳光、清新的空气，快乐得直到现在还头晕目眩。你们来了，傲慢神奇的姐妹。请允许我亲吻你们苍白温柔的双手。难以相信，你们竟带来了食物。墓室的黑暗没有吓倒你们，柔弱的女性，在那沉重的压迫下你们想到的是饥饿的人需要食物充饥？让我亲吻你们的脚。我知道，这双轻盈的小脚会走向哪里，我知道，就在它们走过的地方，会长出飘香的花朵。你们在呼唤我们？好的，马上出发。

复活的天才请到这里来，难道还在流连飘过的云彩？我的小孩，你们是对未来的憧憬，请跟我来。

站住！……

我听到音乐声。小胖子，别这样对我喊叫！这些奇怪的声音从哪里来？安详、不急不缓、充满忧伤。它们在歌唱永恒的生命……

不，不要惊慌。这一切很快就会过去，因为我已在快乐地哭泣！

啊，复活者的生活多么美好！

假卢布和好心叔叔

夏宏芳 译

他是一个特别善良、特别愿意帮助别人的人。看不了有人伤心哭泣，只要有人需要，他会立马上去帮忙。这样一个叔叔，比任何一个阿姨都善良。有一天，他来到涅瓦河边的轮船码头，想到对岸去。他站在那里等船来，他温柔地看着周围的人。突然，他看到一个小男孩在伤心地哭泣。小男孩站在那里哭着，眼泪顺着脸颊往下流，每滴泪珠大得好像能装满一个水桶。好心的叔叔开始担心小男孩，就问："孩子，你为什么哭得这么伤心？"小男孩边哭边说："叔叔，事情是这样的，哥哥给了我一卢布让我坐船到对岸回家，可是这个卢布是假的，谁也不要，您要不帮我，我就死定了。”

好心叔叔想了又想，然后说道：“孩子，让我来帮帮你。给，这是真的一卢布银币，拿着，别怕。把那个假的卢布给我，我尽量把它花出去。花不花得出去全凭上帝的旨意，上帝会感念我的善良。”

于是，他们交换了银币：小男孩拿了真卢布，把假币给了好心叔叔。之后，小男孩坐船到对岸回家了。好心叔叔则走进了一个小店铺，说道：“我要买十个烟卷，六戈比的。”

店主给了他十个烟卷，叔叔把假银币递给了他。叔叔有些担心地想着，店主可能马上就会喊出“警卫”，叫来警察。但是店主很老，又聋又瞎，完全就像个傻子，他把假币当成了真币，找给了好心叔叔九十四戈比。叔叔离开店铺，一路为自己的善举感到高兴，心里含着眼泪感谢英明的上帝。

造假币的人应该吸取教训。销售假币的时候，不要把它给小孩，给好心叔叔吧，他会有办法花掉它。

米哈伊尔·阿尔志跋绥夫

上帝
在乡村
无所不知

米哈伊尔·阿尔志跋绥夫

全名米哈伊尔·彼得罗维奇·阿尔志跋绥夫（1878—1927），俄罗斯颓废主义文学流派的著名作家之一。鲁迅曾赞阿尔志跋绥夫是俄罗斯新兴文学典型的代表作家，表现之深刻，在侪辈中达到极致。他的代表作品有《萨宁》《狂人》《朝影》《血痕》等。阿尔志跋绥夫生于俄罗斯南部的一个小县城，并在那儿度过了自己的童年和少年时光。十九岁时，自幼迷恋绘画的他去了哈尔科夫绘画学校学习，其间曾自杀过，后转向创作之路。他用独特的视角和笔触让读者看到了19世纪末20世纪初生活在广袤的俄罗斯大地上的人们的生存状态，他的作品也成为俄罗斯文学史上一颗耀眼的明珠。在阿尔志跋绥夫的作品中，时时处处都表现着“死亡”，在其深刻的人物塑造、心理刻画与环境描写中，读者会发现其小说处处都暗含着作者的人文情怀以及对人生哲学的思考。

上帝

原丽莹 译

房间里弥漫着烟卷的蓝色烟雾，味道很难闻。茶水的颜色越来越黄，最后终于变成了一杯冷水，上面漂着几片被泡软的柠檬片，可是科楚拉还是没有出现。

“鬼知道他是怎么回事，可能他什么都没有，不过是吹牛而已，估计现在连他自己都不知道该往哪儿躲。”

“当然了，瞧他那副又高又瘦的德性，往哪儿躲啊……这下吹牛可吹大了！”

房子的主人谢尔盖·希日尼亚科夫，一个肩宽体壮的七年级学生，在口不择言地骂人，使那个白白净净、活像一个洋娃娃的六年级学生普什卡廖夫羞得满脸通红。

就在这时，门开了，不知是谁的几根瘦骨嶙峋的手指抓住了门框，黑暗的前厅里出现了神学院学生科楚拉高大笨拙的身影，他正在脱脚上的防水胶鞋。

“死鬼，你到哪儿去了？……我们一直在等啊，等啊……快点儿过来。”五个声音一起喊道。

科楚拉什么也没有说，他脱下了胶鞋，把大衣挂在衣架上，走进了屋。他脸色煞白，又高又瘦，干巴得像个死人。

“喂，怎么样？你还读不读了？”阿尔博夫问道。

科楚拉抬起他那双如死人般呆滞的眼睛，低声说道：“我就是为这个而来的。”

“那就快点读吧，别磨蹭啦！”

科楚拉走到桌旁，坐了下来，从口袋里掏出一张纸，又用沉重而呆滞的目光扫了一遍所有人。

四名中学生和一名军校学员博尔沙科夫都凑近他，有的人甚至熄灭了烟卷。

“听着，”科楚拉用低沉的、死气沉沉的声音说道，“我想和你们分享一下我关于上帝的想法。”

“快说吧你！”希日尼亚科夫不耐烦地摆了摆手。

“快点吧！”博尔沙科夫附和道。

科楚拉不瞅任何人，开始说道：“每个人或早或晚都会不可避免地面临一个可怕的问题，那就是人在死后会发生什么……人活着、痛苦着、挣扎着、最后死去，所有这些痛苦和努力都会随着死亡全部消失，仿佛什么都没有发生过一样……这太可怕了。但似乎人们很少想到这些，整日都在为了某些东西忙碌着。这是因为，人就好比一只鸡，当它被拎着双脚拿去屠宰时，它当时想得最多的当然是疼痛，而不是死亡，它想到最多的是，它的血溅到厨师的头上和手上时它所感受到的疼痛，而不是它所不明白的死亡……唉!”

科楚拉猛咳了一阵子，生气地说道：“你们这帮烟鬼，抽得满屋子是烟，已经让人没法喘息了。”

“可以把小窗户打开。”普什卡廖夫提议道。

“不用了，”科楚拉生气地反驳道，“那么，我接着说……如果人在死后会完全失去意识，人在世时所说过的话、所经历过的痛苦、对身边人和事的理解，以及人脑海中所有的记忆，都会像一台普通的被摧毁的机器一样，在死后被彻底遗忘，那么这似乎是不合情理的。然而死亡带给人的恐惧、绝望，与整个世界以及其他人完全分离的痛苦都是十分恐怖的，所以人类非常有必要思考一下来世，这是十分合乎情理的事情。人们渴望着死亡不会让人的一切都戛然而止，希望在死亡之后人的自我意识会被保存下来，可以看到和听到死亡之后的愉悦与光明。人们甚至有时愿意去相信那些完全毫无根据、明显虚构的东西，只是为了让自己相信人死之后是有来世的……长期以来人们都相信有来世……我当然不会告诉你们所有教义的本质是什么，也无法告知你们来世是什么样的，但我要告诉你们，在所有的教义中，上帝毫无疑问是最重要的，如果没有上帝，这种信仰将变得毫无意义。一切都取决于上帝。”

普什卡廖夫惊恐地斜视了一下科楚拉，涨红了脸。

“上帝究竟是什么？人类从产生意识之初到现在，一直都在苦苦探索着这个问题的答案。毫无疑问，一方面，上帝确实是存在的；另一方面，从上帝这一概念的本质来说，上帝就是万物之源，这是毋庸置疑的。”

“怎么会这样呢?”博尔沙科夫反驳道。

“这是因为，首先，不管怎么说，世界上都应该存在一种推动世界从无到有的力量。其次，如果上帝不是万物之源，那么他的存在或者说这种力量的存在就会变得毫无意义。上帝产生之前需要一种更大的力量促使他自己得以产生。”

“是的……这是可以理解的！”希日尼亚科夫不无嘲讽地说。

“是的……因此，关于上帝是否作为一种力量存在，上帝是否是万物之源的问题，答案完全是可能的。但在是否存在‘来世’这个我们每个人备受折磨的问题上，上帝本身是否存在已没有任何相关性。如果说在来世，我们的个体意识和原始肉体无法结合，也就是说，我们会失去自我意识，那么，来世就等同于死亡。既然我们的智慧不能保留，那么一切都将是不能保留的……智慧只有在一种情况下才可以保留下来，那就是上帝本身就是智慧的力量。那么，我们可以假定，意识失去它赖以生存的器官以后，仍然可以像电能离开发电机一样，自动获得能量单独存在，也就是说，智慧在失去大脑和整个身体之后，有能力脱离物质外壳而独立存在。上帝的灵魂就是以这样的形式独立存在的。也就是说，关于上帝问题的关键之处就在于将上帝的本质定义为一种理性的或非理性的力量，换句话说，上帝就是一种自然世界存在的力量。”

“你确定是这样吗？”希日尼亚科夫嘲讽地问道。

“是的，我确定。”科楚拉回答道，说着把那张死气沉沉的脸转向了他，这甚至让希日尼亚科夫感觉到有些不自在。

“我们无法确定上帝的本质，是因为他是看不见、听不到、摸不着的。人类所使用的那些测量维度都不适合衡量看不见的东西。相信上帝存在的人们竭尽全力地想看到他，于是就产生了神秘的第四种测量维度。通常认为，存在三种测量维度，即长度、高度和宽度，但它们并不能测量人们所需要的所有事物，也不能描述出那些明显存在但又不能用长宽高的维度去测量的事物……例如，永恒性和无限性，也就是那些上帝本身所具有的不可或缺的特征。还包括他的看不见、摸不着的属性。我们想象一种只有两个维度的生物，我们再想象这是一种生活在水面上的生物。从这个事物的角度来看，世界万物都是平面上的。那么，当人走到水里且水面没过膝盖时，这个生物所看到的人腿是被水面切割而成的两个平面。如果这个人将他的腿从水中抽出到岸上，那么他将不可避免地从这个二维平面中消失，因为他将从平面维度转为立体维度。因此，最简单的方法就是假设还存在第四种测量维度。这个第四种测量维度就用来测量人类看不见的事物。是这样吧?”

“讲得真妙啊!”博尔沙科夫兴奋地赞叹道。这个问题引起了所有人的兴趣，大家都着急发表自己的看法，甚至呼吸都变得急促起来。

“我是最先发现这种三维法不适合所有事物的，”科楚拉得意扬扬地说道，“你们看……所有的三个维度都是纯几何维度。它们测量的是空间，而不是物体。而且整个世界是由物体构成的，而不是由空间构成的。甚至不存在绝对的空间概念。由此出发，我意识到，第四种测量维度就是用来测量那些从想象世界中看不见、摸不着的抽象事物转入现实存在的、可见可触可知的具体事物。这个第四种测量维度就是重量……”

“的确是这样的!”希日尼亚科夫喊道，“你真了不起，竟然发现了这个!”

“你别说话，傻瓜，”科楚拉生气地说，“是的，我发现了这个！我发现了一个事实，一个显而易见却总是被人忽视的事实……美洲也曾经被很多人看到过，但只有哥伦布发现了它!”

“这么说你是哥伦布啦!”希日尼亚科夫咯咯地笑道。

“那你就是个傻瓜!”

“现在我是这么认为的，只有一个维度的东西都有什么？比如说时间。时间只有长度，再无其他。什么东西有两个维度？比如说声音，声音有高度和长度，也就是说它有两个方面的变化。所以，请注意，与时间概念相比，声音的概念具有更大的代表性，也可以说，具有更大的关联性。如果时间不需要依附任何实体，那么声音的存在就必须借助于实体。因此，维度的数量越多，和实体的联系就越紧密。接下来，让我们再探讨一下三维的本质。我们来看一下，按照这种逻辑，它是否与实体的关系更密切。”

科楚拉弯下腰来开始整理他的记录本。房间里鸦雀无声。每个人似乎都感到很压抑，都感觉到后背发凉，脑袋发沉。大家带着这种既伤感又沮丧的情绪默默走出了房间。

那是一个冬日里的月夜，院子里飞舞着亮晶晶的雪尘。已经很晚了，一幢幢房子矗立在那里，一侧是黑色的，另一侧是白色的，像死寂无声的庞然大物。暗淡的路灯玻璃发着冷光，在白色的街道上投下线条分明的黑色暗影。星星们在结了冰的白色电话线的上空闪烁着微弱的光。

“好冷啊！”博尔沙科夫咕哝道，他看了一眼不慌不忙走在前面的科楚拉，把手缩进了袖子里。

普什卡廖夫抬起头仰望着繁星，苍白的脸上一双眼睛闪闪发光，他充满希冀地说：“事实上……这是可以理解的，这是一种看不见的力量，只是……”

所有人又都期盼地看向科楚拉。阿尔博夫偷偷地踢了博尔沙科夫一脚。

“见鬼，小心我扇你个大嘴巴子！”他喊道，然后又看了一眼科楚拉，补充道，“我从来不相信……”

“这跟信仰有什么关系？”阿尔博夫狂妄地说道，“如果真有什么智慧的力量……那只能是魔鬼！”突然有人扇了他一巴掌，他尖叫起来，向已经跑到街对面的博尔沙科夫追了过去。

年轻人的尖叫声在空气里回荡着。普什卡廖夫给阿尔博夫使了个腿绊儿，而他自己被伊万诺夫从背后推倒了，整个身子直挺挺地摔倒在地上，雪进到袖子里。博尔沙科夫和阿尔博夫在街道中间打斗起来，连同他们的影子也在亮晶晶的蓝色雪地上激烈地打斗着。

科楚拉停了下来，鄙视地拉长了他那张面如死灰的脸，刚要张嘴说话，伊万诺夫弯下身子，雪球从他的头上飞了过去。就这样，一个白色的、软趴趴的雪球糊在了科楚拉的整张脸上，像一团散星掉落下来。

科楚拉“哎哟”一声，突然跳了起来，迅速开始回击，有个人踢了他一脚，但那个人马上就被打了一个耳光。一分钟后，一群人在街上跑来跑去，他们放肆地狂奔着，尖叫着，兴奋得喘不过气来。

在结了冰的白色电话线上空，一颗颗小星星安然地熠熠发光。

在乡村

齐望之译

一

太阳快落山了，农舍的屋顶洒满金色的阳光，路上和院子里到处是长长的树影。士兵的白衬衫和大黑马令整个街道充满了恐怖与慌张。

科尔涅特·切尔格索夫穿着亮锃锃的漆皮长靴，默默地走在街上。他好奇而凌厉的目光透过篱笆墙打量着院内和菜地。安静的院内和菜地里一个人也没有。黑乎乎的窗户好奇地望着街道，满是灰尘的玻璃窗上映出切尔格索夫的脸和他白色的制服大衣；绿油油的菜地里夹杂着一些野草，它们连同那一畦畦的白菜和微微摇摆着的黄色向日葵花冠像是在掩护着什么。院子里一个人也看不到，仿佛这些士兵、军官、战马连同喧嚣、嘶吼和刺眼的颜色都进入了一个死寂的空旷之所。

切尔格索夫对此心知肚明：就在此前的两个小时，那时太阳还没落山，村里所有的男人都到离村口好远的地方去等候他们，在一片从村口隐约可见的白桦林里，在尘土的飞扬中，有一大片黑压压的人群站在路上，他们挥舞着镰刀、叉子、大棒和寒光闪闪的长把儿斧头。旋即骑兵团尘土飞扬，重重地踏在松软的土地上，在阳光的照耀下宛如条条金蛇。只见军刀飞舞，人群挥着斧子，伴着铁器的撞击声，号叫着，向洼地、沼泽、白桦林的空地四散逃去。在白桦林后的那片草丛和尘土中，他们留下了闪亮的镰刀、斧头，以及那些抽搐着摇摇晃晃地站起来又倒下的灰色男人，他们浑身沾满了尘土和鲜血。

切尔格索夫本人属于右翼，他的任务是带领自己排的士兵把人群往厂房里赶，红色的厂房就在小树林的后面。他得意地骑在马上，亢奋又凶狠。一种“快乐猎人”的感觉甚至让他笑了起来，露出雪白整齐的牙齿，活像一只快乐的猎狗。但是他自己可不想杀人。切尔格索夫对自己的未婚妻发过誓，说他绝不杀人。他的未婚妻是一位柔弱忧伤的小姐，长着一双黑黑的眼睛。他本人也确实特别讨厌杀人，感觉杀人是一件可怕的事情。

当满身尘土的灰色或黑色的脑袋冲到他的马头前面时，他只是猛地在这颗脑袋上方挥动了一下军刀；当其他军刀飞过来，劈到他面前或旁边时，切尔格索夫就假装什么也看不见。他只是挥了挥双手，一个染满鲜血的灰色后背就沉重无力地倒在了草丛里。

队伍里的一部分人被赶进了工厂的院子，在那里有人用鞭子抽打他们，另一部分人被赶进了森林，而切尔格索夫这一排人马和其他排一起被派去占领村子。

切尔格索夫和自己的部队曾经无数次地路过村庄。人和马排成排走进狭窄低矮的街道，引来尖叫的男孩子和嬉笑的小姑娘，孩子们身上红红白白的颜色让所有的栅栏、大门和十字路口都开始艳丽起来。在这样令人愉快的时刻，切尔格索夫只想优雅地骑在马上再来点儿恶作剧。但今天空荡荡的街道死一般寂静，只有后院传来的狗的惊叫声。这种感觉如此陌生、可怕，让切尔格索夫心中产生了躁动、惶恐又残忍的感觉。

二

切尔格索夫转过拐角，看到几个穿白衬衫的士兵正急急忙忙地站成一排，他们身后是几匹带着缰绳、紧张而又警觉地竖起耳朵的黑马。

一件荒唐的丑事恰巧被切尔格索夫撞见了。一个高个儿的波兰龙骑兵[①]，留着白色的小胡子，龇着牙骂骂咧咧地抓住一个姑娘的双手，姑娘在他身后缩成一团，另一个当兵的粗鲁地一把撕下她的衬衣和短裙。姑娘无声地挣扎着，辫子摇摆着，光滑黝黑的肩膀裸露在外面。

“啊，来，来！太爽了！把她推倒！”其他当兵的哈哈大笑，吹着口哨喊叫着。

一瞬间，切尔格索夫想冲上去喊住他们，但是仿佛有什么可怕又令人愉悦的念头阻止了他。

“等一下，等一下……我让你们瞧瞧，我们德比利西（第比利斯）人是枕么（怎么）做的……”

一个黑胖的鞑靼兵把波兰兵推到一边，然后抓起姑娘的两只手——那两只黝黑浑圆的胳膊已经被捆起来了。他推了她一下，她立刻跪到了地上。

“看看，我们德比利西人是这么干的！”鞑靼兵喘着粗气说。他抓住姑

① 龙骑兵是沙俄时期的一种骑兵部队。——译者注

娘的脖子，把她的脸往地上摁。姑娘跪在地上，额头顶在地上，鞑靼兵从后面扑到她身上。姑娘发出一声短促而又凄厉的叫声，试图挣脱，脸贴着地摇摆着。

“别动，别动!”鞑靼兵瞪着眼睛喊道。一股刺激之后产生的滚热液体喷到离他几步远的地方。

士兵们哄笑起来。

切尔格索夫感到眼发热，腿发抖。他看不见姑娘的脸，只见到了浑圆匀称的大腿和丰满黝黑的脊背。

“鬼知道，怎么能这样啊!”切尔格索夫轻蔑地笑笑，耸耸肩。他感觉既厌恶又好奇还有些羞愧。他加快了脚步，但是眼睛却不听话地往那边斜眼看去。

院子里，菜园子里，农舍中，已经到处晃动着白衬衫，整个村子都传递着叫喊声和狂笑声。狗在狂吠，鸡在乱窜，老太婆们在放声大哭。天黑了。

三

“切尔格索夫！切尔格索夫!”涅兹万兹基中尉在一个院子里喊他过去。中尉脸色苍白，眼睛发红，黄色的小胡子朝上翘着，表情神秘地笑着。

切尔格索夫朝院子里走去。

“您肯定想不到!”涅兹万兹基中尉像隔着一条河一样对他喊道，“我们刚才在菜地里吓出来两个姑娘，嗯，是这样的，我跟您说……她们跑到屋里去了……咱俩去，怎么样?”

切尔格索夫走近了才看到中尉的脸红得不自然，两眼放光。

“一个给您，另一个是我的！好吗？走啊?”中尉喊着。

“算了，不要吧……”切尔格索夫无力地拒绝着，但某种涌动的好奇心让他的身体兴奋起来。

“干吗不呢？……这不算什么事！……反正当兵的也要干的！而且她们甚至还会很高兴呢……因为干她们的……还是几个军官呢！走吧！”涅兹万兹基开心地挥着手说。

切尔格索夫犹豫地微笑着，跟着他朝门廊走过去。他还不确定，自己要去干什么，但是已经不能往回走了。

“您站住……这是什么鬼！”中尉惊叫起来。切尔格索夫快速地越过他的肩膀往里面看了一眼。

一个长长的白色东西抖动着直朝他们爬过来。他们两个吓了一跳没有马上反应过来这是什么东西。但是涅兹万兹基很快松了一口气，惊叫道：“原来是个老头子！呸，晦气！”

地上，穿着一身白的可怕老头子朝他们爬过来。他那瘦骨嶙峋的胳膊用力扒着地往前爬，可是腿却不听话地拖在地上。他仰头直视着涅兹万兹基的眼睛，那黑色的眼睛深陷在白色的眉毛里，绝望地盯着中尉。快到门口时他突然用力抓住门框，全身颤抖着、摇摇晃晃地想站起来。

“你想干什么?”惊慌的涅兹万兹基说了句傻话，“你让我过去……”

“你这个混蛋……我死也不让你过去!”老头子张开双臂，嘶哑地说，“你想去干什么？混蛋!”

涅兹万兹基向后退了一步，但是他的眼中闪过了一丝狡猾和凶狠的东西。他缩紧全身，假装准备跳过去，却出人意料地举起军刀的刀把，狠狠地砸向老头子光秃的脏脑袋。他用力砸下去，就像是砸碎了一个泥罐子。

“来吧！”中尉凶狠地喊道。

老头子的眼睛可笑又可怕地像要从眼眶中蹦出来，他啊的惨叫了一声，前后摇晃着，痛苦地侧身倒下去，然后又向前倒向过道。

四

一个灵巧的身影突然从门口窜了出来，像野兽一样，从两个军官的身边跑到了院子里。

“你站住！您截住她！……哎，快点儿啊！”涅兹万兹基喊着，肩膀磕到了门框上，跳着朝门口冲了过来。

只剩下切尔格索夫一个人了。他听到院子里杂沓的脚步声，马刀的咔嚓声，中尉劈开菜园栅栏的声音和女人的尖叫声。就像刚才他并没有去看拐角那一伙儿白衬衫士兵一样，切尔格索夫继续往屋里走，他还不知道自己想干什么，心莫名地狂跳着。他推开门，走进了屋子。

“没人看见，没人会知道……以后再也没有这样的机会了……”他的头脑中无意识地闪现出这些念头。

房间安静又整洁。靠墙放着干净的长凳子。黑暗角落里，圣像发着微弱的光亮。屋里飘着面包和白菜汤浓浓的香味儿。印花窗帘的后面躲着一个人。切尔格索夫本能地猜到，那是一个女人，她在盯着他。

他慢慢地走向窗帘，轻轻地、小心地拉开窗帘。那是一个瘦瘦的矮个子姑娘，紧紧地靠在墙上，缩着身体，双手按在胸口。她那双黑眼睛惶恐又胆怯地望着切尔格索夫。切尔格索夫朝她逼近，仿佛有什么东西跳跃着不耐烦地使劲推着他前进。姑娘的眼睛一眨不眨地看着他。

“你……”切尔格索夫小声地说，他能听见自己的声音在颤抖。

姑娘盯着他，突然无声地抽泣起来。黑暗的房子里空荡荡。窗外飘来樱桃的味道，还听得到压水吊杆的嘎吱声。

“这么漂亮还哭啊!”切尔格索夫不知道该说点儿什么，他抓起姑娘的双手。很显然，那白色的粗布衬衫下高耸的是丰满而颤抖的乳房，赤裸的双脚上方是鲜艳的方格裙。切尔格索夫突然弯下身，亲了她的脸一下。姑娘躲闪着，睁大的黑眼睛使整个脸看起来都是扭曲的。切尔格索夫感到头晕腿颤。征服和不可能受到惩罚的想法把他变成了野兽。羞愧、害怕和从未有过的兴奋让他意识到，这个女人完全在他的控制之下，他对她可以想怎么样就怎么样。

他的双手突然开始抖动，牙齿咬得紧紧的，瞪圆的眼睛露着凶光。他抓住姑娘的衣领往下扯。细带子被拽断了，仿佛没人想到，就在一刹那，两个裸露的、圆滚滚的黝黑乳房就在他的眼前抖动着。他一瞬间感到有些窒息，随后就一把将它抓在怀里，粗野地、狠命地揉搓着。

姑娘没有喊叫。她那睁得大大的黑眼睛失神地看向远方。只是当他猛地将她推倒在地的时候，她哆嗦着，轻轻哀求：“哎呀……哎呀……少爷……痛啊……”

被他压在身下的是一个小小的身体，无力、温暖，那是别人的、无人保护的女人身体。他的马裤贴在满是尘土的泥地上。切尔格索夫涨红了脸，满头大汗，眼珠子瞪着，他自己也没注意到，在强烈的刺激下，一股滚烫的口水从嘴角流到了下巴上。

当切尔格索夫走到街上的时候，天已经黑了。在农舍和白桦树的上方，闪烁着柔和而清澈的星光。

五

夜深了，这是一个漆黑的无月之夜。天空繁星点点，仿佛撒满了金子。

骑兵连的脚步沉闷地震动着大地，向田野进发。部队沿着车马压出的大道散开。道路在黑暗中微微泛着白光，马蹄微微踏起尘土。周围是无边的黑暗。道路两旁被翻过的土地像无底的深渊，远处的黑树林恐怖又神秘，仿佛隐藏着敌人。黑压压的士兵们骑在黑马上慢慢前行，形成一条缓缓运动的黑带。听得见低低的交谈声，红色的火把时隐时现。军官们走在前面，他们的浅色制服在草原深色的映衬下微微发白，模模糊糊地泛着灰光。马打着响鼻。

切尔格索夫一个人走在后面，吸着烟沉思着。他身边的几匹马走得非常平稳，步调一致，迎面吹来夜晚的微风。

他现在感觉羞愧、难受。脑海中忽而闪过那赤裸的、新鲜的和特别诱人的身体，忽而闪过未婚妻那迷惑的大眼睛。

“那也没什么，大家都这样，不是我，也会是其他什么人……而且她们也活该……暴乱分子！”他安慰着自己，但是心里对自己、对未婚妻又有一种说不清的难过感，心中那折磨人的感觉让他恼火和气愤。他想找个地方发泄一下这种感觉。

“啊，舒服啊……她，天啊，真让人舒服！”前面有个当兵的陶醉地小声说着。

“傻瓜！”另一个生气又沮丧的声音答道。

“啪，啪！”突然前面传来两声枪响，两团短促的火光在黑暗中闪过。

突然间开始地动山摇，只能听到一片“啊，啊”的喊声，继而是死一般的寂静。有人大声地呻吟着。

“又杀人了！”

一个尖厉的叫喊声打破了夜的黑暗。

“有埋伏！……抓住他们……揍他们！……长官，您坚持住！”各种声音疯狂地叫喊着。

切尔格索夫下意识地催马往前赶上了骑兵连。随着雪崩般可怕的轰响声、喊声和哨声，整个黑压压的人群、马群向前猛冲。大地在抖动，在呐喊；黑暗中看不见的尘土从地上升腾起来，黑压压的乌云笼罩着草原。黑夜中，几匹战马从切尔格索夫身边跑过，随后他也跑到了前面。

他只能看见自己的马探出的马头和远处空旷的道路上两个向前飞驰的黑点。

“那些庄稼汉！”不知道为什么，切尔格索夫头脑里闪过了这个词儿，然后各种可怕、愤恨、残忍又恐怖的念头在他脑海中闪过。他的手不自觉地抓紧了刀把，牙齿咬得咯咯响。

“立定！”他低声吆喝着，用力勒住战马。

此刻他看见了不知是什么，但感觉是非常可怕的东西：整个道路上横放着长长的、弯曲的、尖尖的黑色东西，像是一群躺着的公牛或厉鬼。切尔格索夫的军刀落到了地上，他瞪着恐怖的眼睛，拼命但徒劳地拽着缰绳，可是已经晚了。

马被什么东西缠住了，拼命地挣脱着，向前、向两侧一次又一次地蹦跳，用力挣脱；后面，另一匹同样受到惊吓的战马也打着响鼻冲上来；疯狂的叫喊声在空中回荡，切尔格索夫松开了缰绳，双手抓向空中，身体跌落到地上。倒置的铁犁尖儿伴着清脆的咔嚓声劈开了他的肚子，他的头顶上瞬间冲过大群混乱的人群、战马、武器……一匹战马整个踩踏在切尔格索夫的头颅上，那头颅像个空瓦罐一般碎裂了。在锋利的铁犁尖儿上方的这匹战马，使他不再害怕荒谬可怕的死亡。

黑夜本身仿佛也在不安的恐怖和疼痛中哀鸣、尖叫，黑暗的林间空地上飘荡着喊声，那一定是看不见的林中幽灵们在充满敌意又亢奋地叫喊着：

“胜利了！胜利了！”

无所不知

武利茹 译

一

我有一个好朋友，他是一个敏感又性情狂躁的人。

他非常有才华，不久前他还写了一本书，甚至引起了巨大的反响。许多人认为他是一位预言家，还有许多人认为他是一个彻头彻尾的混蛋，只有很少一部分人认为他是具有讽刺意味的一个人。但我知道，这本书（顺便说一句，这是一本内容阴郁，甚至是带有虚无主义性质的书）不过是疲惫不堪的心、信心殆尽的灵魂以及自嘲的理智发出的声声呐喊。

我对他的经历并不完全清楚。只知道他出生在一个偏僻的小城，一个小官吏之家，小时候羸弱多病却无人照管，因为他母亲很早就过世了，照顾他的是一个保姆，而这个保姆是一个士兵遗孀，极其普通的村妇，酗酒无度。

他从小受到的是小官吏父亲以及女酒鬼保姆的教育，他的童年生活贫穷而困顿，他既有极强的自尊心，又有着对权力的极度渴望，真不知道他是怎么形成这种性格的。

同样令人费解的是，他那强烈的求知欲、对梦想的渴望、顽强的意志力和惊人的天赋是怎么来的。

必须承认，我们还远未参透“自我”的真正奥秘。

自我剖析即使对我这样的人而言也是困难重重的，更何况他不喜欢也不知道该如何表达自己的想法。原因是在他的童年时期里，与他相依为命的只有看家狗以及他七岁时读的第一本书——《马克·吐温文集》，没有任何东西能超越他对它们的爱。

的确，他几次向我提起他母亲去世的那一年所发生的一件事情，当时他还不到两岁，他在讲述过程中甚至带着一丝兴奋……我无论如何都无法理解，这件事到底有什么特别之处，通过这件事又能得出什么结论。

但是，为了客观起见，我会讲讲这件事，然而，我还是要重申一遍，我看不出其中有任何特别之处。

事情是这样的：

一个阳光灿烂的日子里，这个不到两岁的小男孩坐在院子里的浅水坑旁洗自己的裤子。他们的院子里住着一个年老的退休教授，有些糊涂，他是一个又高又瘦的德国人，总是穿着一件长长的黑色常礼服。这个德国人看到了小男孩并问他：“小家伙儿，你在干什么呢？”

小男孩慢条斯理地解释说他在洗自己的裤子，因为他没有妈妈，如果他自己不关心自己，他只能穿脏裤子了。

德国人听后，沉重地叹了口气，把手伸进常礼服的衣兜，掏出一条长长的红绸手帕，擦了擦眼睛。然后他抚摸着小男孩的头说：“可怜的孩子！”

他转身走了……

就是这么一件事！我，天啊，实在不明白这件事到底有什么特殊的意义，可以让他每次谈起的时候都带着那种溢于言表的欢愉。

我对他之后的生活知之甚少。我只知道他中学没毕业，因为顽皮和爱打架而臭名远扬。他特别想成为头儿，他的行为举止也努力向这个方向靠近。虽然年纪不大，他做事情却很有条理，绝不盲目。

比如说，大概在他读五年级的时候，有一天晚上他在田间闲逛，突然看到一个大牌子，上面写着：废物倾倒处。他立即从柱子上把这个大牌子扯下来，费尽力气地将它拖到城里并将其钉在市公墓的大门口……为什么要这样做？不得而知！

离开学校后，他学过画画，挨过饿，差点儿成为一个赌棍，在街道上靠画肖像和漫画谋生。突然有一天，他在文坛崭露头角，迅速出名，而当他那本赫赫有名的书出版以后，他甚至在国外也开始名声大噪，虽然我完全不同意他书中的观点。

虽然他说话坦诚，但他的性格是忧郁而内向的。我想，他的坦诚只是表面上的，而那些最重要的内心深处的东西，他总是避而不谈。

我刚认识他时，他对女人充满兴趣，毫无疑问，他非常好色。各种蠢女人从四面八方蜂拥而至，被他的名气、独特的举止和外表深深吸引，他不加选择地把她们全都收入囊中，多得简直数不过来。

几年的糜烂的生活之后，他突然厌恶起女人了，甚至变得冷酷无情，他的态度里有很多自相矛盾之处：鄙视女人，却对漂亮女人的面孔激动不已；嘲笑女人，有时对她们又异常温柔、同情，甚至到了多愁善感的程度。

他的这种多愁善感和那些顽固冷血的杀人犯一样——他们一生杀人如麻，却会突然宠溺起某个流口水的婴儿或者一只小癞狗。

这就是我所知道的关于他的一切。我以为他的人生结局会奇怪而可怕，因为他突然萌生出对孤独的渴望，于是他去了一个偏远的省份，在那里一个僻静的庄园里住下来，这个庄园甚至连件像样的家具都没有。

由于某些原因（这些原因与话题无关，我不想赘述），我也来到了他这里。

二

庄园周围是一片荒凉的松林，里面还有一些以前公园的残垣断壁，偶然会发现破碎的丘比特像和没有鼻子的维纳斯像。

每天夜里，当松树在黑暗中簌簌作响时，维纳斯和丘比特的碎片就似乎在黑暗中移动着，令人毛骨悚然。

房间很宽敞，家具却少得可怜而且破旧不堪，比如说，在大厅里只有一个非常旧的绿色锦缎沙发，里面的填塞物已被老鼠叼走，很多弹簧有时会莫名其妙地嘎吱作响。

我们分别住在房子的两端，在睡觉前我们通常聚在餐厅，一边吃晚餐，一边争论一些纯哲学问题。他称自己是纯粹的现实主义者，虽然他不否认神秘而且也不是一个狭隘的人。我不想称他为唯物主义者，因为唯物主义者是无所不能的，他们知道一切，可以解释一切，而他承认神秘的无限性以及不可能的可能性。

我想我可以直接跳过这个话题讲讲那个令人匪夷所思的夜晚，我在结尾部分会尽量讲清楚，但在讲述的过程中你们可以自行想象。

在此之前的几天他总是在沉思，表现得有些烦躁，而那天晚上我们争论了很多，顺便提一下，主要是关于什么会令人感到惊讶的内容。我认为我对任何事情都不会感到惊讶，因为最不可能的事情也是最有可能发生的，无论我听到什么或者看到什么，哪怕是见到了鬼，我都会接受这一事实，认为它一直存在，只是我现在才发现。

就在这时他突然笑了起来，那样子就好像是想让我确定一下我刚才的话是不是真的。

“所以，什么都不会让你感到惊讶吗?”

“当然!”

“但你不可能不感到恐惧!”

“是的。我对明确表现出的危险感到害怕，但对那些令人费解的东西我是不害怕的，无论它多奇怪。”

然后他点了点头，带着一种我全然不解的明显的满意，和我道了晚安，之后，我们分别回到了自己的房间。

我和衣躺在床上，本想读点儿什么，却在不知不觉中睡着了，甚至忘了关灯。

我应该睡了很短的时间，由于突然感到莫名的不安而醒来。

当我睁开眼睛时，看到他站在我的床边，他发现我醒了后，说道:“我希望你能起床和我一起去。”

我从床上起来，有些惶恐不安：同这样的人打交道可能会发生各种意料不到的事情。此外，他的脸也让我感到惊讶。

他的脸色非常苍白，眼睛下方有一片瘀青，但眼神里透露出一丝狂热。不知道为什么，我突然觉得他的脸非常像炼金术士的脸，这些人一辈子都在进行最艰难和最危险的尝试，当他们付诸最后的努力，就要临近成功的时候，他们的脸上就是这样备受折磨却充满狂热的神色。

我立刻从床上起身，决定什么都不问，跟着他走，做好面对任何事的准备。

三

我从走廊上看到，通向大厅的黑色门，此刻正透着奇怪的绿光。

“那是什么?”我不由自主地脱口问道，但他没有回答，径直地向前走着。

我跟在他身后走了进去。

我在这里看到了非常奇怪甚至完全无法理解的东西。

空旷而沉闷的大厅里，竖立在各个角落的、高高的四脚烛台发出昏暗而浑浊的绿光。

在它们的光中，有令人厌恶的、死寂的甚至腐朽的东西。我看了一眼他的脸，我注意到，他的脸在光线下也呈现出尸体的腐败。我突然厌烦地想到，很有可能，我也有同样的面孔。

我一言不发地坐到绿色沙发上，房间里到处是飞扬的灰尘，我勉强控制自己不打喷嚏，身体不由自主地随着沙发里生锈的弹簧颤动着。

突然我觉得烦躁不安,这种多余感和荒谬感让我心生厌烦。但与此同时,我既不想说话也不想问什么，我决定强忍着心中的厌恶坐下来，无论他说出什么废话，我都缄默不语。

我不能说出接下来我的内心感受，因为记不清了。在接下来的时间里，我有一种感觉，就像一个人醒来时记得他做了一个令人讨厌和可怕的梦，但根本不记得具体内容是什么。

而我能说出我“梦到”了什么，是因为我记得非常清楚，那种难以忍受的厌恶感一直萦绕在脑海里，甚至让我感到恶心。

我坐在沙发上，刚才嘎吱嘎吱的弹簧停止了声响，他站在客厅中央举起手，想引起我的注意。而我觉得他的手势和他的人一样既做作又令人讨厌，我仔细地打量他的脸：洋溢着莫名其妙的、接近疯狂的喜悦，他的眼神里充斥着狂热。

当他举起手之后，绿光闪烁得更亮了，我注意到，绿光就像小绿灯一样，沿着他举起的手跑动着。我听见房子周围的松树簌簌作响，仿佛在警告着什么。

与此同时，我看到角落里，在每盏灯后面出现了一个东西……模糊不清，像影影绰绰的人形，又高又瘦，不停地晃动着，又像水中的藻类，向四面八方伸展着。

我听到他欣喜若狂的声音，特别紧张地嘶吼道：“我准备好了！”就在那一瞬间，我注意到一扇巨大的、紧锁的威尼斯式窗户的窗台上出现了一个东西。

松树簌簌响着，声音更加幽怨。

窗台上有一个非常模糊的东西……好像一个巨大的、凝胶状的绿色肚子，有一个非常明显的肚脐，堆在窗台上的肚脐和脂肪褶皱清晰可见。但再往上就看不清了，它的脸一会儿向上，一会儿向下，完全飘忽不定。该死，我不管怎么看也没弄明白它究竟是什么。我嗓子眼儿涌上一股恶心，我记得，我当时很平静地想：“喝点儿蓖麻油就好了！”

与此同时，绿光时亮时暗。各盏灯后面角落里的绿影晃动着，延展着，时隐时现。玻璃上忽然清晰、忽然模糊地呈现出一个大肚子，它一会儿是肉乎乎的一堆脂肪贴在玻璃上，一会儿又变得几近透明，窗格子清晰可见。

松树簌簌作响，可以听见窗前的老云杉吱吱呀呀的声音。

我不明白究竟这是怎么回事。空荡荡的客厅里一片死寂，但就在此时，我在这片死寂中听到两种声音。

突然间我意识到我是出现在向魔鬼出售灵魂的仪式上，窗户上令人作呕的肚子就是魔鬼。

我记得我当时并不感到惊讶，也不害怕，我认为它是最自然和最可能的东西。但是，意识到这是某种可怕的致命错误，还是让人感到无法忍受的厌烦和悲伤。

“你想知道吗?”那个东西问，它的声音好像来自各个角落，“但是，知道得越多会越痛苦，而痛苦是智者的宿命!”

“我知道……我想知道!”一个充满热情和绝望的人声回答道。

灯光变得更亮了，窗户上的肚子看起来更加清晰，一堆赘肉肆无忌惮地晃动着。

“你无法忍受无所不知，你是人!”那个东西重复说。

“我知道，我想知道!”那个人声沉默片刻之后更加狂热地回答。

松树簌簌作响，仿佛带着恸哭声和哀号。

“你会死的!”那个东西说。

“我知道……我想知道!”我第三次听到这个声音，全然不同于刚才那个人声：这是一种死人一般的疲惫的低语，这个声音里有着最深的冷漠。

灯光闪烁着；令人厌恶的可怕面孔望向角落里的阴影；一个硕大的肚子在窗台上晃来晃去，笑得不断颤动着。有一瞬间，我觉得肚子上面的脸是异常美丽的，闪耀着光彩。我想，这是一张美到极致的女人的脸……

我跳起来，自己也不知道为什么……我仍然认为，这张美丽而性感的脸表达出无法排解的忧愁和浓浓的爱怜。

但我突然陷入一片黑暗和沉默之中。

我沉默而震惊地走出了客厅，感觉后背一阵毛骨悚然。

我的房间里依然亮着一盏灯。我刚才枕过的枕头被我弄皱了，书在被子上。一切都很简单，和平时一样。我趴在床上，感觉痛苦正在撕扯我的心。我的脸瞬间被泪水打湿了。我哭泣着，抓着自己的头发，把脸贴在枕头上……我觉得那个东西现在已经死了，我永远不能，永远无法修正可怕的错误……

四

我很晚才醒来，不明白在我身上发生了什么事。我醒来时身上穿着衣服，心里感到非常害怕，但我分辨不出这到底是梦境还是现实。

胡乱洗漱之后，我去了露台。

那是阴沉的一天，天空灰蒙蒙的，让人感觉无精打采。一阵寒风吹起松树间细小的尘埃，并在积年的老松枝上盘旋。周围弥漫着奇怪的空旷和静谧。

我感觉我是孤独一人在一个死寂的空旷树林里，我大声喊着他的名字，我的声音让我自己感到惶恐不安。我的声音听起来微弱无力，没有人回应。我第一次感到这个世界是巨大的，无边无际的，而我是一粒尘埃，被风卷起，在死寂的松树林间盘旋。

我惊魂未定地从门廊冲到松树林里，我慌乱地敲击着松树，大喊大叫，大声咒骂……我泫然泪下，只希望能看到他的脸。

突然我看到了他的脸。

他的脸在松树林间移动着，直视着我。我不知道他是穿着衣服还是赤身裸体，我只看到他的脸，在空气中移动着，与整个世界分隔开来。

我向他冲过去，心里害怕不已。

异常苍白的、死气沉沉的脸慢慢地飘向我。我看到了他的眼睛：眼神中有一种死寂的麻木……没有忧郁、恐惧、痛苦、绝望，没有一丝一毫人类的情感，完全是穿透过去，仿佛把一切都看在眼里却没有任何回应。我觉得这是空洞无神的眼睛！

他从我身边经过，并在松树林中消失不见。我伫立在原地，不知所措，记忆出现了空白。四周是高高的松树，风吹起细小的干尘和去年的枯草。头顶上是白色的天空，空旷悠远，无法企及。

突然间，我产生了一个可怕的疯狂念头。我全身战栗着。

“他知道一切！”我的脑海中突然荒谬地闪过一个想法，他知道一切，这个想法让我感到惊悚。我觉得我应当快跑，应当想方设法地找到他、杀死他、毁掉他，用脚踹他，就像对待一只有毒的爬行动物。

我愤怒而颤抖地从原地跳起来并开始奔跑。我在松林间、房后、田野里奔跑着，跑过所有房间，跑过大厅，那里旧沙发的弹簧似乎在回应我的奔跑声而发出嘎吱嘎吱的声音……我像一只野兽，像一个疯子四处寻找着，脑子里只有一个疯狂的想法，如果我不能找到他，他会活下来……带着他那双空洞无神的眼睛！

我记得当我跑过自己的房间时，我无意识地从我的照相机上扯下沉重的钢制三脚架。

我找到他了……

在木柴棚后面，那里有一个厕所……

一个散发着恶臭的浅坑，上面的板子被扔掉了……

他在那里：跪在地上，胸贴着坑的边缘，把头埋进了恶臭的污秽中……

他死了！

五

当然……这完全是一个梦！但他确实以如此奇怪和不雅的方式结束了自己的生命。显然，他甚至在这方面也在追求一种与众不同！

现在，我每次想起他，眼前都会浮现出一个独断专行者的形象，他拥有美丽的灵魂和大智慧，却死于自己对世界政权永不满足的欲望！

此外，就像所有独断专行者一样，即使在生命的最后一分钟，他仍然在追求与众不同！

我经常梦到那个夜晚。我经常想起我们最后一次谈话以及所有生命在死亡临近时本能的恐惧，比如这种恐惧感会让狗在死者面前吠叫不停。

毫无疑问，这个晚上他一直在考虑自杀，而我感觉到了。

究竟是什么原因导致了他可耻而怯懦的自杀呢？我无从得知……也许，最后，他精神失常了。

他一直都那么古怪。

伊万·蒲宁

平日里的苦闷
草鞋
天堂之鸟
被爱情冲昏了头脑
生命开始的地方

伊万·蒲宁

全名伊万·阿列克谢耶维奇·蒲宁（1870—1953），出生于没落的贵族家庭，1887年开始发表文学著作。1901年发表诗集《落叶》，1903年获俄罗斯科学院普希金文学奖。著有短篇小说《古代人生》《夜话》《伊格纳特》等。1933年，凭借中篇小说《米佳的爱情》获诺贝尔文学奖，成为第一位获此殊荣的俄罗斯作家。蒲宁是一位极具艺术个性与成就的作家，虽然他以诗歌创作登上文坛，但小说成就却远超诗歌。他的小说因具有诗化小说的诸多特征而改变了俄罗斯传统小说叙事的风格，无论从内容还是从表现手法到语言风格上，都是对传统小说的发展和超越。爱情、生命、死亡等“永恒主题”成为蒲宁小说创作关注的重点。正是通过这些永恒主题，俄罗斯现实主义的传统和文学发展的新趋势在蒲宁的创作中得到了独特的体现。

平日里的苦闷

王金玲 译

似乎这些灰蓝色的云永远悬在地平线上，下面的草房盖儿也是灰蒙蒙的，柳树已经完全绿了，四周田野上的庄稼地呈方块形拼接在一起，五彩缤纷、绚丽夺目。六月里没有太阳的白天特别长。

神学院的毕业生斯鲁切夫斯基来到一个牧师的儿子的家里做客，牧师的儿子和牧师正在忙着拉粪。白色农舍前的大门完全敞开着。两个装满褐色粪水的四轮马车和两匹吃饱了的马停在被翻起地面的牲畜圈里。牧师的儿子一个人干着三个人的活儿：他把大叉子插进牲畜圈最厚的那层粪土上，用左侧膝盖抵住大叉子，用力地撮起一大块儿，粪土堆发出一声响亮的破裂声。牧师是一个皮肤黝黑、身材高大的人，他穿着一件粗布衬衫、一条粉色的长衬裤和一双农家人穿的那种矮腰靴子，他干活儿一点也不示弱：他使劲儿地用大叉子翻动着粪肥，用力地搅动着粪车里冒着热气、散发着浓臭味儿的一块块粪便，精神抖擞地晃动着脑袋，深蓝色的头发在肩膀处一颤一颤地飘动着。满脸流着汗的父子俩心满意足地走出大门，脸上露出了满意的微笑，因为在去往田间的路上，他们可以得到一段长时间的休息。

“夏里亚宾[①]先生，您也和我们一起去干活儿吧！”牧师跟在粪车的后面，高兴地冲着神学院的毕业生喊道，他手里拿着缰绳，一边走，一边摆弄着没扣上扣子的紧身长袍的薄边儿。

坐在台阶上的神学院毕业生听出了这个玩笑里隐含的虚伪而奉承的语气，但是他并没有做出任何让步。

“我的可悲之处就在于梦想成为夏里亚宾那样的歌唱家，”他回应道，“彼得神父，这可不像你出一出汗、吹吹风就能干完活那么简单。嗓子的事儿可开不了玩笑。要是我也有那样的好嗓子，我当然想成为夏里亚宾那样的歌唱家了。”

神学院毕业生是一个长着一双深色眼睛的少年，他脸色苍白、脸颊宽阔、神情傲慢，他望着渐行渐远的装满粪肥的马车，望着紫灰色的马路和马车边走边撒到马路上的、冒着热气的、铁锈色的粪土。教堂里的一个执事走到他身边时站了一会儿，向他抱怨自己的命苦，又讲述起自己死去的儿子。他那双粗壮的手臂，因年老体衰和常年酗酒已变得毫无力气，完全靠在一对拐杖上，一直在颤动，拐杖也跟着摇晃。一件褐色的紧身长袍下露出了一双大码的焦油皮靴。一枚系着红色飘带的银质奖章挂在胸前。他的脸和

① 夏里亚宾（1873—1938），俄罗斯男低音歌唱家，人民艺术家。这里是对神学院毕业生想当歌唱家的戏谑称谓。——译者注

宽大的鼻子呈粉色，鼻子的肉很厚，镶嵌在他那张凹槽状的脸上。十分凸起的、化着脓的眼睛一直在流眼泪，深褐色的头发编成的一个辫子像酒鬼老太太一样僵硬地蜷缩着。执事说话的声音很古板，他费劲儿地挤出每个音节——他说出的每个音节都是颤抖着的，声音忽高忽低。

“彼得神父有多幸福啊！”他说，“他有儿子做帮手，而我的儿子却躺在墓地里了！他活着的时候没有人不夸他的。有时候我也夸他，‘我儿子可不是一般的孩子，他是一个天才！’所有人都说，‘他长大了如果能像您的话，斯杰潘饺奇，没有哪个天才能比得上他’。长大之后，不知您是否相信，全村子没有一个人比他能干！但他却得了最严重的肺结核，可是直到死他也没有屈服。‘您这几天就会死去’，医生说。‘不，不拉完黑麦我是不会死的！’他说。我们割完了黑麦，打成了捆儿，天亮的时候他坐在台阶上，仰头看着天上的云彩，我问他‘你坐在那里看什么’，他回答说‘老爸，趁着天气好，咱们用两驾马车就能把麦子拉回去了’。‘得了吧你，你现在的身体怎么能拉得动啊！我想雇个人拉回去呢。’‘不用，不用，我们自己能拉回去。’‘我们怎么能拉得动呢？仅黑麦就有三十四垛啊！’我说。可他却坚持己见……就这样，他一天之内往返了地头儿十二个来回！甚至中间一次也没有休息过，只是坐到阴凉的地方喝了点儿克瓦斯[①]就又去拉车了。我累得都快不行了。天刚亮，公鸡还没打鸣的时候他就起来叫我，‘起来吧，快起来吧，乌云已经开始聚堆儿了……’只用了三天时间，我们就把所有的活儿都干完了——把黑麦都从田里运回来了，在谷场上打完了谷，把秸秆也打成了捆儿……他又催我去借簸谷机，于是我去达尼尔金家借了一台簸谷机，扬净了黑麦的皮子，打扫完了打谷场院……直到最后一粒麦子装

① 一种用麦芽或面包屑制成的清凉饮料。——译者注

进谷仓，他才走进屋对我说，‘现在我终于可以安心了。老爸，蜡烛在哪儿？把蜡烛点上吧’。于是我们在圣像旁边点燃了蜡烛，他躺到了沙发上——就这样他走了！”

“这小子想得可真够周全的。”毕业生一边听着，一边心里暗自嘲笑。待执事走了之后，毕业生拿上一个轻便的细手杖，戴上一顶崭新的灰色礼帽，披上一件银白色的雨衣，开始在村子里转悠。他来到牧场，看了看乌云之下显得格外发白的教堂，又看了看一家国有的酒铺子敞开着的窗户——他本想进去找店里的伙计聊聊天，但却突然改变主意朝村里墓地的方向走去。酒铺的伙计对阅读很是着迷。他从早到晚都趴在离地面很高的双人床上，撑着双肘贪婪地、一页接着一页地读着《环球》杂志。“稍等，稍等，”他急促地招呼着来买东西的顾客，“您稍等我一会儿，等我把这句话读完……”在和顾客说话的时候他也不听人家在说什么，经常不合时宜地笑出来，盼着顾客快点儿离开。如果他聚精会神的读书活动被妻子或其他什么人打断，他会向他们投去心烦意乱而不知所措的眼神。“该给母牛揉奶子了！”妻子打开门恶声恶气地向他吼道。“再给我来四分之一俄磅的烟草，快点儿！”一个男人从敞开着的窗户朝屋里高声地吼道。而他却弄不清楚是谁从哪个地方喊他。这时他正琢磨着太平洋的岛屿和北美的大草原、南十字星和格陵兰岛、巴西和卡菲尔人[①]、荷兰的殖民者和蟒蛇、热带丛林里的河流和河马……“这些地方跟太平洋有什么关系呢？”神学院毕业生一边走在无人的街道上，一边想。他迎面碰到了甲长[②]，这个人又瘦又高，穿着一件红色的衬衣和一双破靴子，一只靴子的脚踝处系着一根绳子，肩上扛着一把单筒猎枪。

① 卡菲尔人，18 世纪布尔人对使用班图语的南非各族的称谓。——译者注

② 甲长，旧俄时从农民中选出来的十个农户一组的组长。——译者注

“您这是要去哪儿?”毕业生问道。

“我去教训教训那些白嘴鸦。”甲长回应道。

毕业生同甲长很熟，他不止一次地来问甲长要卷烟用的报纸。甲长家的房子已处于半坍塌状态，坐落在村头紧挨着墓地的地方。房子后面是一个空旷的打谷场，没有秸秆，也没有粮仓，只有几个长满草的单齿叉子和一个底儿朝上的有两个新黄色边条的马车车厢，还有一个已经干涸了的盛焦油用的容器……在一个柳条枝上挂着一个头朝下的小鸡形状的稻草人，尽管已经没有任何驱赶和吓唬鸟类，避免它们啄食庄稼的必要。毕业生为自己与这种凄惨的日常生活毫无关系而感到庆幸，也为自己对莫斯科和音乐学院的憧憬而感到自豪，于是他穿过乡村墓地，来到村子后面的小山丘上，漫不经心地向后仰起了头，清了清嗓子，轻声地吹起了口哨，把银白色的雨衣弄得沙沙作响。

在墓地上，在牛蒡、龙牙草、苍耳、飞廉等刺实植物，杂草和墓地的小山丘之间，有一匹长着淡黄色马鬃的棕黄色马在那里自由地游荡着。它摆动着毛发稀疏的尾巴，啃着矮小的干草。在一个新建的大墓地上的一个泥土还松软着的小坟丘上，躺着一个农夫，他的头上蒙着一件厚呢布制的长大衣。酒铺老板家的火鸡温顺地耷拉着尾巴，在这里自由自在地徘徊着，窃窃私语着。它们鱼贯式地向农夫的方向走去，突然它们一下子都跑了起来，在跑到农夫身边时，它们跳跃起来扑向农夫包裹着头部的大衣，开始啄食农夫的头。农夫嗖地一下跳了起来，抓起一小撮儿土扔向它们，火鸡们扑棱着翅膀，跳动着跑开了……毕业生装作没看见这个农夫，从他的身旁走了过去。

在几个农奴主的墓地上方长着两棵白桦树。从前它们被一个木栅栏围了起来，栅栏之外摆着一个长凳子。“我要经常来这里坐坐，回忆、思念逝去的亲人。”当时做了这一切准备的人一定是这样想的。但是他却一次也没来过这里。村庄渐渐地解体了，栅栏和长凳也被陆续拆走了。猪拱开了墓地的坟包，牛犊啃光了白桦树的树叶……毕业生带着一脸的嘲笑，吹着口哨往回走。离农夫试图睡觉的墓地不远处有一只腐烂的苍鹰。从这只苍鹰身上飞出来一只鹟。毕业生走上前去发现，在这只腐烂的苍鹰身体里，在一个由金属薄片做成的霓虹色小圣像的旁边，有一个圆形的鸟巢。寂寞的毕业生想把这个鸟巢取下来，看个究竟之后再把它拆解开，然后把它扔掉。但是躺在墓地上的农夫却睁开了眼睛，从盖着头的外衣下面目不转睛地盯着他看。

“结束了？”他问道。

这个问题让毕业生感到很突然。他转过身来抬头看着农夫。

“你说的是什么意思？”他说。

“没什么，我是问您的学业结束了没有？”

毕业生不慌不忙地走了过去，站到旁边的一个坟头儿上。

“啊，原来你问的是这个啊！”说完他坐了下来，假装漫不经心地朝四周看了看，“是的，去年秋天就毕业了。你好像不是本地人吧？”

“我是拉索欣村的，”农夫回答道，“我是从乡里回来的。这一路上我都在想，无论如何得让我的马吃点儿草……那么您呢？您是神职人员吗？”

“是的……但是我学的主要是唱歌。”

“学唱的是什么歌？”农夫一边打着哈欠一边问道，“就是说您将参加教堂里的合唱？”

“不，兄弟，不是合唱，”毕业生拄着手杖说，“我将在舞台上演唱。这个你是不会懂的……我正在准备报考剧院。”

农夫冷笑了一声：“不，您恰恰说错了，我对这个事情非常懂，但这是完全没有用的东西，是完全下流的东西。再说您唱歌也赚不了几个钱。”

“你怎么能这么说呢？”

“我说的是千真万确的，”农夫平静且自信地说道，“在那个地方您是不会有好出路的。不，您最好还是去教堂的合唱团吧，既能干自己擅长的事儿，又能从老百姓那里得到好吃的鸡、鸭、鱼、肉。在教堂里唱歌的话，您的生活完全有保障，要是去剧院演唱，那就是最糟糕的差事了。”

“怎么会是最糟糕的差事呢？”

“本来就是最糟糕的。剧院的差事是最不值钱的。您最好听听我的经验，我是不会坑您害您的。我可不是普通人，而是一个久经世故的人。我现在总算是脱离那些家伙了，去年整个夏天我都是在利佩茨克的剧院里度过的。和任何人我都可以聊一聊那里的事儿……”

地平线上密布的低云无趣儿地散去，天空在不知不觉中变成了一望无际的蓝色，对面山坡上的粮田也变成了一片浅绿色——让人不由自主地对这样的话题产生了兴趣。毕业生掏出来一个编织的香烟盒，点燃了一支，把另一支递给了农夫。农夫小心翼翼地接了过来。

“真是特别感谢您啊，”说完他划着了一根硫黄火柴，鼻孔里冒出一缕青烟，他看了看烟卷，一字一板地问道，“这是阿斯莫洛夫牌的？”

毕业生提醒他讲一讲剧院的事儿。

“是这样的，”农夫说，“我对这些分文不值的剧院一点儿也不看好。坦率地说，那里的人都是魔鬼。既然那里有烟，就一定有酒。而有酒的地方就一定少不了女人……不，您应该离这些东西远一点儿！就举一个例子来说吧，如果一个人在修道院里生活，那么他的日子就简单多了，顶多是喝点儿酒娱乐娱乐、发发脾气——就拉倒啦，仅此而已。有一些僧侣像猪一样，整天坐在修道院里喝酒！他们终其一生都在酗酒，一辈子只靠喝酒度日！可是在剧院里的生活就不一样了，那里当然有酒、有女人，除此之外，当然一定会有他。哪里有酒，哪里就一定会有他。”

“你说的‘他’是一切罪恶根源的魔鬼吗？”毕业生问道。

“还能是谁啊？当然是魔鬼了。的确是这样。无论您走到哪儿，他都会跟着您。我早就看明白这一点了。剧院里有什么好的？连我这样一个见过世面的人都不会去剧院工作的，没有钱的人就更不要去那个地方了——最多也就能赚上三个卢布。去剧院看演出的人都是女人，是各种放肆的女人，此外还有一些商人，他们只要一还清债务，就马上去剧院里寻欢作乐……我在利佩茨克把这一切都看透了。离利佩茨克三俄里的地方有一个花园，所有人都去那里。大家随身带上一些火腿、熏肠、果子酒什么的……一整天都在大吃大喝。在那里服务的老太太和老头儿都供不上给他们烧开水……”

毕业生漫不经心地说：“这恰恰说明你什么都不懂，都是在胡说八道，而且思路混乱。一会儿说剧院里违反戒律，一会儿又说‘赚不来三个卢布’……”

“可事实就是这样的！”农夫坚定地说，“这当然是从钱财方面看的，但是像我们这样连裤子都穿不上的人为什么非要往那个行当里钻呢？”

毕业生耸了耸肩。

“谁知道呢！”他沉默一会儿后说道，“你这就是胡诌八扯。”

“不，兄弟，”农夫说，“整个村子里没有比我更聪明的人。您去打听打听，问问，‘在农活儿上有谁比纳扎尔·巴甫洛夫·普罗塔索夫能干？’就连一些年龄大的人都来找我商量事儿呢。”

“你是在胡扯吧？”

“这怎么能是胡扯呢？要是您没受过良好的教育，就可以认为这是胡扯……比如说我们这里的鞋匠吧……他的头等大事是喝酒，现在却因为孩子而酗酒——最让他头疼的就是他的孩子们，他一共有十二个孩子……他们就像他身上的螺丝钉一样，每个人都有自己的特点！您不要看他是个酒鬼，但是在对孩子的教育方面可以说是坚持不懈、毫不动摇的！当然了，现在每个孩子都不用管了……再说女人吧，是谁造成了国家的混乱？当然是女人。现在所有的重要岗位都允许大量的女人去干，她们能干什么呢？尽管女人现在也受了良好的教育，但毕竟还是不如男人强大！”

“谁知道呢！”毕业生看着他浓密而花白的大胡子，反复地说道，“你的脑子里都在想些什么呀？一会儿花园，一会儿剧院，一会儿女人的……那么请问，这个滑稽可笑的花园和剧院有什么关系呢？”

“当然有关系了，”农夫更加坚定地说道，“关系就在于如果没有这个花园，他就没地方可去了呀。”

“你说的‘他’是指谁呀？”

“当然是领唱的人了，还能是谁。他就在那里，在花园里混上一杯或者两杯好酒，然后使出全身的力气大声地演唱，唱得肋骨都差点儿要裂开了……他没有这个已经活不了了。”

“那么请问，这个领唱的是什么人呢？”

“我不是跟您说了嘛——他就是主唱。就是这些唱歌的人的头儿。饿着肚子的他是不会为他们扯破自己的嗓子的。”

“你又在胡说八道，”毕业生说道，“唱歌的人根本不能喝酒。喝酒是会把嗓子弄坏的。”

农夫冷笑了一声，站了起来，又坐下了。

“不，我可不是胡说八道！”他说，“喝酒是不会破坏嗓子的。喝酒不会使嗓子变差，而只会使它变得越来越响亮。响亮得简直是无人能及！酒能让人无所不能。人的神经被酒精麻痹之后，他就完全失控了。您喝点我们这儿的劣质白酒试试，瞎子喝了它都能睁开眼睛。”

毕业生摆了摆手，胳膊肘支在膝盖上，小心翼翼地用手杖的尖儿碾死在他脚边爬行的几对红色甲虫。农夫望着地面在思索着什么。

“不,您的这个签儿太难抽了,”农夫有些惋惜地说,“您的选择太艰难了。剧院就如同一个动物园，或者说就像一个普通的理发店一样……这些衣冠禽兽在那里是如何吼叫和彼此厮杀的，我有生以来从未见过！那里有修道院的院长在监督——这是观众所要求的，一旦哪个禽兽站起来，他立刻用铁棒打它的脑袋……不管它是不是故意的，一定会有站起来的时候。”

“你这个人可真有意思!”毕业生说道，“你怎么还把理发店搬到舞台上了呢？理发店跟剧院又有什么关系呢?”

“当然有关系了，舞台上什么没有啊……但是我告诉您，我对这些家伙可一点儿也不尊重。既然那里没有祈祷室，那么所有这些剧院、动物园和各种理发店都应该查封起来，应该把所有剧院的框架都拆掉……比如说我的一个亲戚，本来是一个普通的文书，嗓子别提有多差了。但他很年轻，喝酒又是他的长项，简直是个十足的酒徒。不久前他爬到房顶上扯着嗓子唱歌，全村人都能听见。这样做难道体面吗?”

“但是他为什么要爬到房顶上去唱呢?”

“这个您得去问他呀！谁知道他要干什么呀！和他姐姐一起唱的时候，的确唱得还行。他姐姐在城里住，是个打字员。她虽然是个肺结核患者，但嗓子可比他的要好听多了，至少他还能跟着他姐姐一起唱。每次他姐姐到他这儿来的时候，他们都在天亮的时候坐在房子旁边唱。他们唱的可不是庄稼人唱的那些歌，而是《披上雨衣》或者《你是自由，你是我的自由啊》之类的……唱得还不错。这个文书答应到我这儿来坐坐，所以您可以到我这儿来和他们一起唱一唱。我可以招待你们每个人。”

“那就多谢你了，”毕业生说道，“真希望能到你那儿去看看。你的话确实值得思考。”

农夫高兴地笑了。“这就对了嘛！”他使了个眼色说道。

然后他信口开河地讲了起来：“哎呀，兄弟，我要是有去哪儿学习的机会的话，我也能做出许多成就！但问题是我上哪儿去找学习的机会呀？不久前我去了一趟城里。您知道那里出了一件什么新鲜事儿吗？那里建了一个地方博物馆，弄来了一个鳄鱼的骨架在展览。建这个博物馆可能得需要五百卢布甚至一千卢布。看来，我们的钱也都用在这上面了！他们都是大骗子！这帮狗崽子们！”他气哼哼地说道，“可是我却不得不待在这里……这里让人郁闷得想上吊！多亏我是见过世面的，要不然这里的日子早就过不下去了！”

他的颧骨突然变得绯红，脸上露出凶狠而阴郁的表情。他避开毕业生的眼睛，站起身，把胳膊伸到厚呢布长外衣的袖子里，靴子蹭着地面，径直地朝马的方向走去。“他怎么发起脾气来了？”毕业生纳闷地看着他的背影，心里暗想，“简直是一个不可理喻的人！”农夫好像猜到了他心里的想法，转过身来。

“您瞪什么眼睛？”他用凶狠而粗俗的语气说道，“难道我说得不对吗？您应该为我给您讲道理而感谢我，而不是向我瞪眼睛。我是推心置腹地和您交谈，而您却跟我瞪眼睛。我现在就可以过去狠狠地揍您一顿——到时候您可以去告我！兄弟，我不管您是牧师，还是教堂里唱合唱的，我照样会狠狠地揍您一顿！”

他解掉马的脚绊儿，把一块碎布放到马的脖子上，然后猛地一跃跳上了马背，一条腿跨过马背，肚子紧贴在马的脊背上，气哼哼地越过了墓地的山包，跑上了马路。

被这样意外的谈话结尾震惊的毕业生突然怒火中烧，一双手战栗着在两个膝盖之间晃动着手杖。

农夫拐弯进了村子。毕业生呆若木鸡地坐在那里好久，待心情平静下来之后下了一个山坡，又爬上了斜坡，来到一个布满白色三叶草的高地上，两块被隔离开的灰绿色黑麦田，远远望去，在乌云下是那么的苍白。沁人心脾的微风迎面扑来，麦田上空弥漫着淡淡的六月的朦胧色……神学院的毕业生耸了耸肩膀，陷入了沉思。

“是的，不带手枪是不应该出门的。”

草鞋

王金玲 译

肆虐的暴风雪已经昏天暗地地下了四天多了。在一个白雪覆盖、幽暗冰冷的农舍里，正经历着一个巨大的不幸：孩子病得很厉害。他高烧不退，一直在说着胡话并哭着喊着要一双红色的草鞋。母亲寸步不离地守在他的床边，流着痛苦的泪水——这泪水里既有恐惧，也有无助。她该怎么办呢？她能为孩子做点儿什么呢？丈夫出门不在家，家里的马也都是老弱病残，去医院找大夫要走三十多俄里的路，况且这样的大雪天有哪个大夫肯来家里出诊呢？……

门厅里砰的响了一声，涅费奥德怀里抱着一摞生火用的干草走了进来，把干草放到了地上，双手揉搓着，嘴里哈着气，呼出来的全是冷气和暴风雪的清新味道。他把房门推开一条缝儿，朝里面看了一眼，问道：

“怎么样了，小姐，好点儿了吗？”

“一点儿起色也没有啊，涅菲奥杜什卡[①]！看来是真的活不了了！他一直在哭喊着要一双红色的草鞋……”

“红色草鞋？哪里有这样的草鞋呢？”

“谁知道呢？他一直在说胡话，全身烧得像火一样……”

涅费奥德挥了一下帽子，陷入了沉思。他的帽子、胡须、身上穿的破旧的半截大衣和已磨出窟窿的毛毡靴上都沾满了雪，看上去都是僵硬的……突然，他斩钉截铁地说：

“也就是说，我们要弄到一双这样的草鞋。这是孩子心里最想要的东西，必须弄回来一双。”

“可是到哪里去弄啊？”

“要到新肖尔基镇上去买。到店铺里买一双草鞋，再涂上一些红染料，也不是啥难事儿。”

“还是算了吧，到新肖尔基镇要走六俄里呢！再说这样的鬼天气怎么走啊！”

涅费奥德又思考了一会儿。

“不行，我必须得去一趟。没什么大不了的，我一定得去一趟。这鬼天气坐马车不行，但走着去可以，没什么大不了的。再说去的时候是顺风儿，风吹的是屁股，没什么大不了的……”

说完他就轻轻地关上门出去了。他来到厨房，一句话也没说，在半截大衣的外面又套上了一件粗呢布的无领外衣，然后把那条腰带紧紧地束在了腰上，拿起鞭子就出门了。他踏过一个个雪堆，穿过院子，走出了大门，在狂风怒吼的白色茫茫的草原上不见了踪影。

---

① 涅菲奥杜什卡是涅费奥德这个名字的表爱形式，用作关系亲近的人之间的称呼。——译者注

吃过了午饭，天色渐渐地幽暗起来，直到天完全黑下来，仍然没见涅费奥德回来。家里人以为，如果上帝能保佑他顺利到达，那么他一定是留在那里过夜了。在这种天气条件下一天之内是赶不回来的，至少要等到明天中午才能赶回来。但是由于他不在家，这个夜晚让家里人感到了更多的恐惧和无助。外面的风刮得整个房子都沙沙作响，每个人脑海里都闪过一个可怕的念头：这个时候，走在外面漆黑世界里的、被暴风雪肆虐的人要经历一场怎样的磨难啊！一根脂油做成的蜡烛抖动着微弱的火苗。孩子躺在暗处，但他感觉到墙壁像火一样闪亮，整个墙壁上闪动着很多离奇古怪的、无法形容的巨大而可怕的幽灵。他时而清醒过来，每次清醒之后他都痛苦、可怜地哭叫着，不断地哀求着（好像也完全在情理之中）要一双红色的草鞋：

“妈妈呀，给我买一双草鞋吧！我亲爱的妈妈呀！这点儿钱难道你还舍不得吗?”

于是母亲跪在地上，双手捶胸地哭喊着：

“上帝啊，帮帮我们吧！上帝啊，保佑我的孩子平安吧！”

终于熬到了天亮，窗外隐约从远处传来嘈杂的说话声，暴风雪已经完全没有昨天夜里那样凶猛了，几乎完全停止了呼啸。窗外的马车声临近了，有人在低声说话，紧接着是一阵带有不祥之兆的急促的敲窗户声。

敲窗户的是新肖尔基镇上的几个男人，他们拉回来一具尸体——一个全身裹着白雪的、僵硬的尸体，这是涅费奥德的尸体，他仰面躺在马拉爬犁上。这些男人是从城里赶回来的，因迷了路而胡乱走了一整夜，天快亮的时候他们走到了一片草地上，和他们的马一起碰上了一场可怕的暴风雪，他们本已经完全绝望，已经对生存不抱什么希望了，但突然发现雪堆里撅起一双穿着毛毡的脚。于是他们俯下身扒开了雪，拉起了这个人的身体后，才发现这是他们认识的人……

也正是这个意外发现才让他们幸免于难——他们突然明白，这个地方原来是农庄的牧场，这里正是普罗塔索夫农场，而山上，离这里近在咫尺的地方就是他们的家……

涅费奥德的怀里还抱着一双崭新的男孩子穿的草鞋和一小玻璃瓶红染料。

天堂之鸟

王金玲 译

大学生沃隆诺夫从山上沿着踏平的崎岖小道下来，走到河边。一个身材矮小、双臂拄着拐杖的人正站在桥头上看着河面。

冰窟窿周围的冰面呈现出晶莹碧绿的颜色。刺骨的寒风中传来洗完衣服的女人们清脆的说笑声。太阳已经躲到山后，白雪皑皑的山谷已经完全暗淡下来，但是沃隆诺夫在对面河岸的小木房的小窗户上和教堂十字架上还依然闪烁着金灿灿的光芒。

一月的积雪很深，白雪掩映下的木房子上依稀可见红色的瓦盖儿。教堂旁边沃隆诺夫家田庄的花园也透出微微的暗红色，房前小花园里的松树呈现出浓密的墨黑色。房子烟囱里冒出来的紫色烟柱笔直升起，袅袅地飘向碧蓝的天空。

看来，站在桥头的那个人正在欣赏眼前的景色。

雪橇嘎吱嘎吱地从他身旁快速地滑过，一列空着的雪橇车队刚刚返程回来，飞快地滑行着。于是他有意识地躲到了路边。

“站稳了！小心我刮倒你！”一个雪橇车夫大喊了一声，他的雪橇滑行得特别快。

站在那里的人转过头，冲着车夫大声回应了一句……然后摆了摆手，开始咳嗽起来。

大学生迅速跑到桥边。这个人一直在咳嗽着，从他伸长的脖子、低垂的头和把两只手拄着的拐杖分开的动作就可以看出他的咳嗽病是慢性的，已经折磨他很久了。但也可能不是真的得了咳嗽病：或许他是个傻子，是个四处漂泊的流浪汉，也或许是因为看见了自己的老爷。

大学生走过去和他并排站在一起，仔细端详着他的脸，他戴着一个自制的、带护耳和后挡的、皮毛朝里的帽子。这时他已不再咳嗽，深低着头，喘着粗气，步履维艰地走在桥上，拐杖的铁头儿扎在雪地上嘎吱作响。一双瘦弱的脚趿拉着一双硕大的草鞋，艰难地向前移动着……

不，他不是傻子，只是一个乞丐和病人。

他背上背着的几个袋子不同寻常地整齐。身上穿的无领上衣也不同寻常，虽然陈旧，但是打的补丁非常规整。最不同寻常的地方是他的脸，一个近四十岁的男人长着一张少年的脸：苍白而憔悴，纯朴而忧郁。一双黑色的小眼睛，目光极其宁静，一张略显痛苦的嘴在上唇和稀疏的山羊胡子之间半张着。一绺长发，像女人的发式一样，遮住了帽耳下端一只苍白的小耳朵，发质干枯而了无生机。他的身体干瘪、瘦弱，肩膀处呈病态状微微隆起。

“冻僵了吧，老头儿?”大学生佯装精神焕发的样子大声问道。

乞丐停下脚步站了一会儿，张着嘴，挺了挺胸脯和肩膀，深吸了一口气，然后极其平静，甚至还表现出有些高兴的样子说：“没有，冻僵了倒不至于……”

接着乞丐又鼓足了劲儿，表现出更加精神焕发的样子，说话的语气让人感觉除了他无法做到的事情之外，他的一切都很好。

“冻僵了倒是没有，就是这身体……”他挺了挺胸，“就是这身体的状态是越来越差了！”说完他又艰难地向前挪动着脚步。

大学生仔细观察了他的草鞋和包脚布：他的腿瘦弱无力，包脚布又薄又破，草鞋已磨出了窟窿，又大又不合脚……这么冷的天他在外面走，怎么能撑得住啊？

“叔叔，你的鞋子和衣服可真是太不暖和了啊！”大学生说道。

“鞋子的确是不暖和，”乞丐表示同意，“可是衣服嘛……不，衣服还算暖和。我这里面还有一件棉衣呢。”

“不管怎样，不穿毡靴你不觉得冷吗？”

“怎么能不冷啊……肋骨像针扎一样疼痛……一咳嗽起来就没完没了，简直难受得要死。”

在这样的天气里边走路边说话是很吃力的。于是大学生站住了。乞丐也停了下来，并急忙把颤抖着的双臂搭在拐杖上休息。

“你是从外地来的吧？”

“是的……是从利文来的。”

“你感到呼吸困难很久了吗？”

“呼吸困难吗？很久了……”

“你用过硝石烧烟的办法吗？很有效的。”

“没有，胡椒粉倒是喝过……”

大学生摇了摇头。

“胡椒粉能有什么用啊，”他说，“我可是学医的，也就是说，我未来将是一名医生……你懂吗？”

“这个当然是好职业……怎么会不懂呢……”

“既然这样，那你就听我的话，别再喝胡椒粉了，买点儿硝石，最多也就花两戈比。把它用水溶解了，把纸泡在里面，然后把浸湿的纸拿出来晒干，再把晒干的纸点着，吸一吸这个纸烧出来的烟，你的咳嗽就会好多了。”

乞丐也表示同意，但看得出他对硝石的功效并没有表现出足够的重视：

“这个倒是可以。花的钱也不多。”

“那么今晚你要在哪里过夜呢？”

“你是说过夜吗？过夜在哪里都无所谓……我要到兹纳缅斯基过夜……”

“怎么去兹纳缅斯基过夜？”大学生说，“按你这走路的速度，天亮前能走到那里就不错了！”

“我也没什么地方可急着去的。”乞丐回答得那样若无其事，大学生竟有些不知所措了。他沉默了片刻，然后问道：“你包裹里有吃的吗？”

“哪有什么吃的呀！都是些没用的东西……不过是几件衬衣、几条裤子而已。裤子倒是很多……有三条呢……”

过了桥，道路就分出来两条：一条是陡坡，朝山上沃隆诺夫庄园的方向，另一条是平缓的斜坡，冲着斜对面教堂的方向。

“你听我说，”大学生说，“咱们一起到我那儿去吧。我想给你带上点儿钱……”

太阳已经快落山了。乞丐往山的方向看了看，看了看沃隆诺夫庄园栅栏里那一片茂密的墨绿色云杉林，看了看庄园里了无生机的蓝灰色屋顶，看了看牧场上透着孔雀石颜色的雪地……不慌不忙地说：“贫穷的只有丧尽天良的魔鬼，而我并不需要钱。但是如果你愿意给，我也不反对。”

“既然这样，那我们就走吧。”

“但是去你那里……我是不会去的。如果……我能走到那个地方……我要在兹纳缅斯基过夜。”

说完乞丐低下头，喘着粗气，步履维艰地往教堂的方向挪动着。

大学生匆匆地跑到家，抓起钱包就跑，在道路与田野的接口处追上了乞丐。从田野方向吹来的北风凛冽刺骨，胡子和睫毛被吹成绺儿粘在一起。放眼望去，暗紫色的雪原沿着斜坡缓缓升起，直到地平线上高高耸起的风车的位置，雪地才变成了黑色。日落的余晖微弱地照射在像十字架一样张开双翼的平原上。慢慢暗下来的田野上空烟雾缭绕，飞雪卷地，让人睁不开眼。

“给你五十戈比。”大学生上气不接下气地说道，在听到大学生嘎吱嘎吱的脚步声时，乞丐转过身来站住了。“你可真是让人不可思议啊！”大学生开玩笑似的补充了一句。

乞丐冷笑了一声。

“我现在感觉还行，舒服点儿了。”他精神抖擞地说，尽管他的脸色发青，眉头紧皱，眼睛也被风吹出了泪。

他摘下一只手套，用冰冷的手指笨拙地接过了那枚铜币，若有所思地看了看它。大学生期待着他会欣喜若狂，但是乞丐却语气相当平静地表达了谢意：

“谢谢你的关照……看来上帝不必为我祈祷安息了……我会走到那里的。”

“说点儿正经的，你叫什么名字，你为什么这么古怪呢?”大学生问道。

“你是问我叫什么名字吗？以前我叫卢卡……至于说我古怪在哪里，我也不清楚。”

“你这样会冻死的！”

“即便冻死了也没办法。死亡啊，兄弟，它就像太阳一样，你不能用眼睛直视它，而它却无处不在。再说，死也不能死十次，大不了就死一次。”

“这么说，你是急着去天堂了?”大学生说完，摸了摸自己的一只耳朵，转过身避开风直吹的方向。

“为什么要去天堂？再说这本来就是一件神秘莫测的事儿——天堂这东西似有非有的。而我在人间过得还不错。”

风吹得越来越猛烈了，刺着他们的脊背和脑袋，后脑勺冻得冰凉，脚已失去了知觉。大学生惊讶地看着乞丐的脸：

“这样的日子你还觉得不错吗?”

乞丐也直视着他的眼睛：

“这样的日子怎么了?”他问道，“贫穷的只有丧尽天良的魔鬼，而我却活得逍遥自在。”

“你的生活像天上的鸟一样逍遥自在吗?”

“天上的鸟有什么不好？鸟也有凶猛的鸟，兄弟，它们从来不去想天堂不天堂的事儿，它们也不怕被冻死。”

“你怎么？是哲学家吗？还是无神论者?”

“我听不懂你说的这些词。”

“我知道你不懂。我想问你，你难道不相信上帝吗?”

乞丐思考了一会儿。

“世界上没有不相信上帝的生灵。”他语气坚定地说。

大学生以更加惊异的神情看了看他，但是站在那里实在是太冷了，他不得不晃动一会儿身体。晃动了一会儿之后，他果断地说了一句：

“愿上帝保佑你！”

“那么我们就此道别吧，”乞丐回应道，他晃动了一下自己的圆帽子，“谢谢你！”

说完，乞丐站在那里思考了片刻，然后戴上手套转身走了。很快他那拄着一副高拐杖的、矮小佝偻的身影变得越来越小，到变得齐腰高大小的时候就消失在黄昏里，消失在怒吼着扑向他的狂风暴雪之中……

晚上，大学生在大厅里走动了许久。女仆已经睡下了。桌子上点着灯，墙角处的圣像前还摆着一个小油灯：夫人不在家的时候，保姆总是把它点上，希望上帝能照亮她前行的路。而现在，大学生心事重重地看了看表——已经八点多了，可是母亲还没有回来。

“真是一个野人！”一想到这个乞丐，他就时而大喊出来。

这一夜他睡得很晚。从傍晚开始他就一直在读英国诗人杨格的作品，十点钟左右他穿上毡靴，戴上长耳风雪帽，走到外面去看双子星的升起。走到外屋门口时，他突然感到一阵恐慌，外面似乎已不是人间——暴风雪把花园吹得呼呼作响，雪花伴着狂风猛烈地呼啸着。花园在凛冽的风雪中明显暗淡下来，星星在黑暗的夜空中眨着眼，若隐若现。大学生踏上冰冷的雪地，低头躲避着凛冽刺骨的、让人感到胸口憋闷的雪尘，穿过狂风呼啸的小道，来到了田野上。田野上漆黑一片，狂风下飞舞的雪花宛如波涛汹涌的白色海浪，而在风雪之上，有两颗明亮的、相距甚远的双子星，它们像两只凶狠的、忽隐忽现的钻石蓝眼睛一样，不停闪烁着……

晚上十一点多的时候，大学生再一次来到花园土墙的位置。这时的外面已更加寒冷，更加恐惧。周围死一般的寂静，一丁点儿光亮也没有，花园里狂风呼啸得更加猛烈，更加肆无忌惮。天空变得更加清澈，更加黑暗，而星星却变得异常明亮。在茫茫的白色暴风雪的上空，还有另外两颗距离更远的血色眼睛——大角星和火星在闪着红光。像扇子一样散落在磨坊后面地平线上空的牧夫座小星星们也发出耀眼的光芒。而双子星已经靠得更近，就在我们的头顶上方眨着眼睛……

“他一定会冻死的，见鬼！”大学生心里一直还惦记着那个乞丐。

后半夜一直有人在急促而单调地敲打着那个被积雪覆盖着的深色房子上没有扣严的护窗板。被寒风吹透骨头的大学生深夜里睡得很沉，后来在睡梦中他隐约听到了这个敲护窗板的声音，扰得他睡得很不踏实。他终于醒了，起身点着了蜡烛，穿上了衣服……护窗板已经没人再敲了。他走到台阶上，远处半睡半醒的公鸡们已经开始彼此呼唤，他兴奋得屏住了呼吸。外面的空气在北风呼啸的暴风雪之后变得异常清新冷峭。鸡叫声打破了夜空的沉静，悬挂在山顶的金色弦月与东方泛起的绯红色朝霞交相辉映。金星像一块熔化的三角形金子，颤巍巍地挂在朝霞的上方，而火星和大角星高高地挂在西侧的上空闪烁。

所有的星星，无论大小，都从苍茫的天际中被分离了出来，它们都是那么的明亮和清澈，它们射出的金线和银线照射到每一块雪地上，折射出耀眼的光芒。村庄里的每个房子都银光闪闪，公鸡们似乎哄睡了已经疲惫不堪的、垂下了头的弦月。一驾三套马车发出熟悉的、嘎吱嘎吱的响声，马匹的身上布满了灰霜，浓密的睫毛也被染成白色。马车渐渐驶进了庄园的大门……

当大学生跑向雪橇车队时，母亲和马车夫异口同声地向他喊着，告诉他在去往兹纳缅斯基路上的雪地里躺着一具死尸。

被爱情冲昏了头脑

王金玲 译

午饭后，人们从灯火通明的餐厅里纷纷走到甲板上，站在栏杆旁。她闭上了眼睛，一只手背贴在脸颊上——这个娇小的女人身上一切都是那么完美，一阵轻松的笑声之后，她说：

“我好像醉了……您怎么会出现在这里？三个小时之前我甚至不知道有您这个人存在。我甚至不知道您是从哪儿上的船。是从萨马拉吗？不过这些现在已经不重要了……是我的头晕了，还是我们的船在转弯儿？”

他们的眼前先是一片黑暗，继而又灯火通明。黑暗处吹来的大而怡人的风吹拂着他们的脸，灯火却不知去了哪里。客轮凭借其对伏尔加河的了解和船长精准的驾驶技术，急速地调转了船头，画了一个很大的圈儿，靠向了一个不大的码头。中尉抓起她的手放到自己的唇边。她的手虽小却很有力量，被太阳晒得有些发红。他的脑海里不断地浮现出在南方充足的阳光下，在热辣辣的海滩上（她说她是从阿纳帕回来的）足足地躺上一个月后，她身上这件轻薄的粗布连衣裙下将会是多么黝黑、结实而有弹性的躯体啊！——想到这里，他的心紧张得怦怦直跳，身体兴奋得无法自制。于是他低声说：

“我们下去吧……”

“去哪儿？”她惊异地问道。

“我们就在这个码头下船。”

“为什么？”

他沉默不语。她又将一只手背贴在了发热的脸颊上。

“这样做太轻率了……”

“下去吧，”他面无表情地重复了一句，“我求您了……”

“唉，那就照您的意思办吧。”说完，她把脸转了过去。

客轮缓缓地靠近了光线灰暗的码头，发出轻轻的撞击声，他们差点儿没成堆摔倒在一起。顷刻，他们的头顶飞过了缆绳的一端，然后船向后退了一段距离，下面的水咕嘟咕嘟地响着，跳板被踩得嘎吱嘎吱响……中尉急忙跑回舱内去收拾东西。

一分钟之后，他们穿过夜深人静的小码头，踩着石头穿过沙滩，默默地坐上了街头一驾落满灰尘的拉散客的四轮轻便马车。马车沿着河岸的缓坡向山上驶去，沿途稀稀拉拉有几个路灯歪歪扭扭地挂在路边，柔软的土路尘土飞扬，一眼望不到头儿。马车终于爬上了山顶，踏上了马路，发出踢踢踏踏的马蹄声。眼前出现了一个广场，可以看到几个政府办公的场所，又路过了一个瞭望台，在这里能感受到夏日的深夜里一个县城的闷热和一股难闻的气味……马车在一个亮着灯的楼单元门口停了下来，敞开着的单元门口后面可见一个陡峭的、破旧不堪的木制楼梯，一个穿着粉色偏领男衬衫和带有长下摆上衣的、没有刮胡子的老仆人一脸怨气地从车上拿下了他们的东西，两腿颤抖着走在他们前面上了楼梯。他们走进了一个已被太阳炙烤了一整天的闷热的大房间，房间里的白色窗帘已被拉上，小梳妆台的两侧摆着两支未使用过的新蜡烛。在他们刚走进屋、老仆人走出去关上门的那一刻，中尉就急不可待地扑向了她，两个人顿时陷入狂热的激吻中，他们吻得是那样热烈，那样忘乎所以，以至于多年以后还能回忆起这一难忘的时刻：两个人一生中再未体验过这种兴奋和欲望。

十点钟，在这个充满阳光、炽热、幸福的日子里，伴着教堂的钟声，伴着宾馆前广场集市上的嘈杂声，伴着草垛味、沥青味和俄罗斯县城里特有的各种气味混杂的味道，这个不具姓名的娇小女人——最终也未告知自己的姓名，只戏称自己是“美丽的陌生女子”的女人——离开了这里。这一夜他们睡得很少，但是到了早晨，她从床边的屏风后面走出来，只用了五分钟就洗漱完毕并穿好衣服，她的脸色就像十七岁的少女一般红润而新鲜。她感到羞愧了吗？不，她几乎一点儿羞愧感也没有。她依旧像从前那样清纯快乐，却多了几分明辨是非的能力。

“不，不，亲爱的，”她在回应同他一起离开这里的请求时说，“不，您应该留在这里等下一班客轮。假如我们坐同一艘船离开这里，那么未来的一切都将会一团糟。我非常不希望这样。我向您保证，我绝对不是您想象中的那种水性杨花的女人。在我身上从来没有发生过类似的事情，将来也不会再发生这样的事情了。我只是一时的糊涂……或者准确地说，是我们两个似乎都被爱情冲昏了头脑……”

中尉就这样轻而易举地被她说服了。于是他以轻松愉悦的心情坐上马车，把她送到了码头——恰巧赶上那趟粉红色的“飞机”号客轮正在待发的时刻。他当着众人的面在甲板上亲吻着她，直到客轮启动的那一刻，他才勉强来得及跳回到搭板上。

就这样，他心情愉快、无忧无虑地返回到宾馆，但是他感觉这里的一切似乎都变了样。房间里没有她和有她时完全是两个样子。这里还弥漫着她的气息——却变得空荡荡的。这太让人不可思议了！这里依旧能闻到她身上那种上好的英国香水的味道，托盘里还放着她没喝完茶的茶杯，可她的人却已经不见了踪影……回想起她的柔情似水，中尉的心突然感到一阵发紧，他赶紧点着了一支烟，在房间里踱了几个来回。

“真是一次意外的奇遇啊!”他大声说道，一边笑，一边感到自己的眼里涌出了泪水。他回想着她说过的话：“我向您保证，我绝对不是您想象中的那种水性杨花的女人……”而现在，她已经离开了这里……屏风已经被挪到了一边，而床还没有被收拾好。他感觉自己已经完全没有力气去看这张床。他用屏风挡住了它，并且关上了窗户，因为不想听见集市上各种方言的嘈杂声和车轮的嘎吱声。他放下被风吹得鼓起来的白色窗帘，坐到了沙发上……是的，这场意外的“途中邂逅”就这样结束了！她走了——而且现在已经走得很远了，或许她正坐在白色的带玻璃窗的船舱里，或者正站在甲板上,望着那条被太阳照得熠熠生辉的河流,望着迎面驶来的船只,望着黄色的浅滩,望着远方的碧水蓝天,望着广阔无垠的伏尔加河……别了,就这样永别了,永远也见不到她了……试问,他们在哪里还可能再相遇呢?“我不能，”他想，“我不能就这样无缘无故地跑到她丈夫和她三岁女儿所在的城市，不能跑到她的家人和她日常生活的城市去啊！”而且他以为她的城市是一个与众不同的、神秘莫测的地方。他甚至以为，她会在那里孤独终老，或许她也会经常想起他，想起他们这次偶然的、昙花一现的奇遇，可他却再也见不到她了。这种想法让他感到无以言表的痛苦和惊慌。不，怎么会这样呢？这样未免太无情，太残忍，也太不可思议了吧！——他突然感到，如果没有她，自己整个后半生的日子都将是痛苦而没有意义的。想到这里，他感到一种莫名的恐惧和绝望。

“我这是怎么了？”他想。他站起身来，又开始在房间里踱来踱去，尽量不去看屏风后面的床。“我到底是怎么了？她身上有什么特别的东西吗？我们之间到底发生了什么？我真的是像被爱情冲昏了头脑一样着了魔啊！而现在最主要的是，没有她，我该怎么在这么个穷乡僻壤的地方去消磨这一整天的时间呢？”

直到现在他还清晰地记得她的全部，记得她的每一个细微之处，记得她晒黑的肌肤发出的气味儿和那件粗麻布连衣裙，记得她结实有力的身体，记得她那清脆、平和、悦耳的声音……就在不久前他对她那美妙绝伦的肌体的享受感和满足感，又一次激起了他身体上难以抑制的欲望与冲动。但现在，占据他心里的完全是另外一种全新的情感——那是一种令人不解的，难以言表的，当他们在一起时他还不曾感受到的，甚至在昨天夜里和她做爱时也没有预料到的情感。当时他还以为这不过是一场意外邂逅的男欢女爱罢了，仅此而已。而现在，他却再也无法向她表达他内心对她产生的这种新的情感！“更可怕的是，”他想，“我以后也不会再有机会向她表达这种情感！那么现在我该怎么办呢？我该怎样去度过这漫长无聊的一天呢？我该如何带着这些回忆、带着这种无法释怀的痛苦，在这个被上帝遗忘的边陲小镇上，在这个碧波荡漾的伏尔加河沿岸上，在这个粉红色客轮载着我心爱的女人离开的边陲小镇上，去度过这漫长而百无聊赖的一天呢？”

必须把自己从这种痛苦中解救出来，必须做点儿什么，必须分散一下注意力，必须出去走走。于是他果断地戴上帽子，拿起马鞭，迅速地穿过空荡荡的楼道，军靴上的马刺①发出叮叮当当的响声，他快步跑下陡峭的台阶，奔向楼单元的门口……他终于离开了那个让他感到万分痛苦的房间，可是他能去哪儿呢？楼单元门口有一个马车夫，很年轻，穿着一件合体的紧腰细褶外衣，在默默地抽着手卷的纸烟。中尉心慌意乱地看了车夫一眼，很是惊讶：他怎么能这样安静地坐在车架子上抽烟呢？怎么会是这样一副无忧无虑、漫不经心的样子呢？“难道在这个城市里只有我一个人这么不幸吗？”他心里这样想着，朝集市的方向走去。

集市上的人已经开始散去。他不知不觉走到了马车的马留下新鲜粪便的过道上，穿行在那些载着黄瓜的货车之间，走在那些新的器皿和瓦罐之间。坐在地上的女商贩们争先恐后地招徕着他，拿起瓦罐用手敲、用手指弹出声响，以展示这些东西的好质量。那些男人们也冲着他大声吆喝着：“这是最好的黄瓜，长官，买点儿吧。”他感觉这一切都是那样的愚蠢和荒唐，于是他赶紧离开了集市。他向教堂走去，那里的人们正在高声、兴奋而坚定地唱着圣歌，他们在认真地履行着自己的神圣职责。后来他又跑到山崖上一个荒芜的、烈日炎炎的小花园里转了很久，从那里凝望着山下一望无际的银光荡漾的伏尔加河……他制服上衣的肩章和扣子被太阳烤得烫手，已经不敢用手去碰。帽檐的里侧已经被汗水浸透，脸也被晒得通红……回到旅馆之后，他迫不及待地走进位于地下一层的空旷而凉爽的大餐厅，在

① 马刺也叫靴刺，是指一种较短的尖状物或者带刺的轮，连在骑马者的靴后跟上，用来刺激马快跑。它的形状类似锯齿的轮子，可以随意滚动，一般不会对马造成伤害。——译者注

这里他十分惬意地摘下帽子，坐到了一扇敞开着的窗户旁边的小桌子前，尽管从外面吹来的是热风，但毕竟这里的空气是流通的。他给自己点了一份加冰的波特文尼亚汤[①]……这里的一切都让人感到舒爽和惬意，这里的一切都让他感到莫大的幸福和满足。即使在这样炎热的天气里，在这个陌生的、集市味儿浓重的小城里，在这个破旧的县级旅馆里，他仍然能体验到一种莫大的幸福感和满足感。但与此同时，他的心又被撕成了几块。他就着腌得不太咸的酸黄瓜和茴香喝了几小杯白酒，此时，他毫不怀疑地断定，如果能以某种神奇的办法让她回来，让他再和她一起度过哪怕一个像今天这样的日子，即使明天让他去死他也无怨无悔！——只要在此之后，在一起度过这一天之后，再向她倾诉自己的内心感受，再以某种方式向她证明，让她深信他对她有多么思念、多么痴迷……为什么要证明呢？为什么要让她相信呢？他不知道是为什么，但这成了比他的生命还重要的东西。

“我的神经已经完全错乱了！”他给自己倒了第五杯白酒时自言自语地说道。

他把吃完的波特文尼亚汤盘推到了一边，要了一杯黑咖啡，然后又点了一支烟。他抽着烟，绞尽脑汁地想：现在他该怎么办？怎样才能摆脱掉这场突如其来的、出乎意料的爱情呢？但是摆脱掉是不可能的——这一点他内心十分清楚。突然他又猛地站起身来，拿上了帽子和马鞭，问了邮局的地址之后，就急匆匆地去了那里，心里早已想好了电报上要写的内容：“从现在起我的整个生命都是您的，直到生命的最后一刻它都将永远属于您。”但是，在他走到邮局那个有着厚厚墙壁的老房子前的那一刻，他恍然大悟地停下了脚步，因为他虽然知道她住在哪个城市，也知道她有丈夫和一个

① 波特文尼亚汤，用鱼、克瓦斯和蔬菜泥、罐头蟹肉等做的一种冷汤，吃的时候加小冰块。——译者注

三岁的女儿，但却不知道她姓甚名谁！昨天吃午饭的时候以及到了旅馆以后他曾不止一次地问过她的姓名，而每一次她都笑着说：

“您为什么非要知道我是谁，我叫什么名字呢？”

在邮局旁边的拐角处有一家照相馆。他久久地凝望着一个戴有很多勋章的军人的照片，他眼睛凸出，额头低窄，留着引人注目的大络腮胡子，宽阔的胸膛上挂满了各种勋章……当一个人受到打击时，一切平常的、普通的事物在他眼里都会变得荒唐而可怕！是的，他的心被爱情击中了，他现在明白了——他的心被这可怕的“冲昏了头脑的爱情”击中了，被这场突如其来的疯狂的爱情击中了，被这爱情赐予的巨大幸福击中了！他看了看一对新婚夫妇的照片——新郎穿着一件长款礼服，打着一条白色领带，梳着平头，直挺挺地站在那里，挽着一个穿着婚纱的女孩儿的胳膊——他又把目光转向了一个歪戴着大学生帽的漂亮的、激情四射的小姐的照片上……后来，他厌倦了这些没有烦恼、让人嫉妒的陌生人，开始强迫自己只看道路的两侧。

“该去哪里呢？该怎么办呢？”

大街上已空无一人。街上的楼房都是一个样式的，都是两层的白色商用住宅，都带有一个大花园，这些房子似乎没有人住。马路上覆盖着厚厚的一层白色灰尘。这里的一切都很耀眼，一切都像被滚烫的、火辣的、快乐而似乎又毫无目的的太阳灌满了一样。远远望去，马路此起彼伏，一直通向万里无云的、灰蒙蒙的、带着余晖的天边。这里有点儿像塞瓦斯托波尔、科赤、阿纳帕那样的南方城市。这些地方的炎热是让人难以忍受的。中尉耷拉着脑袋，眯缝着眼睛，突然被军靴上的马刺绊了一下，于是他低下头全神贯注地看着自己的脚，磕磕绊绊地闲逛了一阵子，然后就小心翼翼地往回走。

他回到旅馆的时候已经疲惫不堪，仿佛去撒哈拉沙漠做了一次徒步旅行一样。他使出了自己最后的力气走回到自己大而空旷的房间。房间里的一切已被收拾过了，已看不到她的痕迹——仅有一只她遗忘的发卡摆在床头柜儿上。他脱掉了制服上衣，看着镜中的自己：他的脸——一张普通军官的脸，被晒成了灰色，他的小胡子也被太阳晒成了灰白色，原本蓝白色的眼睛由于皮肤的黝黑而更凸显白色。现在，他那张曾经兴奋而疯狂的脸，在那件白色的、被浆硬了领子的薄衬衫的映衬下显现出某种少年的无知和难以名状的痛苦。他仰面躺到了床上，把布满灰尘的靴子放到了床边的侧板上。房间里的窗户开着，窗帘被拉上了，微风时而把窗帘吹得鼓起来，房间里飘进来铁皮房顶被晒焦的味道。白天，这里的一切都金光闪闪，而现在却变得空旷宁静，到处都弥漫着伏尔加河河水的味道。他躺在床上，把两只手放到后脑勺上，目不转睛地看着天花板。然后他咬紧牙齿，闭上了眼睛，感觉自己的脸颊淌下了泪水——终于他睡着了，在他又一次睁开眼睛的时候，窗帘外已经泛起了红黄色的晚霞。风停了，房间里闷热而干燥，仿佛在蒸炉里一样……而昨天下午和今天早晨所发生的一切都像十年前发生的事情一样，重又浮现在他的眼前。

他不慌不忙地站起身，不慌不忙地洗了脸，拉开了窗帘，打电话要了一个煮茶的茶炊和账单。喝了好长时间的柠檬茶，然后他叫了一辆马车，并叫人把东西搬下去，就这样他坐上了一辆四轮轻便马车，坐在了那个火红色的、已被晒得褪了色的座位上，给了帮他搬东西的仆人整整五个卢布。

“先生，昨天夜里好像是我把您拉到这里来的！”车夫拉起缰绳高兴地说道。

当他们一路下坡来到码头时，伏尔加河的上空已经现出了蓝光，此时蓝色的夏夜已经过半，河面反射出五颜六色的灯光，正驶向码头的船，其船头桅杆上的灯光离码头越来越近了。

“我们来得正好！”马车夫巴结似的说。

中尉也给了他五个卢布，买了票就朝码头走去……和昨天一样，船靠岸的时候发出了轻微的响声，脚下的摇晃让人感到有些头晕，然后船停下了，船轮下面的河水汹涌澎湃起来，发出湍急的水流声，向前奔涌的河水使靠近的轮船又向后退了退……这艘船上的乘客很多，处处亮起的灯光以及船上厨房里散发出的美味让人感到异常的亲切和温馨。

一分钟之后乘客们都踏上了轮船，继续自己的行程，朝伏尔加河上游的方向前进，朝不久前的早晨她离去的方向前进。

远方夏日的朝霞早已失去了光泽，暗淡地、懒洋洋地映在河水里，水面上出现了五光十色的光环。远处，朝霞拂照的河面上泛起了耀眼的鳞波，周围黑暗处的灯光渐渐消失了踪影。

中尉坐在甲板的敞篷下，感觉自己衰老了十岁。

生命开始的地方

王金玲 译

一

在我懵懂的幼年生活中，有一个距离现在十分久远的日子让我记忆特别深刻，经常浮现在我的脑海里。

我记得在俄罗斯中部一个农庄的圆木房子里，有一个大房间。这个房间里有一个窗户朝南，朝向太阳，另外两个朝西，朝向樱桃园。

挨着两个窗子之间的那面墙壁放着一个老式红木梳妆台，而在梳妆台旁边的地板上坐着一个三四岁的孩子。

他一个人待在房间里，感受到莫大的幸福。

院子里很干爽——正值八月末草原上秋高气爽的季节，阳光从朝南的窗户斜射进房间里，几乎正照到孩子坐在地板上的那个位置。

这时孩子刚刚打开梳妆台下面的柜子，能闻到一股老式香水有点儿发酸的味道，他正在把一摞蓝色的、印有国徽的纸认真地摆放到一个光滑的小木板上。

尽管这些纸被写上了偌大的、看不懂的、弯弯曲曲的字母，尽管没人要求不许撕破或不许弄脏它们，但这些都无所谓，因为有一点已经足以让他兴奋不已——他不但拥有这些纸，有很多，而且可以把它们摆放到一个从现在起只属于他自己的那个小柜子里。

家里人不是这么说的嘛：

“这个小柜子从今天起就是你的了。”

为了让这个小柜子有东西可放，大人们送给他一大摞蓝色的、带有漂亮的双头鹰图案的纸。将来还会积攒出许多其他的东西，类似于小盒子和梳妆台上放着的那些带棱的小瓶子什么的。所有的这些东西都可以藏到这个小柜子里。

但是，众所周知，世界上的任何事情都有干完的时候。小木板上放的纸已经以各种花样摆放过几次了，每一次的摆放方式都是经过缜密思考的——现在只需关上小柜子的门儿，得意地看着这些私有财产就足够了。接下来就应该干点儿别的事情了。

可是应该干点儿什么呢？

孩子站在梳妆台的旁边，四处张望起来。遗憾的是，一个普通的、用光秃秃的原木做墙壁的农屋里几乎什么也没有，只有几把椅子和一张大床，再有的就是八月里斜射在未涂过油漆的地板上的阳光了。

走到窗前去感受阳光的温暖，脸紧贴住玻璃把鼻子压扁的那种感觉倒是很惬意……蜘蛛网也很诱人——窗户上方的角落里有一个精致的八角形蜘蛛网……但问题是，首先，如果你不把一把椅子放到窗台上，那么你是够不到这个蜘蛛网的；其次，从墙角的缝隙里随时都可能钻出来一只细高腿的深灰色大蜘蛛来。

于是孩子在抬头仰视这个蜘蛛网时，一想到它的神秘主人，就既感到恐惧，又感到兴奋。蜘蛛这个词语他说得还不够流畅，还带点儿农民的口音。而这个蜘蛛网的主人在苍蝇撞上它的网时，就会气哼哼地从缝隙里跑出来。

观察苍蝇的死亡过程是一件多么令人兴奋的事儿啊!

苍蝇在空荡荡、静悄悄的屋子里长久地呻吟着，哀号着，挣扎着，好像在呼喊着救命……但是没有人来救它，时间就这样在它单调的哀号声中一点一点地流逝，完全不知道接下来会发生什么……突然，这只凶猛的深灰色大蜘蛛从缝隙里钻了出来，快速地沿着蜘蛛网飞奔过来……它瞬间把苍蝇抓到它的爪子里，然后在原地一动不动地死死压住苍蝇的身体，直到苍蝇完全无力挣扎而奄奄一息的时候，才把它拖进自己的住所……

这是个什么样的住所呢？它的主人在那里都做些什么呢？它在那里都忙些什么呢?

就在这时，孩子的目光无意中落到了一面镜子上。

二

我清晰地记得，那面镜子是如何使我惊喜万分的。

我对童年的混沌的、支离破碎的记忆正是从这面镜子开始的。我仿佛一直生活在这些记忆中。下面就是我生命之初的第一次记忆。

在此之前的事情我什么都记不得了：完全是空白和不存在的。

我的内心、我的理智直到现在也从未相信在此之前我的记忆是空白的。然而我无法抗拒命运的安排，我始终把八月里的那一天，把那些带有国徽和双头鹰的蓝色纸与它带给我的那种藏于内心而无以言表的快乐，以及那面镜子当作我生命的开始。

在梳妆台的立柱之间，在一个沉重而精巧的框子上镶着一个明亮的、发光的、漂亮的东西——但我不知道它是什么。我以前见过它，也见过它上面的影像。但它让我感到惊奇的却只有现在——在我的感觉突然间有了第一次清晰的意识之后，在我同时成为一个有认知和有思维的人之后。而这时，我周围的一切都瞬间发生了变化，都突然活跃起来——我周围的一切都获得了特有的、充满神秘的面孔。

我看了看那个有点儿倾斜地悬挂在梳妆台柱子之间的明亮的、发光的东西，从那里我看到了另一个房间，它与我所在的房间一模一样，只是比我的房间更神秘、更漂亮，在那里我看到了我自己——这是让我平生第一次感到惊讶和着迷的东西。

我兴奋地环顾着四周……是的，毫无疑问，镜子里有这里的一切，有我周围的一切——那里不仅有墙壁、椅子、地板、阳光，还有一个站在屋子中间的孩子……镜子里我们两个一模一样的孩子，惊讶地看着彼此！于是我们之中的一个突然闭上眼睛——眼前的一切瞬间就消失了，只剩下在黑暗中转来转去的光点……然后我又睁开了眼睛——又看到了之前所看到的一切……只有一点让我感到奇怪——镜子里的房间为什么朝我的方向倾倒下来了呢？

我小心翼翼地走到镜子跟前，用手摸到镜框的下端，推了它一下。

镜子突然闪了一下，撞到了墙面上，而镜子里歪斜的地板变得更加歪斜了。现在整个房间都压倒在我的身上，站在我对面的小男孩也倒下了，床倒了，椅子也倒了……我对眼前的一切都着了迷，变得异常兴奋起来，我久久地凝望着这个神奇的、被我意外发现的新东西——然后把镜框朝自己的方向拉了一下。镜子又闪了一下，向后仰去，这时眼前的一切都消失了……恰好就在这一刻，门砰的一声响了，我吓得一哆嗦，大喊了一声。

三

接下来发生了什么呢？

我曾多次尝试着再想起点儿什么，但是从没想起过其他任何事情。对童年往事的回忆，让我很快就转入想象，转入创作的过程，因为我对这一天的回忆已经完全超越了现实，而带有更多的文学创作成分。

我能清晰记得的只有一件事：正是在这一天，镜子使我惊喜万分的。无论如何我都应该弄清楚它是个什么东西。

但是怎样才能弄清楚呢？

噢，别提我想出来多少花招儿和妙计了！

但是我的这些妙计都以失败告终。在经历过一次又一次的失败之后，我当然已经忘记了镜子这码事。但是后来我又有一次单独面对镜子的机会——这一次又让我感受到了它的巨大威力。

我喜欢拐角的那个房间，尤其是在里面没人的时候。有一次我走进了这个房间，并随手关上了门——立刻感觉自己进入了一个特别神奇的世界。

房间里是那样寂静，寂静得能听到蜘蛛网上将死的苍蝇那尖细而凄惨的哭泣声中的每一个音调！

于是我屏住了呼吸，似乎房间也和我一样，正期待着什么事情的发生。在镜子反射的房间里，相比于几年前阳光明媚的八月的一天里站在这里的那个小男孩，站在我面前的是一个个头更高、更果断、更勇敢的男孩子。但镜子里的这个房间依旧是那样有吸引力和诱惑力的……而且这个房间要比我原来待过的那个房间多一百倍的诱惑力！要是能在镜子里的这个房间里住上一段时间，该是多么美好啊！这个无法实现的理想一次又一次地让我感到内心的欢喜和满足！

只是不知道这样的房间在你不去看它的时候是否还存在？

为了弄清楚这一点，首先要不被镜子里的人发现才行。

于是我做出一副对镜子毫无兴趣的样子，故意躲开了它，假装漫不经心地看着窗外，然后突然迅速转身走到梳妆台前……

不，镜子里的一切依旧是老样子！

那么我是否要坐到镜子对面的圈椅上去呢？于是我坐到圈椅上，闭上眼睛假装睡着了……然后突然睁开眼睛……

遗憾的是，我的这个小伎俩又一次落空了！

现在只剩下一个办法了：眯起眼睛，让睫毛之间的缝隙只留下一丁点儿，让那里的人完全看不出我的眼睛是微微睁开的……

但是要做到这一点是多么艰难啊！

我的睫毛在颤抖，我的眼睛很痛，最终的结果却不尽如人意：要么什么也看不见，要么能看见一切，但看得不太清楚！

有很多次，我做着几近绝望的努力，把镜子悬挂其间的那些沉重的柱子移到一起，而从这些柱子和墙壁之间的空隙去观察这面镜子。可是在那里——在那个本应该藏着谜底的地方却什么也看不到，除一侧的那些圆木和另一侧把镜子固定在墙上的几个粗糙不平的小木框之外，什么也看不到。

“也就是说，在这些小木板的后面一定会藏着什么东西吧?”

大人们说，镶在这些小木板上的只是被涂了水银的玻璃而已。就算是这样，那水银是什么东西呢？水银也是一种神奇的东西吧。有人把水银抹到正在烤制的面包上，结果这些面包瞬间在烤炉里乱蹦乱跳起来！最让我感到疑惑的是，为什么在娜佳刚刚死去的时候，人们就忙不迭地用黑色的细纱布把那个涂过水银、被称为镜子的东西蒙上了呢?

在这个可怕的夜晚，在家里出现一阵难以用语言描写的神秘的慌乱之后，先是听到了母亲的惊叫声，继而听到了母亲歇斯底里的叫喊声，紧接着镜子就被蒙上了一块黑色的细纱布。

我正在拐角房间的一张大床上睡觉，突然被这些打破了深夜寂静的叫声惊醒，我从床上一骨碌爬起来摔倒在地上，然后泪流满面的保姆快步走进我的房间，用一块黑色的细纱布蒙上了镜子。

我就像树上抖动的叶子突然遭遇一阵冷风一样，全身毛骨悚然，脑子里闪过一个念头，一种预感——家里死人了！最可怕的东西莫过于死亡，因为它神秘莫测而又不可预知！

四

这一夜之前的日子是痛苦的、悲伤的。

正值二月，房间里的光线十分阴暗。

这个小女孩已经病了很久了，似乎这些病痛的日子将永无尽头，房间里的光线将一直昏暗下去，弥漫着甜丝丝药味儿的儿童房也将永远安静下去。屋门紧闭着，窗户上一直挡着不透光的深色窗帘。

那时，在那个边远的村庄里住着我们几个被抛弃、被遗忘的人：有母亲，娜佳，保姆达里娅——一个体态丰腴、颐指气使的老太婆，我和我的老师——如果可以这样称呼这个长得像但丁一样的怪人——这是一个没有世族、没有家族，多年以来一直过着居无定所、四处漂泊的生活，靠为小地主家孩子教书为生的人。

我当时识字不多，读书很吃力，而这个像但丁一样的老师，穿着一件瘦小而陈旧的常礼服和一条吊腿儿裤子，裤子下面露出一双难看的、已褪了色的红褐色破靴子，他在屋子里来回走动，一边思考着问题，一边嘟囔着自己对问题的看法，不时得意扬扬或幸灾乐祸地大笑一阵。

而死亡已不露痕迹地笼罩在我们身边，打破家里悲伤而寂静氛围的只有我的老师的脚步声和我单调乏味的朗读声。我朗读的内容正是关于死亡的：是一首对基督诞生的那个狂风暴雨的黑夜，死于遥远的城堡之下的一个老诺曼底男爵的赞歌。在死亡真正来临的时候——它是那样的恐怖，以至于院子里的狗在听到屋子里的哀号声后也跟着狂叫起来——霎时间，所有与死亡的神秘有着某种关联的东西都被盖上了黑布！

我感到一种难以忍受的困倦，于是我睡着了。

窗外的夜越发黑了，房间里只有床边地板上摆着的蜡烛发着微弱的光。

通常和我一起睡的是妈妈。但自从娜佳生病以后，晚上陪伴我睡觉的就是保姆了。但是这一夜就连保姆也不在。她只是偶尔进来，从梳妆台的各个柜子里拿走点儿什么东西，每次进来她都悄悄地对我说：“睡吧，睡吧，我马上就来。”说完就走了。

于是我试着入眠。

但每次在我刚刚产生睡意的时候，忧伤和对即将发生的噩运的预感都会使我惊醒。每一次打瞌睡之后都会突然惊醒，心怦怦乱跳地从床上跳下来，只想大喊救命。

但是我连喊也不敢喊了——家里是那样的寂静，倾斜着挂在梳妆台立柱之间的镜子，反射出倾斜着的地板和床边蜡烛抖动着的长长烛光，闪烁着神秘的光芒。

就在这时……

突然传来一阵喧哗声，然后是一阵惊慌而急促的喊叫声和敲门声，紧接着是一个压低了的、令人毛骨悚然的喊叫声……这叫声悲痛欲绝，震彻心底，我从床上一骨碌爬起来跳到地上，跪倒在那里发呆。在我正准备以更恐惧的叫声来回应这个喊叫声的时候，门突然开了，保姆快速地走进来，在房间里乱翻了一阵子，她沉重的身体把地板压得吱吱作响，然后她手里拿着一块黑色的细纱布跑了出去……

接着不知为什么，他们给受到惊吓而浑身发抖的我穿上了衣服，而我的老师则把我领到了那个小神灯发着微弱蓝光的房间，在那里，一张被铺上被单的绿呢面折叠方桌上，躺着一个身穿粉色小连衣裙的娃娃……

我记得，我们站在这个房间的门槛上，朝着房间角落的方向鞠了鞠躬，面向小神灯和这个娃娃画了“十”字为她祈福……

我还记得，我的老师非常虔诚地、毕恭毕敬地、慢条斯理地做着祈祷和鞠躬的动作，这让我觉得很不自在……

我感觉他当时已经喝醉了，这对他来说是常有的事儿……他的动作引起我更大的恐惧感。

可是他，一个喝得醉醺醺的人，却做出一副恭恭敬敬的样子，希望向别人证明他不但一点儿也没醉，而且他很清醒、很严肃、很认真地在做这种场合下应该做的所有事情。于是他把我领到了那张桌子前，抓住我的肩膀把我往上举了举，于是我看到了那张苍白的、毫无生命体征的小脸儿。那双与她苍白的小脸儿形成鲜明对比的黑色睫毛下，没有完全闭合的、分泌出泪液的、已经死去的眼睛发出的暗淡的光芒……这个样子简直是丑陋无比！

然而，在此之后我做过的一个梦更是不可思议，更是令人恐惧。

直到现在，只要一闭上眼睛，我就能回想起当时那个房子里挤满了人，大家都手忙脚乱地挪动着桌子、椅子、床和镜子，急着把它们从一个房间搬到另一个房间，那些人像热锅上的蚂蚁一样忙乱。

而小女孩瞬间就复活了，尽管还依然像躺在桌子上时那样的神秘和沉默，但她却急匆匆地加入人们的忙乱之中，在匆忙搬动椅子和把镜子盖上黑纱布的那些男人的胯下，从一个房间向另一个房间跑来跑去。

她怎么可能在死后又复活了呢？

她怎么能在脸色如此苍白、没有任何生命体征、从没有闭紧的眼睛的一条小小的缝隙里发出暗淡的光的情况下跑而不摔倒呢？

我终于挨到了早晨。

五

啊，上帝创造了光明是一件多么伟大的事啊！

在我的一生中，每一次从夜的噩梦中惊醒的时候，我都说过这句话！

这个光明能够使我们的内心和我们周围的世界得到怎样的安慰与平复啊！

在我醒来的时候，我看到的是一个平静、祥和而平常的白天。

但是，我马上就看到了那面镜子……噢，镜子对我来说是多么忧伤的东西啊！

当然，让我忧伤的不仅仅是镜子这一样东西。这个房子里的一切都让我感到忧伤：这不仅包括伤心至极、泪眼婆娑、日渐消瘦的母亲，一脸严肃的老师，少言寡语、早已不像过去那样颐指气使的保姆老太太，还包括这里压低了嗓门的说话声，此外还有这个娃娃一样的小女孩和她那蜡一般精致的小脸儿、雪青色的鬓角、僵硬的发卷，以及半睁着的、睫毛下一条缝隙里的玻璃球发出的比昨天还暗淡的光……

后来，在一个寒冷的、晴朗的并伴着风雪的日子里，牧师们乘坐三架雪橇来到家里，把寒气、雪和香炉的味道带进了家里，他们开始念着悲伤的悼词绕着小女孩躺着的桌子周围走，为她唱了诀别曲，向她鞠了躬，然后挥动着香炉，让香炉里的烟盖住她的身体……

我一直在惊叹，那个放纵不羁甚至有点蛮横的男高音——费多尔主教是怎样唱出那样精妙绝伦又抑扬婉转的悲歌的呢！

我一直在惊叹，他是如何步伐轻盈地像跳卡德里尔舞蹈一样进退自如，时而走近桌子，时而后退几步，用那只灵巧的手臂——准确地说不是手臂，只是一只手——高高地举起燃烧着的香炉，并用教堂里专用的蓝色芳香烟团覆盖住那个一动不动地躺在那里的娃娃的呢？

在这一天我体验到，在抑扬婉转的男高音用身处天堂的极大幸福来安慰母亲时，她在绝望的痛哭中感受到了极大的满足。当用带有芳香味儿的松木薄板匆匆加工而成的小棺材永远地盖上了棺材盖之后，在那个晴好的、伴着风雪的、寒冷的日子里，在悲戚的哀歌声中，几个男人用雪橇拉着小棺材往前走，雪橇的四周可见他们光着的脑袋上被风吹散的头发，那一刻，我是多么的悲痛欲绝！

六

此后的很长一段时间，我们家都处于一片冷清和静寂之中。春天的太阳带着喜悦的心情，整日整日地照在现在已变成我们学习室的儿童房里，但温暖和煦的阳光却没有带给我丝毫的快乐，我所有的快乐都葬送在了这个儿童房里！

从前总是清脆地喊着自己的名字，而现在却已躺在乡村墓地的坟墓里，那个活泼可爱的小女孩究竟出了什么事呢？

她是从哪里来的呢？为什么一直以来蹦蹦跳跳、快乐成长的小女孩会忽然遭遇那样一个致命的夜晚呢？为什么这个夜晚会出现一个魔鬼，并向她喷出了一团吞噬她的火焰呢？

那天晚上她的小脸儿绯红，眼睛格外明亮，撒了欢儿似的又跑又跳，但却突然耷拉下脑袋靠在了母亲的肩膀上。

“妈妈，我想睡觉！”

于是她被抱到了儿童房，这是我见过她的最后时刻，因为她从此再也没有从儿童房里出来过。

日子就这样一天一天地过去，而她却一直没有回来——她永远也不会回来了……

她的摇篮甚至被拿到了阁楼上……

冬季的护窗板已经被摘下来了，我们的学习室里充满了清新的空气和温暖和煦的阳光……她却没有回来——她再也回不来了!

据说她被葬在兹纳缅斯克区的乡村墓地里。难道她的全部都在那里吗?她身上那些鲜活美好的东西一定不在那里，而在遥远的天上，在天堂里……

四月的一个傍晚,我和保姆坐在一扇敞开的窗前,眼前是一片郁郁葱葱、空气清新的花园，我久久地望着渐渐暗淡下来的暖红色夕阳，夕阳周围渐渐积聚起一块块深蓝色的、石棺形状的乌云。在乌云上方第一颗星的银色光点闪过碧蓝的夜空时，保姆对我说:

“看，那是咱们家小姐的灵魂。”

但是在这句话里……不，这个比喻太简单了！简单到什么也没有解释清楚，就像是说“镜子是涂了水银的玻璃”一样简单，完全没有解释清楚它究竟是什么。

七

在确定这一点之后，我就更加困惑不解。

我不止一次地把镜子移开，也不止一次地确信镜子后面除了几块原木头、蜘蛛网和几块粗糙的小木板，什么也没有!

然而还应该看一看这些小木板底下是否有什么东西!

有一次，趁家里人都睡觉的时候，我把镜子连带着镜框摘下来，怕被发现而吓得屏住了呼吸——然后用一把厨用刀把一块小木板撬开了一点儿缝隙……

是的，人们没有骗我!

这块小木板下面什么也没有，只有被涂上了红褐色漆料的玻璃。

但是，或许在这层漆料和玻璃之间还有什么东西呢？

不，那里也什么都没有：我轻轻地用刀尖在镜子的一个角上划掉了一小块漆，于是我看到了……那里只有玻璃！

那么在此之后神秘的水银是否变得更加神秘了呢？

毋庸置疑。难道我做出来的事情还不够神奇吗？我用刀尖刮掉了水滴那么大块的红漆，我发现这个神奇的玻璃与最普通的玻璃别无二样——我把眼睛紧贴住我刮开的那个地方，可以透过玻璃看到整个房间……

那么，在我第一次对光线有意识之前，我曾经在哪里呢？我对光线的最初认知就是挂在梳妆台柱子之间一个沉重镜框上的那块明亮玻璃反射出来的光给我留下的印象吗？那么在我有模糊记忆的、平静的幼年生活之前，我曾经在哪儿了呢？

“哪儿也没在。”我自问自答。

那么，在这种情况下，也就意味着，在此之前我没有存在过吗？

“是的，没有存在过。”

但是我的内心马上就要反驳了：

“不，我不相信这个，就像我不相信而且永远也不会相信死亡和毁灭一样。你最好说，我不知道。那么你的不知道也会变得神秘莫测了。”

我的记忆力是极差的，我不仅对自己的幼年生活什么也不记得了，就连童年和少年的生活也不记得了。但是我毕竟存在过呀！不仅存在过，还思考过、感觉过，而且还是那样冥思苦想地、绞尽脑汁地思考过、感觉过，甚至后来再也没有那样思考过、感觉过。但是这一切都去了哪里了呢？

这也是一种神秘。神秘无处不在，它是一种能够渗透一切的力量，经常是一种邪恶的、与我们敌对的力量。

在我幼年的时候，神秘曾让我经历了怎样的磨难啊！

房间里摆三支蜡烛——意味着有人死亡。

深夜里狗的狂叫——预示着死亡。

乌鸦在房子上方低飞啼唏——预示着死亡。

无意中打碎了镜子——预示着死亡。

罩在镜子上的黑纱——标志着死亡！

而深夜的阁楼上、田地里、墓地里都在发生着什么呢？夜里在灾难来临之前镜子能折射出什么呢？

“太太，在小姐死的前两天的夜里，我去梳妆台前照镜子的时候，看见镜子里有一个人，长长的，白白的，像粉笔那样白！”

“那或许是你的裙子吧。”

“谁知道呢，我还能不记得自己穿的是什么衣服了吗？我明明记得自己穿的是一件绒布做的裙子和一件黑色的衬衫啊！”

有时候我在想：我家的老保姆啊，你说的是真话吗？

那面镜子直到现在还能看见多年以前我用刀尖刮下来的一块刮痕——那个时候我曾试图用一只眼睛来看一看从我出生到未来进坟墓一直伴随我，却让我迷惑不解的那个神秘的未知世界。

在这个镜子里我看到过自己是个孩子——可是现在我已经想象不出这个小孩子的样子了，他已经永远地消失了，再也回不到那个时候了。

在这个镜子里我看到过自己是个少年，但现在我也不记得自己少年时的样子了。

在这个镜子里我还看到过自己是个青年——现在我只是根据照片来判断，过去镜子里折射出来的人是谁。难道这张轮廓清晰、富有表情、有点儿高傲自大的脸是我的吗？这是我早已死去的弟弟的脸。我以哥哥的身份端详着他，以一种温和的、宽容的笑容面对着他的青年时代。而现在，镜子里照出来的已是一张悲伤的脸，令人遗憾的是，这已经是一张毫无朝气的脸！

终究会有一天——这张脸会从这个世界上永远消失。

那么我探索生命奥秘的多次尝试只会留下一个痕迹，那就是涂有水银的玻璃上的那块刮痕。

亚历山大·库普林

无上幸福
丁香灌木
能歌善舞的蜻蜓姑娘
圣洁的爱
童话

亚历山大·库普林

全名亚历山大·伊万诺维奇·库普林（1870—1938），白银时代俄罗斯现实主义流派作家。出生于奔萨省一个小官吏家庭。早年丧父，后随母去了莫斯科。1880—1890年就读于莫斯科士官学校，毕业后从军。1894年退役，居住在基辅，以写作为生。1896年发表中篇小说《莫洛赫》，抨击工厂主对工人的剥削。1898年发表中篇小说《阿列霞》，讴歌民间少女的纯真爱情。1901年迁居圣彼得堡，不久结识高尔基。1905年出版长篇小说《决斗》，揭露了沙皇军队的野蛮和腐朽。1914年出版长篇小说《火坑》，深刻揭露了作为资本主义社会症结之一的妓女制度。库普林的小说以他主题的多样化吸引着读者，称得上是生活的百科全书，他的作品充满了反映神会生活的现实主义成分。本卷收录的《能歌善舞的蜻蜓姑娘》《圣洁的爱》《童话》等作品，就刻画了形形色色的人物的内心世界。

无上幸福

单妮娜 译

在夏季炎热的午后，我们坐在一个小公园里。

那里比街道凉快得多，人行道上的石头和石板早已被七月炽热的阳光穿透，散发着令人脚底板灼痛的温度，连建筑物外的墙壁也同样被晒得炽热。

此外，在闷热的空气里，细小的灰尘并没有穿过那厚厚的、由古老的菩提树和栗子树围成的结实篱笆，树上开满了粉红色的花朵，就像巨大的皇家吊灯一样。

公园里到处是穿着漂亮、活蹦乱跳的孩子们。

他们玩着掷环和圈绳的游戏，互相追逐打闹，无忧无虑地奔跑着、拥抱着。

孩子们玩了一会儿“涂漆”“地主婆寄来了一百卢布”和“国王”的游戏。

最后，年纪最小的孩子爬到了黄色的大沙滩，用沙子做起了荞麦面包。

保姆们聚集在一起，闲谈着她们的主人，而家庭女教师像是一根竹竿，笔直地坐在凳子上埋头阅读或是工作。

突然，孩子们停止打闹，目不转睛地看向入口处。我们也转过身来。

一位身材魁梧、留着胡须的男人正推着一辆轮椅经过这里，轮椅上面坐着一个可怜又无助的男孩：他十八至二十岁，微微下垂的红嘴唇显得厚实且湿润，柔软苍白的面孔上，透出他痴痴傻傻的眼神。留着胡须的男人推着轮椅从我们身边经过，消失在了路口的转弯处。从后面看男孩的头顶，我注意到，那个有些迟钝的脑袋颤抖得多么严重，每一次颤抖过后，他的头都会无力地耷拉在肩膀上，或者是低垂向自己的前胸。

“唉，可怜的人啊！”我的同伴小声地说。

从他的话语中，我听到了那样深切并且真诚的同情，这使我下意识地看向了他。我很早之前就认识季明，他是一个善良、强壮、勇敢又快乐的人。他曾经在我们市里的一个军团服役。说实话，我从来没有预料到他会对别人的不幸感到由衷的同情。

“可怜，确实很可怜，但是，他是个傻子，不是吗？”我反问道，希望这能让季明跟我谈一谈。

“为什么你们要排斥他？”季明反问我。

“嗯……该怎么跟你说呢？大家都知道……傻子是没有区别于人和其他动物的高级动机与特征的，他们没有智慧，没有语言能力，也没有愿望……甚至连猫狗都在这些方面更多地拥有这些品质……”

但季明打断了我的话。

“抱歉，恰恰相反，我深信，傻子完全具有人类的本能，他们只是对许多事物感到模糊……他们生活在深藏的兽性情感之下。你是否知道……

我也有过这样的情况，所以我有权利这样说。我永远也无法忘记那一段回忆，每次当我看到这样一个傻里傻气的人，都几乎会同情到流泪。如果您允许，我会告诉您，为何傻子会这样激起我的怜悯。”我赶忙问他，他便开始说起——

1800年早秋，我去圣彼得堡总参谋部参加考试。我住在涅瓦大街和丰坦卡街拐角处的一家酒店，那是我走进去的第一家酒店。从我的窗户可以看到塑有铜马的阿尼奇科夫桥，铜马始终显得湿润而有光泽，就像刚刚用新的油布擦过似的。我经常在我房间的大理石窗台上将它们的样子画下来。

尽管总是被连绵不绝的雨笼罩得灰蒙蒙的圣彼得堡时常令我感到不愉快，但是，当我第一次见到学院的时候，它的宏伟着实震惊了我。哪怕是现在，我依旧记得，它那带有大理石扶手的、宽敞的瑞士楼梯，像镜子一样闪闪发光，高大严肃的穿廊式教室和镶木地板，让我这双外省的脚踩在上面是那样的不自信。那一天大约有四百名军官聚集在这里。在军绿色制服的衬托下，胸甲骑兵的佩剑闪闪发光，还有枪骑兵红色的制服和近卫重骑兵的白色军服非常引人注目；帽缨五彩缤纷，头盔上的金色雄鹰，色彩缤纷的袖口，以及银色的军刀。所有这些人都是我的对手，我看着他们，带着骄傲和抑制不住的兴奋，不时地掐一下之后可能会长出胡子的下巴。当异常焦虑的总参谋部几位上校夹着公文包从我们这些年轻的步兵身边跑过时，我们怀着敬畏的心情给他们让路。

考试持续了一个多月。在整个圣彼得堡，我没有一个认识的人，每晚回家时，我都能感受到一个人的无聊和孤独。这些不值得跟同志们说，他们都正沉迷在正弦和切线，以及战斗应满足的素质和抛物线的均方偏差上。突然间我想起父亲建议过我，可以在圣彼得堡找到我们的远房亲戚——亚历山德拉・伊万诺夫娜・格拉乔娃。我去了住址咨询处，费尽千辛万苦来到了格罗霍瓦亚，最终找到了亚历山德拉・伊万诺夫娜的房子，她就住在她姐姐家的后院。

我走进屋子便停了下来。那里几乎什么都看不见。一个肥胖的女人背对着我，站在唯一的一扇有着浑浊的绿色玻璃的窗户边。她弯向煤油炉，浓浓的油烟气和烧焦油的味道充斥着整个屋子。女人转过身来，想要看清我的样子。这时，不知从哪个角落跳出一个男孩，穿着没有系扣的上衣，光着脚迅速向我跑来。我专注地看着他，突然猜到，这是个傻子，虽然我没有立即后退，但坦白地说，心里有种类似胆怯的感觉。傻子茫然地看着我，发出了奇怪的声音，像“呃、呃”……

“不要怕，他不会碰你的。”说完，那个女人朝我走来，“请问有什么事吗?”

我说出了自己的姓名，并提起了父亲。她非常开心，也热情起来，哎哟哎哟地叫着并开始道歉，说自己还没有收拾呢。傻子更大声地叫起来：“呃、呃……”

“这是我的儿子，他自出生起就是这样。”亚历山德拉・伊万诺夫娜苦笑着说道，“嗯……上帝的意愿，他叫斯捷潘。”

听到自己的名字，傻子用鸟叫声喊道：

“帕潘!”

亚历山德拉・伊万诺夫娜温柔地拍打着他的肩膀。

“是的是的，斯捷潘，斯捷潘……你看，他猜到我们在讨论他，还在自我介绍。”

“帕潘!”傻子再一次叫道，忽然看向妈妈，又忽然看向我。为了对亚历山德拉・伊万诺夫娜表示关心，我对他说：“你好，斯捷潘。”并握住了他的手。伊万诺夫娜对此显得有些冷漠，她眼神空洞，脸上有着一丝不易察觉的厌恶。我出于礼貌地问道：

“他，大概十六岁？”

“啊，不是。”亚历山德拉·伊万诺夫娜回答，“所有人都觉得他十六岁，但实际上已经快二十九岁了。也不长胡子。”我们谈论着。格拉乔娃是个安静、胆怯的女人，受尽了失败和长期贫困的折磨。与贫困的严峻斗争彻底扼杀了她的思想和勇气，也扼杀了她对生活琐事以外的任何事物的兴趣。她向我抱怨肉类的价格昂贵，马车夫的粗鲁，还说到了她所知道的中彩票的事情，并嫉妒着有钱人的幸福。在整个谈话过程中，斯捷潘的目光从来没有离开过我。显然，他对我的军装很感兴趣。大约有三次，他偷偷地伸手去摸那些亮闪闪的扣子，但是又立即惊恐地收回了手。

“您的斯捷潘从不说一句话吗？”我问亚历山德拉·伊万诺夫娜。她悲伤地摇摇头。

“不，不说。他有一些自己的语言，就是那些了，那样的喃喃声。看，例如，斯捷潘叫自己帕潘，想吃的时候会说‘我’，他把钱叫‘切’。”她转向儿子，“斯捷潘，你的‘切’在哪里？给我们看看你的‘切’。”

斯捷潘突然从椅子上跳起来，冲到了黑暗的角落，蹲在那里。我听到有铜币的声音传来，还有“呃、呃”，但是这次很不安，有些威胁性。

“他有些害怕，”亚历山德拉·伊万诺夫娜解释道，“虽然不明白钱是什么，但是绝不允许别人碰。即便是我也不可以。好了好了，我们不会碰你的‘切’的，不会的。”她开始安抚她的儿子。我开始经常拜访格拉乔娃。她的斯捷潘也开始对我感兴趣，我突然有一个想要医好他的想法。我找到一名瑞士医生，医生建议我通过缓慢的逻辑发展方式去系统地为他治疗。“毕竟，他对外部世界的现象有一些模糊的想法。”我想，“真的没有办法结合这些来取得效果吗？难道通过坚持不懈的治疗也无法稍稍提高智力吗？”

我开始给斯捷潘带车夫样子的娃娃。他开心坏了，大笑起来，指着娃娃叫道：“帕潘！”显然，这个娃娃在他的脑海里产生了一些影响，那天晚上斯捷潘对所有弱小的事物都有好感，还试着用头顶着地板。在那之后，我又给他带来了一些图片，尝试着用拼图方块激发他的兴趣，跟他说话，告诉他那些东西叫什么，并展示给他看。但是，不知是瑞士医生的方法不对，还是我没能正确运用，斯捷潘的状态没有一点儿好转。除了最近他越来越爱我。当我来的时候，他总是叫着冲向我。他目不转睛地盯着我；当我不关注他的时候，他就会像小狗一样，靠近我，舔我的手、靴子或衣服。我离开后，他久久地站在窗边发出哀叹，直到其他的房客向女主人抱怨。而我自己的事情也非常的糟糕。我失败了，在倒数第二科建筑学考试中，我考砸了。我只能收拾我的物品，准备回到团里。我似乎永远都不会忘记那个可怕的时刻——当我走出教堂，走出宏伟的学院大堂。上帝啊，我自己是多么的弱小、可怜。我沿着那些宽阔的阶梯走下去，走过那些边缘覆盖着红色，中间是白色亚麻布的地毯。

我需要尽快回到团里去。财务上的拮据促使我不得不这样考虑，在我钱包里只有一枚十戈比银币和一家普通餐厅的餐票。

我希望可以尽快收到返程的差旅费（啊，最后一个词对我来说是多么的讽刺啊），然后再去火车站和大家集合。但是似乎，世界上最难办的事情就是在圣彼得堡获得差旅费。他们把我从学院办公室派到了总部，从总部派到了指挥官办公室，从指挥官办公室派到了粮食局，从粮食局又回到了学院，最后才终于来到了财政部。所有这些地方的接待时间都不同：有些地方是九点到十二点，有些地方是下午三点到五点。我一直在迟到，我的情况也变得越来越危急。我用一种轻浮的方式花掉了那张普通餐厅的餐票和十戈比。第二天，当我被饥饿打倒时，我决定把教科书卖了。《肥胖的男爵维嘉》装订本卖到二十五分钱，《罗巴教授》卖到二十戈比，《有威望的多巴将军》没人买。

我在半饱的状态下又熬过了两天。三天以前积攒的钱只剩下了三戈比。我只能很不情愿地去找朋友借钱，但是他们都说什么也没有。只有一个人说，虽然他有几个卢布，但是不会借给任何人的。他微笑着解释道："正如伟大的莎士比亚在他不朽的作品中所说的那样，经常跟朋友借钱，我们会失去朋友和钱。"

三戈比使我陷入了两难的境地：我应该把钱花在半包烟上，还是等到饥饿难忍时，用来买面包呢？

我是多么的明智，选择了后者！晚上的时候我饿极了，就像岛上的鲁滨逊·克鲁索。我去了涅瓦大街，从菲利波夫面包店旁经过了十次，用眼神吞噬着橱窗里的巨大面包：它们有的是黄色的，有的是粉色的，还有的是带着奶油的。最后我决定进去。在看到那些中学生吃着放在灰色油纸上的炸包子时，我甚至有些嫉妒这群幸福的孩子们。

"您需要什么？"店员问。

我选了一个最普通样子的面包，但是用花花公子的语调说："给我一俄磅黑面包。"

我始终有一些忐忑，店员用漂亮的宽刀利索地切开了面包。突然间，我想，一俄磅黑面包是两个半戈比吧，如果是更多该怎么办？或者，店员多称了些呢？我知道，在一家餐厅可以赊账五到十卢布，虽然我可能只差一戈比，但我还是打算叫来酒保并告诉他："记在我的名下，亲爱的。"万岁！面包正好三戈比。当他用纸包起来的时候，我站在那里不知所措。我一走出面包店，就感受到了口袋里温暖柔软的面包，我开心到想要尖叫，像小孩子乱窜了一天终于到筋疲力尽时可以躺在床上那样蜷缩在原地。我忍不住要在涅瓦大街上把两块美味的面包偷偷地塞进嘴里。

是的，先生，所有这些我都是以欢快的口吻说出来的。但是那时候我根本顾不上开心，考试挂科令我感到耻辱。加上饥饿的折磨，团里同志们的嘲笑，官员令人暖心的客气话，所有这些都是因为万恶的差旅费。我在真诚地告诉你，我每天都有自杀的想法。第二天，饥饿再次让我变得难以忍受。我去找了亚历山德拉·伊万诺夫娜。斯捷潘看到我非常开心。他咆哮着，蹦蹦跳跳地舔着我衣服的袖子，当我坐下时，他跟着坐到了我旁边的地板上，趴在我的脚边。亚历山德拉·伊万诺夫娜强行把他拉走。要去问一个因为经济条件而使生活变得极其艰苦的穷人要钱，我感觉心情非常沉重。但我已经走投无路，不得不这样去做了。

“亚历山德拉·伊万诺夫娜，”我说，“我没有任何吃的。您借我一点钱吧。”

她两手一拍说道：“亲爱的，我一分钱都没有。昨天我才当了一根胸针，这让我今天可以去一趟集市。而明天，还不知道该怎么办呢。”

“不能跟姐姐借一些吗？”我建议她。

亚历山德拉·伊万诺夫娜惊恐地环顾了四周，低声说道：“你说什么呢，亲爱的。要知道我始终是寄人篱下的呀。不，我们最好再想想，会有别的办法的。”

但是，无论我们想出什么，都是无法实现的。之后我们都沉默了。傍晚来临了，沉闷黑暗的气氛笼罩着整个屋子。绝望、仇恨和饥饿折磨着我。我感觉自己被抛到了世界的边缘，孤独又耻辱。

突然有人推了一下我的肩。我回过头，是斯捷潘。他在我的手上放了一堆铜币，说着我听不懂的语言。见我不明白，他把钱放到我的膝盖上，喊了声“切”，然后跑到了角落里。

我再也抑制不住自己的情绪，哭得像个孩子一样。我大声咆哮了很久。亚历山德拉·伊万诺夫娜见到这一幕，也忍不住跟我一起哭了起来。斯捷潘从角落里发出了沮丧但极富意义的“呃、呃”。

当我平静下来时，我感到自己轻松了许多。傻里傻气的人突如其来的同情，温暖并抚慰着我的心。是它告诉我，我可以，并且必须活下去。是它让我知道，世界上还有爱情和同情。

“这就是为什么，”季明讲完了自己的故事，“我那么同情这些不幸的人，从不敢否认他们的人格尊严。顺便说一句，他的同情带给了我幸福。因为他的同情，我才没有停留在‘那一刻’。我坚信，我一直面对的是无限美好和自由的生活。”

丁香灌木

单妮娜 译

妻子刚打开房门，尼古拉·叶夫格拉福维奇·阿尔玛佐夫就迫不及待地推门进去，甚至都没有脱下外套，戴着帽子就径直走进了自己的书房。他的妻子见他眉头紧锁，神色凝重地咬紧下嘴唇时，就意识到肯定发生了特别严重的事情。她默默地跟在丈夫的后面。阿尔玛佐夫站在书房里，望着某一个角落发呆。他手中的公文包滑落在地，包里的东西散落一地。之后他瘫坐在沙发上，使劲地揉搓着自己的手指，并时不时地发出嘎吱嘎吱的声音。

阿尔玛佐夫是一位在总参谋部学院上课的年轻军官，刚刚从那里回来。今天他向教授提交了最后一份，也是最重要的一份区域测量实习报告。

到目前为止，所有的考试都进行得十分顺利。只有上帝和他的妻子知道，从最开始根本不可能考上这所学校，到后来经历了连续两年的失败，再到最后克服所有的困难，他为此花费了多大的努力。要是没有他的妻子，他可能就半途而废了。但薇罗奇卡为了不让那样的事情发生，经常鼓励他，让他保持振奋，学会用阳光、快乐的心情面对每一次失败。她放弃了自己最迫切需要的东西，只是为了给丈夫创造哪怕是一点点的便利条件，除此之外，她还要经常为这位从事脑力劳动的人提供各种各样必要的帮助，比如抄写、绘图、朗诵、记录、甚至是做家教。

这短暂的沉默很快就被熟悉的闹钟声打破了，两声清脆的滴答声之后是会中断一会儿的第三声，听上去令人感到厌烦。阿尔玛佐夫没有脱下他的外套和帽子，他只是坐在那里转过了身去。维拉[①]沉默着站在离他两步远的地方。这个就像是守在重病亲人床边的女人，最后还是小心翼翼地先开了口。

“科里亚[②]，你的工作怎么了，不好吗？”

他耸了耸肩，没有回答。

“科里亚，是不是他们淘汰了你的设计图？不管怎么样，我们还可以一起再讨论一下的。”

阿尔玛佐夫一下子转向他的妻子，像他们平常那样，开始表达着他长时间以来克制的委屈和气愤。

“是的，是的，我的图纸报废了，如果你真想知道的话，正如你看到的，一切都完了，全都是垃圾了，全都没有用了。”说着他把装有图纸的公文包狠狠地踹到一旁，“现在就算是把这些垃圾丢进炉子里也无所谓了！这还能算得上是学校?！一个月后，我还要带着羞耻和失败再一次回到这支团队。都是因为这些肮脏的污渍，哎，真是见鬼了！”

① 维拉，薇罗奇卡的简称。——译者注
② 科里亚是阿尔玛佐夫这个名字的表爱形式，以表亲近。——译者注

“科里亚，什么污渍啊？是哪个地方弄脏了吗？我一点儿也不明白啊。”

她坐在椅子的扶手上，用双手搂住阿尔玛佐夫的脖子，他没有反对，只是委屈巴巴地盯着某一个角落发呆。

“科里亚，到底是怎么回事呀？”她又问了一遍。

“都是这该死的绿色污渍。你知道的，我昨天为了绘图，直到三点还没有躺下。所有人都说这份图纸的绘制和设计特别好。可由于我工作的时间太长了，我感到特别的疲惫，双手开始颤抖，不小心把图纸弄脏了，油腻腻的一大片。我想了又想，打算把这脏东西清理干净，却越弄越糟。最后我决定在那个地方画一堆灌木，许多许多的灌木……结果十分的成功，无法看出那里曾经是一片污渍。可是当我把这个交给教授，教授只看了一眼便说‘中尉，你在哪里看见有灌木了？’我要是一五一十地都告诉他，他肯定会笑话我。虽然事实上作为一个严谨的德国人，他是不会笑的。我就对他说‘这里真的有灌木’，而他说‘不可能，我对这个地方十分了解，这里不可能有灌木丛的’。就这样你一言我一语的，我和他展开了一场争论，当时还有许多我们的军官也参与其中。最后教授说道，‘如果你非要说在这个地方有一片灌木，明天是否愿意和我去那里看一看，我会向你证明，你根本就没有进行实地考察，这份图纸也许只是你从地图上直接绘制下来的’。”

“为什么他如此自信那里没有灌木呢？”

“哦，老天啊，为什么！你怎么会问这么天真的问题呢？他已经在这个地方研究了二十年，比对他自己的卧室还要了解。他可能是这个社会上最拘泥于细节的老学者了，并且还是个德国人。我自知是我撒谎了，可是除了那一片灌木丛，整份图纸都是我实地考察后绘制下来的，所以我必须和他继续争论。”

在整个谈话过程中，阿尔玛佐夫不断地从面前的烟灰缸中掏出烧焦的火柴梗，用手指把它们捻成粉末，再气愤地把它们全部扔在地上。看得出来，这个强壮的男人委屈得快要哭出来了。

夫妻俩陷入了良久的沉默和沉思，直到薇罗奇卡似乎想到了什么，突然间从椅子上猛地蹦了起来。

“听着，科里亚，我们需要马上出发，快穿衣服，梳洗一下。”

阿尔玛佐夫皱着眉，看上去仿佛更加沮丧了。

“维拉，不要胡闹了，我已经不能再为自己辩护下去了，更不能选择道歉。这意味着对我自己的判决，所以，别做愚蠢的事情了。”

“不，这不是胡闹，”维拉跺着脚反驳道，“没有人强迫你去道歉，很简单，如果那里没有那些可恶的灌木，那么现在我们应该立刻去种植。”

“种植？灌木？”阿尔玛佐夫难以置信地睁大了眼睛。

“是的，种植。既然已经说了一次谎话，我们就需要去弥补它。收拾好这里，把帽子和衬衫给我。不用在这儿费力寻找，它们都在柜子里，还有雨伞。”阿尔玛佐夫还在试图争辩，却无人理会，只能去寻找帽子和衬衫。维拉迅速地打开桌子和五斗橱的抽屉，翻出了一些小筐和盒子，随后像倒垃圾一样把里面的东西全部倒在地上。

“耳环，不值钱的东西，对他们来说可能什么都不是吧，这个昂贵的钻石戒指，非常昂贵……他们一定会回收的……就这样没了，真可惜。手镯……也不会给很多钱……科里亚，你那个破旧的、已经变形的银烟盒在哪儿呢？”

在五分钟的时间里，所有的珠宝都被装进了手提包。维拉已经穿好衣服并环顾四周，以确保没有东西落在家中。

最后她果断地说："我们走吧！"

阿尔玛佐夫提出异议："但我们去哪里呢？现在天已经黑了，而我们要去的地方却十分遥远。"

"别再说了，快走吧！"

阿尔玛佐夫先是来到了典当行。显而易见的是，鉴定师每天都面对这样的不幸景象，他已经习以为常了。他有条不紊地、一件一件地整理着东西。可薇罗奇卡的脸色越来越难看，尤其是鉴定师试图用酸检验钻石戒指，称其重量并估价在三卢布左右的时候。

"这可是一颗真正的钻石啊！"维拉心疼地说，"听说它价值三十七卢布呢，还是过节时买的呢。"

但鉴定师冷漠地闭上了双眼。"在我们看来都是一样的，夫人，所有的石头我们都不接受，"他说，"把下一件东西扔到秤上来，我们只看重金属。"

令维拉感到意外的是，这个破旧且弯曲的手镯，估价却十分高昂。"总的来说，我们大约凑了二十三卢布，这些钱已经绰绰有余了。"

当阿尔玛佐夫夫妇到园丁那里时，圣彼得堡的天空已经泛白了，这个园丁是捷克人，一个戴着金边眼镜的小老头，刚和家人坐下来吃饭。他对客户的深夜拜访和不寻常的要求感到十分惊讶与不满。大概他怀疑这是某种恶作剧吧，因此对薇罗奇卡的请求显得有些冷漠。

"很抱歉，我不能在晚上把工人派到那么远的地方，方便的话，明天早上我会为你服务的。"

维拉也不犹豫，她现在唯一的办法，就是向园丁详细地讲述那个污点的事件了。园丁起初听了感到难以置信并且十分戒备，直到维拉讲到她想用种植灌木的方法来弥补谎言，园丁才充满同情地笑了几声。

当维拉说完后，园丁最终还是同意了。“唉，看来没有更好的办法了。请告诉我们，你们要种植什么灌木?”

然而，在园丁所有的品种中，没有一个是合适的。最后不得不选用了丁香灌木丛。

阿尔玛佐夫劝说妻子回家，却徒劳无功。她和丈夫一起来到郊外，当工人们栽种灌木时，她也一直在忙来忙去，协助工人们的工作，直到这片灌木和这片草地融为一体，她才答应回家。

第二天，维拉早已在家里待坐不住，她出门去迎接自己的丈夫。远远地，她仅凭丈夫跳跃的步伐就知道事情已经圆满解决了。的确，阿尔玛佐夫的脸上洋溢着胜利的喜悦，尽管他浑身都是灰尘，还忍受着疲劳和饥饿。

“真是太棒了!”为了怕妻子担心，他大老远地就冲她喊了出来，“你想象一下，我和他来到了这个灌木丛，他看了又看，甚至摘下来一片树叶嚼了嚼。他问这是什么树，我说不知道啊，他便说应该是桦树。我说那就是桦树。然后他转向我，伸出手说，‘对不起，中尉，我不记得这些灌木丛了，是我老了’。他是个可爱的教授，也是个聪明人。说实话，我非常愧疚欺骗了他，这是我的错。他对地形评估的速度和准确率都相当惊人，他有着十分巨大的知识储备，是我们这里最优秀的教授。”

维拉显然还没有听够，她再三要求科里亚还原他与教授的整个对话。她对小细节十分感兴趣：教授的表情是什么，他用什么样的声调说到自己的年龄问题，以及在这种情况下，丈夫的自我感觉如何。

他们在回家的路上，手拉着手，不停地笑着，好像这大街上只有彼此的存在。行人都困惑不解地停了下来，他们都想好好看看这对夫妇到底怎么了。

阿尔玛佐夫吃饭从来没有像今天这样津津有味过，午饭过后，维拉去书房给他送茶，夫妻俩相互看着对方，突然间同时笑了起来。

维拉问："你为什么笑？"

"那你又是为什么？"

"不，你先说，你说完我再说。"

"好吧，听起来有点儿蠢，是因为整个丁香事件浮现在了我的脑海中，那你呢？"

"哈哈，我也是因为丁香的事。我想说，从现在开始，丁香将成为我这辈子最喜爱的花。"

能歌善舞的蜻蜓姑娘

单妮娜 译

那时候我们住在梁赞州，离最近的火车站有一百二十俄里，距大型贸易镇图马二十五俄里。当地人是这么评价自己的——“铁做的图马，坚强如石的图马人”。我们住在一所废旧的庄园里，一幢由法国俘虏在 1812 年建造的木制府邸，也正是这一群人修建了仿照凡尔赛的大型椴木公园。

请想象一下我们可笑的处境：我们有二十三个房间，而供暖的只有一间，即便是这样，这里的供暖还是差到水会在清晨结冰，门上会布满白霜。

邮件有时一周才来一次，有时甚至两个月一次，某个男人从自己被雪弄湿的上衣襟里捎来我那地址过于详尽，且布满邮政人员“求知欲”痕迹的邮件。百年的针叶林环绕着我们，这片树林里不仅有熊，还有不知从哪儿来的饿狼带着四处张望的崽子，大白天就在附近的村庄里奔跑。当地人说着我们无法理解的、富有旋律且发出喉音的语言。他们总是皱着眉，目光阴森且无礼地、直勾勾地盯着我们。他们坚信森林是属于上帝和男人的。而现在，这片领地的主人——来自萨列普达的德国门诺派教徒，每天因无所事事，只知道去树林里骚扰那些偷偷伐木的庄稼汉。虽然这里有十八世纪极好的法国图书馆供我们使用，但绝佳的埃尔塞维尔读物已经全部被老鼠啃坏。在大厅里损毁的古肖像陈列馆，也因为潮气和霉菌而开始发黑甚至开裂。

想象一下这个被积雪覆盖的偏僻村庄，再想象一下在俄罗斯大部分村落里，那些冬天也赤身裸体四处游荡的小傻子谢廖沙，过节时不玩朴烈费兰斯（一种纸牌游戏）还要写告发信的牧师，狡猾但并不高明的村长，“官话”说得极其糟糕的交际家和乞丐。要是您能想象这些，那您就会明白我们已经无聊到了头脑发昏的程度。无论是围捕狗熊，带着猎狗狩猎兔子，穿过三个房间，用手枪射击二十五步之外的目标，还是每晚写幽默联合诗，这些都已经无法再吸引我们。老实说，我们已经开始了争吵。

这么说吧，假如问我们每个人来这里的目的，似乎，没人能答得上来。那会儿我研究写生画，瓦列里安·亚历山德罗维奇写象征主义诗歌，而瓦西卡醉心于瓦格纳，用老旧的、琴键已经发黄的击弦古钢琴演奏瓦格纳的名作《特里斯坦与伊索尔德》。

圣诞节快到了，整个村子突然热闹起来。博罗金、舒斯托夫、尼基福罗夫斯基等男人们开始酿造最醇厚的啤酒，正因为如此，他们的脸也变黑了，手也变得像树皮一样粗糙。尽管现在只是节日的前夕，但喝醉的人如此之多。在佳吉列夫，儿子在把旗子从栅栏里拔出来时凿穿了自己父亲的头；在克鲁格利察，某位老人家饮酒过量致死。我们同样不由自主地被圣诞节吸引。第一站我们拜访了教士和诵经士，顺便去了教堂看门人安德烈那儿，又去了两个乡村老师那儿一趟。接下来，一切都进行得很顺利：从老师那儿出来，我们在图马遇见了医生，接着是乡镇文书，在那儿参加了宴会，然后遇到了军士、跛脚的医士，还碰见了为了编筐和做纺锤而在这里收购周围地区兽皮、粗麻布、粮食和木材的富农瓦西里·叶戈罗夫。我们就这样继续着这里的生活……

必须承认，我们感到有些格格不入。我们怎么也融入不了这种多年形成的生活节奏中去。尽管表面上我们无拘无束，但我们还是完全不同的另一种人。因为我们用显微镜审视我们的邻居，而他们看我们，用的是望远镜。所以，我们试着装成俄罗斯快乐的年轻人，自己人。诵经士有一个四十多岁的女仆，她的手因为经常套马，还有用结冰的绳子从臭气熏天的井里打水而满是老茧。在晚会上，她装出一副害羞的样子。垂下眼睑，双手分开，她唱道：

安德烈·尼古拉耶维奇，
走近，我们向您走近，
想麻烦您，麻烦您，
请告诉我，
您爱着谁，又将选择谁，
跟随着，跟随着自己的心，
小伙子，说呀！说呀！

我们勇敢地吻了她，正中嘴唇，她假装反抗还卖弄风情地尖叫，显然，她深知要“按规矩来”。强吻过后，我们站成一个圆圈：四个休假中的学生，诵经士，隔壁庄园的女管家，两个乡村老师，穿着便服的军士，辅祭，地方医士和我们——从声音中、辞藻中、色彩中追寻极致美的三个高贵的唯美主义者。我们在轮舞中旋转，力求更好地表现自己，伴随着叫喊声向左向右。那时舞蹈的主持者是当地勇敢的学生，沃兹德维任斯基，他像主人公一样跳着芭蕾舞步，在头上弹着响指，在整个场地上飞驰。

公主在城里，在城里，
王子在近郊，在近郊，
女王年轻的儿子在散步，
他在散步，
他找到了新娘，找到了——
是不是我那讨人喜欢的新娘在散步，在那里散步，
金色的宝石戒指闪闪发光，闪闪发光。

接着轮舞突然停止了，所有人开始用另外一种激昂的调子唱道：

王室的大门打开了，
国王向公主行鞠躬礼，
公主用更深的鞠躬回礼。

医士和诵经士之妻背对着走向前，互相深深鞠躬，合唱仍在继续：

请您挪近些，老兄，近一点儿，

紧贴胸膛，

亲吻吧，温柔一点儿。

最后，我们去了部属的图姆斯基学校。对于我们这些来自圣彼得堡的客人，这是必不可少的行程，因为之前那里进行了约十五次彩排预演，孩子们也在那儿接受训练，如同被驯养的小狗。当我们一进去，连接了火药引线的枞树，就立即炽热地燃烧起来。至于节目的台词，我早已能倒背如流。“我冒着严寒从森林中走来，瞧，一匹骏马拉着一车柴火慢慢地爬上山。哪一年了？第六年已经过去了。”不得不说，这个头上戴着一顶巨大的狗皮帽子，手上套着父亲的连指皮手套的六岁小男孩，是个很有天赋的小演员，他那认真的态度和沙哑的嗓音极具魅力，让人着迷。

节目的其他内容，因充斥虚假的民族内涵而让人感到厌恶。对于这些庸俗的节目我早就习以为常了，如同《杰米扬的鱼汤》这则寓言所讲的故事一样，让人感到滑稽。当大家齐唱“这是圣诞树，如今我们聚在一起，这是木偶，这是小马，这是一整套蒸汽机车”这几句时，总会让人疑惑为何一些俄语诗歌会有如此蹩脚的发音和虚情假意的殷勤。指导排练的老师是个患有痨病的小个子，身着常礼服和浆洗过的衬衣，显得衣冠楚楚，很显然，只有在这种场合他才会这么打扮。他一会儿去拉小提琴，一会儿用琴弓当指挥棒进行指挥，时而发出“哆、来、咪”的音调，偶尔还会拿琴弓敲小孩的头，让其纠正错误。

当地的学校督学，是来自其他城镇（注：非县行政中心的城市）的一名公证人。看到节目后他大为感动，来回抿着嘴唇，并伸出鹦鹉般的又肥又短的舌头。之所以如此，是因为所有的这些节目彩排训练都是为了向他表示敬意。

最后，老师终于迎来了自己节目单上最好的一个。在此之前，我们开怀大笑，但这时我们的眼泪不受控制地几近落下。一个十二三岁的小女孩走上前，她是村警的女儿，有着和父亲相似的、棱角分明的侧脸，同时也是学校里的第一名女学生。她这样唱道：

蜻蜓姑娘能歌善舞，唱过了一夏，跳完了三伏，
转眼寒冬已至。

“亲爱的大嫂，我真是纳闷，”一个七岁左右，穿着父亲毡靴的小男孩乏味地说道，“你夏天干活了吗?”

“哪有时间啊！我们日日寻欢作乐，鲜草丛里……”村警的小女儿回答道，“我已经唱够了。”

就在此时，俄罗斯为人称道的热情好客显现了出来。

卡皮通诺维奇举起小提琴——哦，这是早就排练好的——合唱团开始用神秘的低声唱道：

原来是这样，你已经唱够了，
那就来跳会儿舞吧，
那就跳会儿，那就跳会儿，
那就来跳会儿舞吧。

说实话，此时此刻，我的头发都竖起来了，我感觉，这些孩子的眼睛，还有这拥挤的中学里所有男女老少的眼睛都盯着我们。而且，无数双眼睛

注视着我们的同时，还重复着这该死的句子：“原来是这样，你已经唱够了，那就来跳会儿舞吧，那就来跳会儿舞吧。”

我不知道这单调的、可怕的、让人痛苦的低吟持续了多久。我只清楚地记得，在那几分钟里，悲伤的、噩梦般的可怕念头浮现在了我的脑海里——我们这一小伙知识分子，正面对着数不胜数的、这世上最神秘的、被压迫的民族。是什么把我们联系在一起的？什么也不是，既不是语言和信仰，也不是劳动或艺术。他们觉得我们的诗歌荒谬，无法理解，引人发笑。我们精雕细琢的写生画，他们当作是初学者毫无用处的涂鸦。对于他们这种相信帕拉斯克娃“星期五”[①]和树妖是同等神圣的人来说，我们的寻神说和造神说[②]是纯粹的妄想。在他们看来，我们的音乐也只是枯燥无味的噪声。我们的科学，更是毫无根据的。我们的复杂劳动，在他们看来既可悲又可笑，而在残酷的大自然的怀抱中不厌其烦地播种倒是“英明”得很。在这可怕的一天，我们该如何回应这个孩子，回应这些或是智者或是动物，回应这群身材魁梧的人呢？只能违心地应和：“我唱够了。”那男人依旧阴险地笑着答道：“那你就跳会儿舞吧。”……

我不知道我的同伴是如何看待这件事的，但我们都默默地离开了部属中学，相顾无言。

三天后我们各自离开了，至今我们都很少联络。就好像是用这群单纯的毛孩子的嘴宣判了我们的“死刑”。在回程的路上，无论是从大车店老板伊万·亚历山德罗维奇·卡劳洛夫那里出来到格列历市，再从格列历市到科兹洛夫市，还是更远的地方，这讽刺的、邪恶的曲调“那就跳会儿舞吧”

---

① 在斯拉夫人的东正教传统中的神话形象。——译者注
② 1905—1907 年俄罗斯革命失败后在自由派知识分子中广为流传的一种宗教哲学思潮。——译者注

一直折磨着我。

只有上帝知道俄罗斯人民的命运，可那又怎样，要是需要的话，那就跳会儿舞吧。

我坐了一夜的车才到车站。

繁星点点，挂在了白桦树那光秃秃的、布满冰霜的枝丫上，像是上帝精心点缀的一样。可不管这景色再美，我都无法忘掉，无法摆脱这梦魇："那就跳会儿舞吧。"……

圣洁的爱

单妮娜 译

“难道你们没有听说这件事吗？……真的没有？……那可太奇怪了，今天满城都在谈论这件事。如果你们愿意听，我可以向你们仔细地说说。”

一帮人立刻就在讲故事的人周围围成了一个紧密的圈子。他要讲的是今天早上刚刚报道过的一则城市新闻：当地一名官员和他的情妇——一位十七岁的女帽商，双双在家中自杀殉情。

叙述人津津有味地描述着事件中的细节，这让听众们的脑海中浮现出那些典型的殉情画面。由于贫穷，由于恋人父母的反对，由于无法结婚，又或者是两个人之间炙热的爱恋随着时间慢慢变为冷漠的习惯，习惯于定期燃起的激情。所有的这一切都可能是引发他们自杀念头的导火索。最后，天真的女孩留下一封遗书，希望将他们埋葬在一起，他们就这样躺在床上，可怕地死去了。

这则新闻引起了在场众人广泛的议论。有些人认为，自杀只是一种软弱的表现，也有人说，根本不存在所谓的双重自杀，只有谋杀和自杀，还有的人回忆起了曾经在报纸上看到过的类似的报道。

在场的一个女人听到大家激烈的讨论，面色渐渐苍白，眼中闪着泪光（因为女人总是喜欢倾听关于无私或非常不幸的爱情故事），她带着一种向往和期待的表情说道："这是一种多么强烈的爱啊！他们遭受了多少不幸的痛苦，又经历了怎样难忘的甜蜜，才会让他们做出如此可怕的决定！哪个女人没有幻想过这样的爱情呢？"她的话引起了广泛的关注。在场的人都沉默了下来。这时，一位灰白头发的老人打破了这片刻的沉寂，他脸上的皱纹与美丽的眼睛形成了鲜明的对比。"当然，这不是普通的爱情。"他用坚定的声音说道，"而且，你，女士，非常准确地表达出了这样的感情给死者带来的感受。但是，在我看来，生活中还有许多看似微不足道却经常会出现的情节，都要比这个可怕的事件隐藏着更多的痛苦和欢乐。我自己就曾亲身经历过这样的情节，如果你们不觉得无聊，我可以给你们讲一讲我的故事。"

在场的人都表示他们乐意倾听，老人便开始讲起了他的故事。

以下是老人自己的讲述。

二十五年前，我还在某所大学读书。那时候的我对这座城市完全不熟悉。幸运的是，我在这座城市最安静的地方租到了一间非常体面的公寓，并且价格低廉。起初，我感觉自己像是拥有了翅膀，在天空中翱翔。科学是神秘而伟大的，它为人类无私地奉献和服务——所有这些话语在当时都让我感到骄傲和自豪。为了高效地学习，我在工作日严格分配时间，我读了很多书，认真听了许多讲座，每天晚上我都会整理我的笔记。

春天来了，那是一个温暖芬芳、令人陶醉的春天，那是在北方感受不到的美景。一朵朵樱花、丁香和白色相思树花，使空气中弥漫着浓浓的芬芳。那里的夜晚透着一股微妙的银色，我舍不得在这样的夜里闭上眼睛，我的整个身体都充满了欢乐和躁动的期待。终于，在某一个如此美妙的夜晚，一个女人走进了我的心房。

那一天，我晚上十一点才从同学那里回来，我坐在一扇向着花园敞开的窗户旁，点着火炉。月亮闪闪发光，茂密的树冠似乎笼罩在隐隐透明的白雾中。远处，一大群青蛙正大声地叫嚷着。

突然间，从花园里传来了铰链的声响，随后又传来了篱笆门被打开的声音和一阵欢快爽朗的笑声。毫无疑问，我听到的是女人的笑声。两个女性剪影出现在我窗下的小路上，在广阔的青柠树阴影中消失了一会儿，然后再次出现在光亮的地方，并再次消失。这两个陌生的女人都身材苗条，亭亭玉立。我不记得她们在说些什么，好像是女人们的一些琐事，关于帽子上的饰品或者她们都认识的熟人。我只清楚地记得她们青春洋溢的笑声令我如痴如醉。那一刻，我甚至忘记了自己身在何处，只梦想着与其中一位姑娘手挽着手，肩并着肩，一起走过温暖的、洒着一片银辉的花园，慢慢地、仔细地去感受她可爱的小手和宝贵的心跳。

尽管那个时候的我已经二十岁了，但我仍然纯洁得像约瑟夫·普列克斯内伊一样。是的，这对如今的年轻人来说似乎是不可思议的，他们从十二岁开始就学习如何享受所有的世俗欢乐，在十五岁就可以不分青红皂白地为爱痴狂，而在二十岁时，他们就已经开始厌倦爱情了。每当我的一些同学讲起他们稍纵即逝的欲望与爱情时，总是让我感到恐惧和厌恶。与美丽女人纯洁而崇高地相爱是我的梦想，这个梦想深深困扰着我的灵魂。

陌生的女人离开了花园，而我却久久地呆坐在窗前，直到凌晨的一股微风让我感觉到了凉意，我才将它关闭。在梦里，我仿佛又听到了她们银铃般动人的笑声……

第二天清晨，当我离开公寓准备去上学的时候（这天我有一门法学考试），我看到一个穿着朴素的黑呢绒短上衣，戴着一顶白色羽毛草帽的女人在我公寓对面的门口。她一边走路，一边回过头向着送她出门的人高声喊道："等我，别走。我半个小时后就回来。"我通过声音认出了她，她正是昨天路过我窗下的陌生的女人之一。她的脸很迷人，黑黑的、透着粉红色的脸颊看上去有一些消瘦，大大的眼睛藏着一丝顽皮的笑意，圆圆的下巴和嘴角下方的一颗痣令她看上去更添一分骄纵和可爱。她从我的身旁经过，不经意间瞥向我的目光中似乎带着些许冷漠。我呆呆地望着她的背影，欣赏着她轻盈的步态和纤细的腰肢。她像是察觉到了身后的目光，回头张望了两次，我不敢再跟着她，虽然我们同路，但我宁愿走一些弯路，也不愿意让这位陌生的姑娘感到被跟踪的威胁。

此后，我们几乎每天都会碰巧遇见（当然，我一直在为碰巧寻找机会）。很快，我们便像经常碰面的陌生人那样交换着转瞬即逝的微笑。

这个美丽的形象深深印刻在我的灵魂深处，当我坐在教室里，我时常会回想起她的倩影，在纸上描绘她温柔的侧脸，甚至幻想着可以在梦幻温馨的夜晚与她坐在一起。可我没有勇气尝试与她去结识。一想到她或许会因我的迷恋而生气，我就感到害怕。尽管如此，爱依然让我感到快乐，那是一种我从未有过的、如此强烈的、温柔和细腻的感受。在那以后的生命中，任何一个爱我的女人都不曾像这位陌生的姑娘，让我感到如此真切和纯粹的喜悦。她就像是晶莹剔透的高脚杯中盛着的绝世美酒，让我感到从未有过的沉醉。

有一天，她在街上掉落了一个黄色皮革的女士手提包。我赶紧捡起来递给了她。我们说了几句话，我不记得我们说了些什么，因为我的心中慌乱不安，紧张得喘不过气来，甚至站不稳脚跟。第二天，我们再次巧遇，我们终于可以像熟人那样一起在街上走一段路了。当我们要分开的时候，她向我伸出手来，微微泛红的面容下似乎透露着一点羞涩。“我叫埃琳娜。”我终于知道了她的名字，当她走后，我忍不住大声地呼唤起来。多么悦耳动听、沁人心脾的名字！她由于眼疾没能从中学毕业，现在在帽子店工作。她和母亲住在一起，一个胖胖的淳朴而善良的女人。她偶尔会去探望朋友。每周一次，她的舅舅会坐着自己的马车来看望她。“他是一个富有且傲慢的人，”有一回埃琳娜这样告诉我，“但他仍是善良的，经常帮助我和妈妈。”我已经见过这位舅舅三次了，他总是给人留下不太好的印象：他小小的，矮矮的，灰白色的头发，臃肿的黑眼袋，下嘴唇像是向外翻出来一样，显得厚而湿润。然而，当我想到他帮助埃琳娜和她的母亲时，我甚至愿意亲吻舅舅的嘴唇。

几天后的一个傍晚，埃琳娜邀请我去她家坐一会儿，自那以后，我经常去她们家做客，她们家不仅舒适，还很干净、明亮。在一个难忘的晚上，我坐在埃琳娜的旁边，她正在忙着做一些家里的针线活儿，我偷偷地欣赏着她清秀的侧脸，在明亮的灯光下，我幻想着我们是夫妻。我偶然轻触埃琳娜的手，她衣服的摩擦声，她甜美的笑容，让我产生了一种甜蜜的悸动。我爱她，但我从来不敢向她表达。她的神圣让我不敢有一丝一毫的亵渎。随着我们相处的时间越来越久，有一件事始终让我感到困惑，她们不想把我介绍给她的舅舅认识。“他非常傲慢，并且不喜欢学生。”朴实的胖妈妈每次都这样向我解释。有几次，两位女士一同来找我喝茶。埃琳娜很喜欢我桌面上的小玩意儿，那是我收藏的硬币、纪念册和一些书。有一次她问我，家里每个月会给我多少钱，我说父亲每个月会给我寄大约一百卢布，她先是沉默了一阵，随后若有所思地说：“你可真是个有钱人哪！”她平时不大爱说话，但她喜欢听我大声地朗读。有一次，我躺在沙发上，重复地读着我的演讲稿，我无聊地拉长着声音，并在结尾的地方提高声调，就像信徒在教堂里读的那样，然后用一种戏剧化的表达背诵它们。最后，我的嘴唇机械地重复着同一个词，而我的思想已经全然超脱了文稿。我想埃琳娜了，我想着她曼妙的身材、婀娜的步态和她弯弯的、浓密的眉毛……

天变黑了，从远处传来花丛随风摇摆的美妙声响，空气中弥漫着春天的气息和黏稠的杨树芽的气味。所有的物体，特别是树枝和建筑物的边角，在暗红色的天空中十分显眼。埃琳娜的房间挂着厚厚的窗帘，屋子里一片漆黑，我没有立即看到她。她正在窗前弯腰做着什么工作。“你来得正好，”埃琳娜说，“我正想请教你，看看这个‘Z’，我该怎样用它做出我的商标呢？”她用钩子的末端描绘了一幅图案。我把一只胳膊靠在椅子的后面，另一只胳膊支在桌子上，看着她柔软的秀发。仿佛从她的身体中，也散发出了杨树芽的香气。“你怎么不说话了？”她问道。

埃琳娜仰起头、眯上她那双明亮的大眼睛。我很尴尬，就把眼睛转向她的双唇，并弯下腰去。杨树的气味迎面扑来，令人陶醉。我感觉埃琳娜的双唇和下巴在向我靠近，突然我用双手搂住她的脖颈，在她的双唇上留下深深的、长长的一吻。

埃琳娜从我的怀里挣脱出去，满脸绯红，眼睛闪闪发光。

“看在上帝的分儿上，离开我，让我走吧！”她尴尬地低声说。

“埃琳娜，”我恳求道，“不要把我推开，成为我的天使，做我的妻子吧！”

她好像对我的大胆表白感到惊讶，她说自己是一个连高中都没有毕业的可怜的女孩，我也许会取笑她，等等。但我的能言善辩和执着使我最终从她美妙的口中听到了透着娇羞的同意。那天晚上，我写了一封长信给我的父亲，热情并语无伦次地描述了发生的一切，希望得到他的祝福。我早就知道父亲是个完全给我自由的人，除了同意外，他不会说出什么。那一夜，我兴奋得无法入眠。许多已婚男人后来告诉我（后来我亲身体验过这种感觉），即使是向最心爱的女孩提出求婚，你也会有那么一个瞬间因为失去自由而感到后悔。但是，除了骄傲的喜悦之外，我没有注意到任何东西。有一段时间，我甚至不敢相信这突如其来的幸福。我在房间里坐不住，走到街上。埃琳娜的窗户没有灯光。看着那里，我感觉自己的眼中噙着幸福的泪水。“睡吧，我的孩子，睡吧，亲爱的宝贝，”我通过那些纯净的眼泪微笑着，“你知道，从今以后我都会守护你纯真的梦……”

我漫无目的地走在荒凉寂静的街道上。埃琳娜的形象一直印刻在我的脑海中。我不断地为我们描绘着未来的幸福生活，一幅比一幅更加甜蜜和美满。所有这些都是天真的、崇高的梦想。我向你发誓说，我们的爱是纯粹的，没有其他任何的杂质。

早春，晴朗的夜晚充满着寂静和神秘的魅力，在城市的树荫里，仿佛一切都静止了下来。安静得有一些可怕。可以清楚地听到远处传来的细碎的脚步。街道的一侧在阴影里沉默着，另一侧则洒满了月光，月光在窗户上、房顶上闪闪发光，似乎由抛光的银制成。明亮的月光一动不动，衬托着夜晚令人向往的宁静，丝毫没有了白天的人声鼎沸。这样的鲜明对比让人感觉不同寻常。有时候飘过一朵云，遮住了月光，天空立刻就变成了橙色。星星也被隐匿了起来，只剩下闪烁的蓝色冷光在窗口上若隐若现……过了一会儿，云彩飘走了，星光又渐渐淡出，点缀在白色的石头上，人行道上长长的阴影也越来越密集。

不知不觉，我已经走到这座城市中的一条林阴大道，狭长得像是箭头一般的阴影与两旁的杨树组成了巨型的金字塔，穿过了周围的栅栏。这条林阴大道荒无人烟，只有一对夫妇，他们坐在板凳上，背对着我，裹在同一件大衣里。月光照在他们的身上，我只能看清他们侧影的轮廓。这样一幅甜蜜唯美的画面令人感动，我不忍打扰到他们，便小心翼翼地想要从一旁的草地上走过。突然，什么可怕的东西将我定在原地，使我呆若木鸡。

“列丽娅，你是说真的吗?”说话的是那个男人，他的声音显得自信而深沉。

“很奇怪吗？这有什么好笑的。难道我比别人差，我不能结婚吗?”女人笑着推了一下她的情人，声音中透露着一个恋爱中的女人所该有的激情。那是埃琳娜的声音，这个温柔而清脆的声音，我断然不会认错。坐在长凳上的女人就是埃琳娜。

“那好吧，如果这是真的，”男人继续说道，“你想，难道他没有从任何人那里听说过关于你的事吗?”

“让他听说吧。”女人漫不经心地回答，“在婚礼前，无论如何他都不会知道的。要知道他完全是一只雏鸟，他相信所有你对他说的话。你想，他竟然真的相信那个老人是我的舅舅，还希望我介绍他们认识。”

“那你的母亲呢?”男人问道。

“她有些不高兴了，她认为放弃那个老人的财富是很愚蠢的。可是我只能感到抱歉，他那肥厚的嘴唇、臃肿的体态实在令人厌恶。顺便说一下，亲爱的，”她的嗓音里发出了温柔的、可爱的少女声，“你是不是需要一些钱？昨天那个老头儿给我送来了一些。”

男人慵懒地打着哈欠:“我从你那里拿了一些卢布。我们走吧，天就快亮了。”

他们离开了，而我却深深地陷入了羞耻和绝望的情绪中，如同石化一般坐在那里久久不能动弹。在那个可怕的瞬间里，我的头脑是完全空白的，没有任何思想。我完全陷入了一种可怕的、不知名的混乱中。

这就是全部的故事了。这个故事并不复杂，却让我在后来的生活中再也没有感到过那样纯粹的快乐，也再没有过那样的心碎，一切都结束在那个春天里，那个我清纯年少、充满美好的春天里，那个让我历经痛苦、走向成熟的春天里。

童话

单妮娜 译

“爸爸，给我讲个故事吧……爸爸，我在跟你说话呢……”

七岁的科季克[①]坐在哈尔谢夫尼科的膝盖上，用两只手使劲将父亲的头转过来，男孩很惊奇地发现爸爸整整五分钟都在用一种奇怪的眼神一动不动地盯着灯光，好像是笑了也好像是哭了。

“爸——爸，”科季克拖着长长的哭腔说道，“你怎么不和我说话啊?”

伊万·季莫费耶维奇[②]听到儿子焦急的声音，却怎么也不能从那种引人入迷的魔力中脱离出来。这种魔力混合着明亮的灯光，在温暖的夏夜让人感到舒适，避暑的凉台上缠满野生的葡萄，葡萄架上绿色的葡萄在灯光的映射下显得很魔幻，很耀眼。

① 科季克，大名为康斯坦丁，科季克是其指小表爱形式。——译者注
② 即哈尔谢夫尼科·伊万·季莫费耶维奇，是较为正式的称呼。——译者注

桌布上，有灯光从绿色的灯罩中投出均匀的圆圈，在这个圆圈里，伊万·季莫费耶维奇看见了两个人的头紧贴在一起：一个是浅发女子，有一张温柔、清秀的脸庞；另一个是高傲、帅气的年轻人，一头黑色鬈发自然地垂在肩上，有黝黑的前额和一双乌黑的大眼睛，那样热情洋溢，富于表情。他仿佛感受到了科季克温柔的双手和他温暖的气息，甚至闻到了他被太阳晒得有些褪色的头发的味道，好像雏鸟羽毛的气味。这一切是如此和谐，这样幸福的画面，使哈尔谢夫尼科不经意地流下眼泪。

灯光附近，头发几乎紧贴在一起的两个人，一个是哈尔谢夫尼科的妻子，另一个是哈尔谢夫尼科最好的朋友和学生，他叫格里戈里·巴哈宁。伊万·季莫费耶维奇对这个充满热情、不守规矩的年轻人非常真诚、非常关心。有经验的老师能看出来，这个青年人的画作展现出他大胆豪放的绘画天赋。显然，哈尔谢夫尼科心中没有艺术圈里那种粗俗的妒忌之心。相反，他为自己能够成为巴哈宁的第一位老师而引以为荣，这位即将成名的画家是他的妻子利吉娅·里沃夫娜最早发现并且欣赏的学生。

巴哈宁默不作声，连续不断地用铅笔在他面前的高级纸张上勾勒着。几个美术字，贝类动物，交织在一起的姓名首字母，模拟美术学院画作的讽刺性作品，清秀的女人侧颜面像……这些草图，每个线条都带着勇气和才华，利吉娅·里沃夫娜一直注视着画家，一会儿紧张，一会儿开心地笑着。

“你总是这样，爸爸，出尔反尔。”科季克委屈地伸出手。他生气地鼓起了嘴，低下头，把腿蜷起来，玩着手指。

哈尔谢夫尼科转过身，为了将功补过，他抱起了科季克。

“好吧，好吧，科季克，我现在就给你讲故事，别生气了，只是，我要讲什么呢？”他思考着，“讲被砍掉一只熊掌的狗熊吗？”

科季克轻轻叹了一口气："我已经听过这个故事了。"

突然，哈尔谢夫尼科的脑中闪过一个想法：生活难道不正是一个感人的好故事吗？十二年前，他还是一个被上级排挤、贫穷的无名之辈，在这段艰难的时光里，他遇到了利吉娅。她十分美丽、聪明，周围满是爱慕者。而自己正陷入贫穷的痛苦，挣扎在生活与梦想之间，既不帅气，又体弱多病，他甚至不敢接近这个迷人的女孩子。利吉娅却相信他，第一个向他伸出援手。在他历经挫折，感到困顿和气馁时，是她在温柔地关怀他，鼓励他，给他讲笑话。她用爱战胜了一切。现在，哈尔谢夫尼科的名字是个识字的人都知道——他是有信念的青年画家们唯一崇拜的院士。他的画装点着皇室成员的画廊……而物质上的收获也是理所应当的，这是他和利吉娅多年节俭、曾经几近乞讨换来的回报。

伊万·季莫费耶维奇回忆着曾经美丽的妻子对他的抚慰和可爱的科季克。"在那个苦难的时候，正是她们充满温暖的爱意，与巴哈宁之间牢固的友谊，才使我的创作更具有深刻的意义。就用这个作为故事的主题吧。"

"好吧，听着，儿子，"他轻轻地抚摸着儿子轻柔的头发，讲起了故事，"说好了不打断的哦……从前，在一个王国里住着国王和王后。"

"他们没有孩子吗?"科季克轻声问道。

"不，科季克，他们有孩子，而且他们的孩子非常多……请别打断我。他们的孩子特别多，以至于分家的时候，最小的儿子什么都没有分到。他连衣服、马匹、房子、仆人都没有分到。那时候国王感觉自己大限将至，他召集了自己所有的儿子并对他们说了下面这番话。'我亲爱的孩子们，也许我就快要死了，我希望可以从你们当中选出继承人……一定要是当之无愧的人……在我们王国里有一片茂盛的森林……在森林的正中间是一座华丽的宫殿。到达那个宫殿很困难，曾经想去那里的人都再也没有回来过。

他们有的被野兽吃掉了，有的被美人鱼挠死了，有的被毒蛇咬死了。但你们必须克服恐惧、勇往直前……不要理会亲人的劝告，不要被诱惑……在华丽的宫殿中你们会看到三只被铁链锁住的石狮子，一只叫“忌妒”，另一只叫“贫穷”，最后一只叫“猜疑”。石狮子会向你们咆哮，但是你们仍要坚定地走下去，去寻找宫殿中的一间银制的房间，房间中有一个金的三角供桌，房间上方布满繁星，燃着神圣的永恒不灭之火。接下来，记住我的话，谁点燃了灯台上的火并带回家，谁就将是这个王国的继承人。’”

伊万·季莫费耶维奇抱着科季克，点燃了一支烟，巴哈宁和利吉娅也饶有兴致地听起了他的故事，巴哈宁甚至把手掌做出伞状贴近耳朵。“嗯，是的，”哈尔谢夫尼科继续说道，“国王的儿子们开始上路了。”

最小的王子也跟随他的哥哥们启程了。大臣们劝他说：“你还年轻，身体孱弱，力量单薄，你无法追随你的兄长们。”但是他回答说：“不，我一定要去那个宫殿点燃永恒不灭之火。”

他们就这样出发了，不知过了多长时间，兄弟们来到了森林里。兄长们说：“接下来的路很遥远，而且充满着艰难险阻，可能的话，我们在周围再找一条路吧。”小王子说：“亲爱的哥哥们，你们请便，但我依然坚持沿着这条路走下去，除了勇往直前，我别无选择。”兄长们说：“大家都清楚，你会被野兽吞没或者饿死的，伊万你这个小傻瓜，总是这么倔强，听不进别人的劝告。”是的，这条路真的充满了危险和坎坷。小王子走了一天又一天，森林越来越茂密，灌木抽打着他的脸，撕扯着他的衣服，狼在后面跟着他，吸血鬼追着他，可他依然没有因为恐惧而停下脚步。他在树丛中遇到一条绿头发的美人鱼，用充满引诱的声音对他说：“来我这儿吧，你要去哪儿啊？那儿都是那些笨蛋和蠢人幻想出来的，到我们这儿来吧，你会从此过上无忧无虑的快乐生活。”而小王子就像没有听到一样，继续前进着。直到最后，他的马也累死了，森林越来越茂盛，仿佛没有尽头，到处都是寸步难行的沼泽和陡峭的山谷……小王子终于用尽了最后的力气，他倒在那片潮湿的土地上，想到自己的末日将近了——也许根本就没有什么宫殿，根本就不应该来这里，或者沿途就应该留在美人鱼那里，现在却要无缘无故地死在这儿，横尸荒野。他正这样想着，忽然不知道从哪里冒出来一位穿着雪白衣服的小仙女对他说："王子，你为什么会如此抱怨呢？你不该这样绝望，把你的手给我，让我带你走出这里吧。"王子刚一触到小仙女的手，就一下子感觉轻松了许多，他努力地站了起来，跟着那个美丽的小仙女向前走去。当他每一次筋疲力尽得快要倒下去时，小仙女都会坚定地握住他的手，鼓励他集中精神继续走下去，最后，小王子终于战胜了疲劳。

哈尔谢夫尼科停了一下。

"嗯，接下来呢？爸爸。"科季克睁大了那双深色的眼睛望着他。

伊万·季莫费耶维奇挠了挠头发，有些高傲地说道："王子来到了宫殿，他看到门前被铁链锁着的三只石狮子——贫穷、忌妒和猜疑，它们正在向他咆哮。小王子看了看身边美丽的小仙女，然后勇敢地从石狮子身旁走了过去。他望着满天如钻石般的繁星，点燃了永恒不灭之火，准备带着它回到王国。当他从宫殿出来时，三只石狮子如同小狗一般在入口舔着他们的脚掌，森林中的迷途也裂成了一条宽宽的路，小仙女变成了公主（她被恶毒的巫师施了巫术），从此与王子不再分离。至于他的哥哥们，因为害怕艰难的旅途，在半路就返回了王国，他们成了人民的笑柄。而小王子从此和他的公主过上了幸福的生活。故事结束了，我的儿子。"

"这就完事了，爸爸？"小男孩从父亲的膝盖上爬下来，失望地问了一句。

"讲完了，我的孩子。现在我的小王子去睡觉吧，和妈妈还有格里戈里说一声晚安，然后去睡吧。”

“这个童话不好。”小男孩说。但他还是站起来，听话地亲了亲利吉娅和巴哈宁，然后拽着父亲的手回到了房间。利吉娅在胸前画了画十字为儿子做祈祷。

在保姆的帮助下，科季克脱下衣服钻进被窝。房间里很暗，只能透过一点粉色的灯光看到一个站着的面色黝黑的仆人。科季克躺在右侧，双手交叉放在脸蛋儿下，问道：

“爸爸，你的故事真的讲完了？”

“讲完了，科季克。怎么了？”

“好吧，那这个小儿子现在在哪里呢？”

“小儿子？小儿子没有做国王，他娶了小仙女为妻，又生了一个小儿子，就好像我的科季克一样……只是科季克不喜欢写听写，但是小王子的小儿子却很喜欢写听写。”

“为什么他们叫伊万小傻瓜呢，爸爸？”

“亲爱的，是因为他很单纯，很可怜，如果他没有遇到那个小仙女，他真的会一直是个傻瓜。因为只要他迷路了，他就可能真的被野兽吃掉。”

科季克缓缓地睡过去，没有听到他问题的答案。哈尔谢夫尼科十分感动，穿着小羊皮鞋从儿子的房间走进阳台，在心中默默地为儿子祈祷着。利吉娅和巴哈宁都没有听见他的脚步声，她躺在他的肩膀上，把头向后一仰，眯缝着眼睛微笑着，嘴唇湿润，回避着他的吻。黑色的鬈发与灰白色头发交织着，很明显，利吉娅的拒绝使两个人都感到不安，她面色苍白，而巴哈宁长有粉斑的面庞露出祈求的神色。她最后筋疲力尽，大口大口地喘息着，如同呻吟一般，用温柔的手搂着他的脖子，同他炽热地接吻……

故事完……

伊格纳季·波塔彭科

画（一个乡下人讲述的故事）

不原谅……

隐情（随笔）

幡然醒悟

伊格纳季·波塔彭科

伊格纳季·波塔彭科（1856—1929），俄罗斯散文家、剧作家、小说家，自1881年开始发表大量小说和散文。与大多数19世纪80年代同期作家不同的是，波塔彭科看待世界有自己的视角和观点，他的作品没有悲观主义和怀疑主义，对生活始终充满热情，呈现的是一种市井生活的简单快乐——富人不应该只是为个人幸福而活，富人应该帮助穷人，这是其作品中体现的观点。波塔彭科最擅长的是随笔和短篇小说，比如《六个》《河人》《该死的荣耀》等，他的作品还不乏戏剧剧本，比如《生活》《异乡人》《神奇的童话》等，他的许多作品诙谐幽默，比如《现职》《大人的秘书》《神圣的艺术》《热门文章》等。波塔彭科的创作涉及各种体裁和题材，刻画了各种社会层面和心理特征，是19世纪末20世纪初蜚声文坛的俄罗斯作家之一。

画（一个乡下人讲述的故事）

武利茹 译

您愿意信就信，您不愿意信就不信，随您的便。只是这事确实发生了，而且是我亲眼所见。倘若这事不是真的，我就不叫班纳思·马卡洪，就让我的房子（可不是秋天我们村里那场大火烧毁的房子，或许，您听说了吧，是闪电引起的。没有？没听说过？好吧，我说的不是那个，而是另外一个前不久我新盖的房子）……我是说，就让我的房子从乡村警察杜布尼亚科家旁边消失，就让我家的花奶牛，这我知道，应该是在春天前下小崽儿，我是说，就让这头奶牛下的崽儿，既不是母的，也不是公的，而是一头小猪崽儿……这差不多了吧。这样，您应该相信我了吧！

我凭良心和您说，世界上经常会有各种各样奇怪的事情。我们村里住着一位老爷。其实也不能说他就住在我们村里，只能说他到我们这儿来了。我听说啊，他冬天的时候要去什么地方，可能是去德国，这些不是我说的，因为我也是道听途说，并非亲眼所见。夏天的时候他总是来村子里消夏——“呼吸新鲜空气”，他说，好像别的地方会让他窒息，或者说空气不够用。天晓得为什么！他是一位年轻善良的老爷，他的妻子也是既年轻又善良，他还有两个孩子。天晓得他们两个以前是做什么的，我们没见过他们做事情；他们“呼吸着”，只是在呼吸，这是千真万确的，他们呼吸着新鲜空气。形形色色的客人去他们那里拜访。跳舞、音乐、划船、骑马等，都是这种方式。有一次，他们那里来了一位客人，个子很高，干巴巴的，像一根火柴，头上戴的帽子帽檐很宽，和瓜地里稻草人戴的帽子一模一样，帽子下面垂着柔软的长发，就是这样的一位客人。我们怎么办呢？这样的客人很少到我们这里来！只是第二天一大早，我们看到老爷家的管家在村里溜达，说着这样的话：“谁想挣钱，就到田里来。到老爷的田边集合。”这是怎么回事？现在田里能有什么活儿啊？我们都觉得很惊讶。我忘了告诉您，这已经是在收割期之后了，成捆的庄稼早就被运到城里去了。田里光秃秃的，就立着些麻秆。可是那时候空闲时间多，闲着也是闲着，想挣钱的人可不少呢。我们大概有三十人聚集在老爷的田边，有庄稼汉，有村妇。我们聚在一起等着。瞧，老爷的四轮马车驶过来了，老爷和那位传闻中的客人坐在车内。他们的马车驶近了，停在这里。客人从车上拽下了什么——

天晓得他拿了些什么东西。桌子不是桌子，椅子不是椅子，犁也不是犁，我不知道这玩意儿叫啥，总之就是个东西。这玩意儿上面还贴着一块麻布，大概一尺长、半尺宽。老爷手里拿着一块涂满各色水彩的板子，还有五个什么东西，像是格里夫纳[①]，只不过尺寸更小一些。好了，这些东西已经准备就绪了。这时，客人说道："喂，乡亲们，你们去搬十几捆麦子来，随便堆在这儿就行。"麦捆很快就搬来了，因为老爷的打谷场离这里不远。然后客人又开始说："现在，得有七个人拿着镰刀站成一排，装作割麦子。再来七个姑娘，在后边弯腰装着扎禾捆，再来三个人站在旁边，以备后需。"客人对老爷说："三个人要磨镰刀，两个人蹲在小山冈上，并且让他们擦去脸上的汗水，一个人用袖子擦，一个人用衣襟擦。两个村妇就在盛着粥的大锅边上忙活着。这儿应该放着一只盛满水的水桶，有一个人走上前准备喝水。这条小路上我们让一匹马狂奔，一个穿衬衣的小男孩坐在芦苇丛里……"看吧！我已经和您说啦，这些就是我们觉得很奇怪的地方！我们都默不作声，只是偷笑的时候胡子一颤一颤的，因为我们的老爷在旁边看着，虽说客人是个怪胎，但本身也是个老爷。一切如他所说的准备就绪了。他安排我们每个人该去哪儿，这个人拿着镰刀，另一个人背着庄稼，还有的人就坐在山坡上，客人教着别人在哪儿开始，怎么擦汗，怎么喝水，马一会儿牵着一会儿撒开。西多尔·达兰宁把自己的儿子捷廖什卡也拖过来了，扒了他的裤子，还让他坐在芦苇上（我觉得捷廖什卡会赚五十戈比吧）。我们一切就绪了，客人拿来了焦油刷子（可在他们看来就是画笔），突然又涂又画，难道是在闹着玩吗?！我们就这样纹丝不动地站了五个多小时，他一直涂画着。因为一直弓着腰的缘故，我们的背开始酸胀，但依然这么

① 乌克兰的官方货币。——译者注

站着。有人开始问:“好了吗?”他压根儿没有听见,据说老爷还挥了挥手:“安静,他正酝酿灵感呢。”西多罗夫·捷廖什卡脸色扭曲,甚至大吼了起来。真是的,让十几个十八岁的半大小子在芦苇丛边一动不动地站五个小时啊,还不能休息?最后老爷还是放我们走了,也许他自己也累了。客人还说道:“可惜了,我们没赶上耕种期,没有麦穗,咱们只能凭空想象了!”

闹剧之后他们就离开了。老爷和队长说晚上会来讨论工钱的事儿。我们都听傻了。工钱是个什么东西?他为啥需要这么个可笑的画面,还打算付卢布给我们?他们居然会因为这些事就付工钱给我们!如果全村人都得到报酬,那就太棒啦!人们叽叽喳喳地说笑着。晚上队长给我们发工钱,每个人都有份,就连捷廖什卡和牵马的谢苗诺夫都拿到了工钱。

之后我们询问管家,我们做这些干什么。管家说:“他是个大画家,他画了一幅画,而且,”他说,“这幅画完成之后我还有幸欣赏了呢,真是幅好画啊,名叫《丰收》,曾经在莫斯科展览,还被一个人,也不知道是富商还是老爷,花了几千卢布给买走了,真是幅好画啊!”

我不知道管家是不是在开玩笑,只是为了这么一小块破麻布,上面画着块田地,田里的人们按要求摆着各种姿势,如格里什卡·亚尔蒙楚克喝水,斯捷潘·杜尔诺里亚波擦汗,谢苗诺夫的马摇着尾巴,仅凭这些,这块破布就能值几千卢布?……未必是真的!诶诶!未必是真的!有这么多钱我们都能买二十俄亩地了,绝非虚构,真是实实在在的黑土地,还能再买上一匹马和一个牧童谢苗诺夫了!这确实不像是真事,但的确是发生了,您爱信不信,这件事确实是发生了。

不原谅……

武利茹 译

这个房子有几个狭窄的小房间，每个小房间都像兽笼一样逼仄。房间的窗户朝向并不是很整洁的后院，每个房间打开房门就是狭长昏暗的走廊。房间里陈设简陋，仅仅能摆放一些生活必需品：一张床、一张桌子、两把椅子，墙上有挂衣架。有两个房间里有橱柜，因此还多收了两卢布。

只有一个房间在入口的右手边，其他房间都在左手边；右手房间的窗户朝向前院，而且有两个窗户；窗户上挂着白色的窗纱，窗台很整洁。其他房间里有的东西，这个房间里都有，与其他房间不同的是：床用屏风隔开，桌子被擦得锃亮，桌子前面是沙发，当然，沙发挺破旧的，但还可以坐人。还有一个小圆桌，一个类似圈椅的东西，角落里立着一个摆放洗漱用品的架子，上面有镜子和一些小瓶子。特别令人惊讶的是，这个房间里井井有条：所有的东西都在固定的位置上，收拾得精心而整洁，总而言之，一下子就能猜到这里住的是一个女人。

大学生奇格林斯基每次走进这个房间都会很激动，相比而言，他的房间是窗户朝向后院的最小的一间。房间里只能放下一把椅子。而房间里无论什么时候都是乱糟糟的，给人的感觉就是这个房间无论如何也不可能收拾整洁。女房东每天早上收拾房间，但是她刚离开五分钟，这些东西就自行改变了位置，看上去像一个星期没有收拾过一样。也许，这就是男住户的特点。而事实上，在外人看来，奇格林斯基的房间就像是一个废弃的小仓库，里面堆放着各种各样的破烂儿。

如果有人打量这个房间时，正巧奇格林斯基坐在桌旁或者躺在床上，那么会认为他和这些破烂儿融为一体，因为奇格林斯基这个人的外表看上去就特别奇怪。

晚上八点，奇格林斯基坐在窗户朝向前院的房间的沙发上。他用力地咬住下嘴唇，时不时地伸长脖子，把缠进胡子里的头发扯出来，一声不吭，表现得很不安。他沉默着，这个房间的女主人玛丽娅·彼得罗芙娜·罗巴季娜也沉默着。她心情不好，不时地发抖，裹着厚毛围巾。

“我不明白，”她说，“您为什么要待在这儿还不说话呢？如果您想说什么，您就说啊，为什么要和我一样沉默呢？天哪，太烦闷了！”

奇格林斯基带着一种绝望的神情看着她。当需要聪明，他却表现得很愚蠢的时候，他的脸上就会带着这种神情。他绝对不是一个愚蠢的人，在适当的场合还能说有趣甚至是风趣的话。但就是现在，他给出的回答让玛丽娅·彼得罗芙娜苦笑了一下，他的脑海中没有任何合适的想法。

“是的，您总是说我哪儿都不好！”奇格林斯基冷冷地说，“这只是多余的证明。”

“哦，我很少给您安慰！”

奇格林斯基觉得不幸福，因为罗巴季娜对他的殷勤不是很在意，但有时候，当他的脑子里有一些想法的时候，他表现得还是挺有魅力的，这时候他能感觉，她在聚精会神地听他讲话，甚至可以说是带着好感。但这种情况很少，罗巴季娜和他在一起的大部分时间都觉得很无聊，所以她经常找其他人交流。

与之相反，奇格林斯基觉得罗巴季娜越来越吸引他。一年前她出现在他的视线里，刚开始他觉得她很奇怪，特别活跃，神经质，经常做出一些意想不到的事情，常常显得笨手笨脚、不知分寸。有时候，她的神情直白地暴露了她心里对别人的看法。这种神情出现得特别突兀，没有人喜欢这种神情。她外表平常，不是很出众。她长着一张巴掌脸，有着充满活力的小眼睛和多变的眼神，但是，总的来说，在那张脸上有着与众不同吸引人的地方，充满热情，会引起人们的好奇心。奇格林斯基被它所吸引，沉沦其中。正是她的那双眼睛引起了他的好奇心，他对罗巴季娜越来越感兴趣。

“听着，”罗巴季娜说，“我认为，您最好还是回您自己家里去。”

“好吧，如果我让您感到厌烦……”

“哎呀，不是的，不是那样的……只是我和您都是这种忧郁的性格，我们晚上还是分开比较好……”

“我走！”奇格林斯基说，“但是，您知道，我会很忧伤的……您知道的……”

“是的，我知道，我知道，我都知道！”罗巴季娜神经质地说道，“可是这无济于事。您爱我，对吗？那么，这是很愚蠢的！”

“为什么愚蠢？”奇格林斯基问道。

“就是这样，很愚蠢！恋爱就是一件愚蠢的事。这是小孩子才会做的事……”

奇格林斯基站起来，装作要走的样子。就在这时，前厅传来了响亮的门铃声，接着走廊里响起了女房东啪嗒啪嗒的脚步声，女房东不知为何总不穿正式的衣服，似乎一辈子穿的都是睡衣。也许这是因为她居住在昏暗偏僻的地方，仅仅能摆放下一张床，而所有其他的房间都住满了租户。一分钟后，门闩响了一下，随后一只手伸进房间里，递进来一封信。

罗巴季娜兴奋起来，从座位上跳起来，接过了信，高兴地喊叫着打开了它。

“太巧了！”她用着异于自己嗓音的声音喊道，“原来今天有晚会……但是我不知道是什么晚会，邀请函上写着……”

“您收到邀请函了？”奇格林斯基问道。

“是的，您看。”

“是谁送的？”

他变了一种情绪问道，似乎对罗巴季娜收到邀请函而感到嫉妒。

“真不知道！”玛丽娅·彼得罗芙娜小声说，但斜视着奇格林斯基，开始怀疑他问的是不是心里话。

“也就是说，您要去？”

“嗯！……我和谁一起去呢？”

“是啊，这是一个问题！”奇格林斯基嘟囔着，转过身。

也许，他怕的正是她下面说的这句话。

“听我说，您应该和我一起去！”

“我？”他讥笑了一下，而且这种讽刺当然是自嘲。

“当然是您了……这有什么惊讶的？您总是说您对我的感情，却不愿意和我去参加晚会。”

“玛丽娅·彼得罗芙娜，您明白的，感情是一回事……”

“而帮忙是另一回事?”

“哦，不是的，不是这样的，您没听懂我说的话，但……”

他迟疑了，显然他很难一下子解释清楚。但玛丽娅·彼得罗芙娜想让他无论如何都要和她一起去。当时奇格林斯基感觉必须直截了当地告诉她原因。

“您听我说，玛丽娅·彼得罗芙娜，难道您认为我能和您一起去吗?”

“为什么不呢?”

“那您看着我。”

“嗯，我看着呢。”

“您仔细看着我。”

玛丽娅·彼得罗芙娜走到桌子旁，拿起了蜡烛，以一种有点儿滑稽可笑的样子开始仔细地打量他。突然她大笑了起来。

“哎呀，真是这样啊！但是太奇怪了，我认识您这么久竟然从来没有发现。的确，这是不可能的!”

“您没有发现是因为,”奇格林斯基有些难为情地说,“您从不需要这个。我的衣服和这件事能有什么关系呢?”

的确，玛丽娅·彼得罗芙娜直到此刻才注意到奇格林斯基穿的是什么……她知道他非常穷，上课挣点儿小钱，但是没想到，他竟然贫穷到了这种程度。他的礼服磨得有些破旧，有的地方磨得发亮了，就像擦得锃亮的皮靴。衣服的里衬有些脱落了，有的地方还残留着里衬的一些黑色线头和破布，从衣袖和衣襟下面露出来；磨得僵硬的胸襟、领子、袖口，所有的这一切都是因为他至少有两个星期没有清洗过这件衣服了。但是最可怕的是他那条紧贴双腿的瘦裤子，这条裤子太长了，裤脚都磨坏了，像流苏一样，让人看着就觉得奇怪。

奇格林斯基特别局促、窘迫地站在她面前，渴望找个地缝钻进去。

“是啊，这样当然是不行的！”罗巴季娜说，“但您听我说，我想去参加晚会！您得和我一起去。”

“玛丽娅·彼得罗芙娜，”奇格林斯基回答说，“您要知道，我特别想，您知道我对您的感情……”

“哦，先生！现在说什么感情！现在需要的是礼服和衬衫，您却在说感情……去参加晚会完全不需要任何感情。”

“那我要做什么！我又能做什么呢？”奇格林斯基大声地说。

“我怎么会知道？我又不能给您礼服，您自己也清楚，这是不可能的。”

奇格林斯基开始心事重重地、烦躁地在房间里走来走去。罗巴季娜坐在桌旁，用手托住头，看起来特别的烦恼。他的脚步声激怒了她，她背对着他，头也不抬，烦躁地说：“听着，如果您想这么走来走去，那么您可以在自己的房间里这么走。”

奇格林斯基停下来，悲伤地看了她一眼，随后朝门的方向走去，出去了。他走过昏暗的走廊，走廊里墙上的小灯亮着，灯泡里有很多烟炱，灯光昏暗。他回到自己的房间，点燃了蜡烛。他的房间通行困难，但是他仍然走个不停。他不能坐着或者躺着，而且他的踱步更像是某种疯狂的跳跃：一个方向走三步，然后就要转身。

“女人就是奇怪的动物，”奇格林斯基以哲学思维思考着，“行事任性，经常做一些意外的举动……要是没有这个邀请函，她就会一整晚安静地待在家里！”但是，他随后想到他从她房间离开时罗巴季娜坐在桌旁的样子；他想，是因为他的缘故，她经受了怎样的烦恼，而他似乎不能任由事情变成这样的结果，他非常在意她的想法。“这之后她就会彻底地恨我。”奇格林斯基绝望地想着。

旁边，透过紧锁的房门，传来轻轻的鼾声。隔壁房间里住的是技术学校的学生，乌克兰人，姓布雷格。他已经大约两天没有从房间里出来了。布雷格是一个疑心非常重的人，经常认为自己患了重病；这次他只是得了轻微的感冒，而他习惯性地认为自己必死无疑了。

奇格林斯基的脑海中突然闪过一个念头——向他借一件衣服。他敲了敲门。

“您有什么事啊?”布雷格用病恹恹的声音问道。

“可以到您这里待一会儿吗?”奇格林斯基问道。

“进来吧。”

奇格林斯基快速地从自己的房间跑到隔壁的房间。布雷格躺在床上，把被子扯到下巴处。床边的椅子上放着一些胶囊、处方和点燃的蜡烛。

“您身体怎么样了啊?”奇格林斯基问道，更多的是为了表现出一些关心，以博得布雷格对他的好感。

“很糟糕!”布雷格回答道，“一直咳嗽。应该是得了结核……”

“您听我说，您能帮我一个忙吗?”

听了他的话以后，布雷格用惊恐的眼神看着他。因为与其他人相比较，布雷格的生活还是相当不错的。他经常收到家里的钱，他完全可以住在更好的住宅里，只是出于节俭考虑，他才住在这里。奇格林斯基不喜欢借债，因为他自己没有偿还的能力；而布雷格知道，这个邻居从来都没有钱，所以他这个时候怀疑，奇格林斯基是想向他借钱。

“哦，您知道，我实在是不知道怎么办了，”布雷格打断他的话，不想让他提借钱的要求，故意说道，“离老家寄钱的日子已经过去一周多了，却什么也没收到……”

“会寄来的，”奇格林斯基平静地说，“一定会给您寄钱来的。布雷格，您今天不外出吗?”

“我能去哪儿啊，难道有什么急事吗?”

“嗯，或许现在有急事，今天晚上，也就是说，您不外出?”

“我出去与否和您有什么关系呢?”

“嗯，是有关系的，我想问问啊。您看，是这么个情况……我今天要去一个地方，很正式的一个场合……而我的衣服，您也看到了，是什么样子的。”

“您想穿我的衣服?”

“是的，您允许的话。”

“哦，您知道，我从来没做过这样的事情。并且，您个高，我个矮。”

“这没有关系……重要的是有礼服就可以，什么样的礼服并不重要……”

“不，您别说了！我不能让我的衣服穿在别人的身上。”

“您不借给我?”

“不借。”

奇格林斯基回到了自己的房间。十分钟之后，有人敲响了他的房门，随后传来了玛丽娅·彼得罗芙娜的声音:

“奇格林斯基，到我这里来。”

奇格林斯基跑去了她的房间。

“我非常想去，我今天应该去！我可以自己去，但是那里太远了，我担心……”

“可以的话，我送您去，可是您要自己从那里回来……”

“不！怎么行呢！万一我在那里没有碰见熟人呢……不行，您最好还是想办法弄到礼服吧。”

“我向布雷格借了，他没有借给我。”

“哦，布雷格！您等一下，我去向他借……”

“他不会借的！”

“也许就借了呢……”

玛丽娅·彼得罗芙娜这时候想起，布雷格看向她的眼神并不是完全的冷漠。她朝他的房间走去，敲了敲门。

“哎，先生！我已经说了不行！”布雷格用极其不耐烦的声音回应道，大概他确信这是奇格林斯基又来请求他。

“听着，布雷格，是我！”玛丽娅·彼得罗芙娜说。

“哦，您，啊……是您？”布雷格激动地说，虽然门是关着的，但出于礼貌，他还是从床上站起来。

“嗯，是我！我能进来吗？”

“当然，请进。只是我不太舒服！不过，没关系，进来吧。”

罗巴季娜走进他的房间，立刻因为强烈的药味而皱眉。她不打算在这里长时间停留，所以马上说道：

“请您帮我一个忙，把您的礼服借给我吧。”

布雷格吃惊地看着她。

“礼服？怎么？把礼服借给您？”

“哦，当然不是借给我。奇格林斯基答应送我去晚会，您明白吗？但是他没有礼服。”

“哦……我已经和他说过了……您看，我只有一件上衣礼服……”

“您也不外出。”

“哦……怎么办呢？好吧……我无法拒绝您……请拿走吧。”

他站在她的面前，似乎在等着什么，而她因为粗心，没有注意到布雷格只有一件礼服，他必须把礼服从身上脱下来，但是他不能当着罗巴季娜的面脱衣服，她也一直在等着。

“您先出去一下！”最后他说，“我需要把礼服脱下来。”

“哦，好的，这么回事啊！那么，谢谢您。”

然后她温柔地看了他一眼，显然是对他的帮助的一种奖赏。

两分钟后她回到了自己的房间，奇格林斯基穿上了这件对他来说有点儿短的礼服，尽管这是件相当正式的衣服，他的脸还是露出绝望的神情。

“怎么样，您准备好了吗？”罗巴季娜问他。

“您听我说，我不知道怎么和您说……”奇格林斯基说。

“还有什么吗？”

“一件礼服太少了……”

“您为什么要两件礼服呢？”罗巴季娜笑着问他。

“不为什么。就是还需要一件……”

她看了奇格林斯基一眼，这个时候才看到他是有多么的局促不安。

“天哪！”他绝望地大喊一声，跌坐到椅子上，“我是不幸的人！就是您同意，我也不会允许自己这样去的！您知道，我是有多么想和您一起去！”

“的确如此……我倒是能给您再弄到一件礼服，但是……”

奇格林斯基对此没说什么。他把双手插进头发里，忧郁地垂头看着地面。玛丽娅·彼得罗芙娜这时已经完全做好了参加晚会的准备——淡褐色的头发鬈曲着，白色的新外套，小蝴蝶结，小胸针，细高跟鞋。

“我拿您怎么办呢？”她低声地说，“您说，安恰罗夫在家吗？”

“可能在家。”他的回答从靠近地板的地方传来。

“您去向他借。”

“不会借的，他不会借给我的。我和他关系很紧张。”

“您啊，您怎么这样！您听好了，我不能，不能去借……裤子……”

“您是这么想的！”奇格林斯基彻底绝望地回答道。

“他在四号房间吗?”

“他搬到了五号。”

“我去借。太不可思议了，但是我去借！”

随后她去了五号房间。安恰罗夫的房间里亮着灯。她的手轻轻放在门把手上，推开了门。

“我能进来吗?”

“哦，是您啊，玛丽娅·彼得罗芙娜！”安恰罗夫高兴地回答道，“有什么能为您效劳的?”

玛丽娅·彼得罗芙娜把门完全打开后就站在了门口。

“您听我说，虽然这很奇怪，但是我要借您的……是这样的，奇格林斯基要和我一起去参加晚会，但是他没有……您能借给他吗?”

“没有什么，礼服吗?”安恰罗夫问道。

“不，不是礼服，而是……”

玛丽娅·彼得罗芙娜说不下去了。

“啊，我明白！”安恰罗夫猜到了，大声笑了起来，“您需要什么！……您知道，您对他太仁慈了。我不会借给他的，但是借给您，我是很乐意的。”

就在玛丽娅·彼得罗芙娜幸福地打扮奇格林斯基的时候，主人公自己却陷入了空前的绝望中。她不在房间里的时候，奇格林斯基起身，走向镜子，仔细地看着自己的衬领和袖口，它们看起来非常的糟糕。说实话，穿着它们上街都是很不得体的。但是就算罗巴季娜成功地从安恰罗夫那里借到东西，奇格林斯基无论如何也不能同意她再为他弄到其他什么东西。这个时候他突然冒出一个幸福的想法：他飞快地冲出房间，跑过走廊，直接进入了女房东居住的昏暗的小屋。

“安娜·伊万诺夫娜！看在上帝的面上！”他近乎疯狂地说。

“哦，天哪！”女房东被他的话和语调吓坏了，大喊一声从床上跳起来，“您怎么了？”

“没什么……事情是这样的。您知道，我要和罗巴季娜一起去参加晚会，但是我的衬领……不怎么好。您这里有吗？”

“我？难道我穿衬领吗？您什么时候看到过吗？”

“哦，您没明白。也许，您的洗衣房里有谁的衬领呢？”

“洗衣房？我怎么能把其他人的衬领借给您呢？您会弄脏它们的。”

“您之后再把它们洗干净，我付给您洗衣费……”

“哦，奇格林斯基，您真让我为难……我任何时候都没做过把别人的东西借出去的事。”

“那么请您理解吧，请您理解！我需要和玛丽娅·彼得罗芙娜去……”

“您大概是爱上她了吧？……”

“哪有的事！就是帮一个忙……”

女房东心软了下来，就决定破例一次。奇格林斯基得到了干净的衬领和袖口。没过五分钟，最终，他以完全焕然一新的面貌出现在玛丽娅·彼得罗芙娜的面前。当她在卫生间里整理自己最后的饰物时，奇格林斯基由于精神紧张而疲惫不堪，他坐到圈椅上跷着二郎腿。她在胸前别上一朵小花然后转身看向他，突然大喊道：

“您听我说，奇格林斯基！真是受不了了！您看看您的鞋！这样是不能去的……”

“的确是这样！”奇格林斯基看了看自己的鞋，高声地说。

鞋子下面的部分和上面的部分分开了，微微翘起的鞋子就像是张开嘴的鳄鱼。奇格林斯基用手掌捶着额头说道：

“有办法了！”

随后他突然起身，箭一般地跑进自己的房间。在这里，他找到了装着阿拉伯树胶的小瓶子，异常熟练地粘好鞋掌。

“您做了什么？”罗巴季娜问他。

“就是这样，您知道的，这是我的秘密！”奇格林斯基回答道。

随后他们穿好衣服出门了。奇格林斯基的大衣很薄，所以他扯过罗巴季娜的围巾盖着自己。

举办晚会的礼堂距离他们的房子很远。奇格林斯基什么也没有，他们乘坐由罗巴季娜付钱的马车去的，但是他进这个晚会分文不花，因为他在这里遇见了许多认识的大学生。

当他们走进大厅的时候，他觉得玛丽娅·彼得罗芙娜开始努力地寻找某个人。熟人从她的身旁走过，和她打招呼，但是没有停下。就在这时，走过来一位黑发男子，高高的，身材匀称，眼睛很漂亮，穿着整洁，他向她伸出手说道：

“哦，是您啊！就是说，您收到邀请函了啊？”

“哦，是您给我的？”玛丽娅·彼得罗芙娜问道，她的脸上容光焕发。

“当然了。”

“您太可爱了！”

“我未能亲自去接您，因为我是带我姐姐来的，”黑发男子解释道，“我们进去吧。”

他挽住她的胳膊，他们进去了。

奇格林斯基听到了整个对话，在听到他们最初的对话时，他就感觉自己心脏的跳动变慢了。他背着手站在墙边。整个晚会他都这样站着。他觉得他只要离开了墙，所有人就会发现他身上的衣服不合身。玛丽娅·彼得罗芙娜有时会和不同的舞伴从他面前闪过，但大多时候还是和那个漂亮的黑发男子，随后她又完全消失在他的视线中了。第三个房间里有很吸引他的小吃部，但是他清楚地知道，自己的衣兜里分文没有。然而让他不敢动的更多的是害怕，他害怕阿拉伯树胶会让他出丑。

午夜早就过去了，他认为该回家了。他觉得他有责任和玛丽娅·彼得罗芙娜一起回去。有些人开始离开了，人群变得稀疏起来，而奇格林斯基，最后，决定做点儿什么。他穿过几个大房间，走进小吃部。他最先看到的是玛丽娅·彼得罗芙娜和那个给她邀请函的黑发男子坐在小桌旁。他们聊得很开心，玛丽娅·彼得罗芙娜发出响亮的笑声，黑发男子喝着甜饮料，而她吃着小甜饼。

“哦，是您啊!”玛丽娅·彼得罗芙娜看到他高声地说，她的脸上表现出惊讶，好像她怎么也预料不到会在这个晚会上遇见他一样。

“我想要知道，”奇格林斯基犹豫地说，“您要回家吗?”

“不会，但是……但是您不要担心，会有人送我回去的。您会送我回去吧?”她问黑发男子。

“当然！我答应过您的!”

奇格林斯基突然感到异常的孤独，他一句话也没有说，点了点头，离开了。

他跑下楼梯，抓起大衣和围巾跑到了外面。他为什么要跑呢？明明没有什么让他急着去的地方，他自己也不能解释为什么。直到现在他才觉得自己是多么的可笑。她漂亮，被许多追求者宠着、奉承着、追捧着，她怎么会对他感兴趣呢？如果直到现在他对于她而言是个穷人，那么现在她会认为他是个可怜虫了。

他回到家，开始脱衣服。他厌恶地从自己身上脱下别人的东西，刚一脱完，就立刻躺在了床上，把脸埋进枕头里。要知道他曾和她详细地说过自己的困境。如果说在这之前她对他有一丁点儿的尊重，那么现在，她只会鄙视他了。如果他拒绝和她一起去这个晚会就好了，她也许会生气，但是这样的话，他就不会受到这么大的侮辱了。

他一动不动地躺着，痛苦地想象着，她和那个黑发男子是如何坐在小桌旁激烈地讨论着，深情款款地对视着。

而事实上，他后来发现，玛丽娅·彼得罗芙娜开始以一种令人难堪的迁就态度对待他。虽然说女人可以宽容地对待一切，但如此可笑的状况，女人是无论如何都不会原谅的。

隐情（随笔）

武利茹 译

“被告，您被控于去年十二月三日在自己家中意图杀害您的亲儿子尼古拉·霍洛多夫，您突然从餐桌上抓起一把刀，冲向他，使他脖颈受伤，由医生诊断为重伤。您是否承认此项罪行?”

在审判长开始说话的时候，被告席上站起来一个其貌不扬的干瘦老人，他穿着一件黑色的常礼服，虽不是簇新的，但是做工很考究。他的面色苍白，眼睛周围都是细小的皱纹，看上去是个质朴的、善于思索的人，脸上没有表现出什么恶意，也没有表现出明显的痛苦。他的上唇蓄着稀疏的短胡子，下巴留着细细的白胡子。脸颊凹陷，布满皱纹，头发剪得很短，保养得很好，几乎是全黑的。

他咳嗽了几声，皱了几下花白而稀疏的眉毛，说话一字一顿的，声音不高，微微颤抖着：

“我承认自己有罪！”

“说说，到底是怎么回事？”

“和起诉书里说的一样。我没有什么要修改的，也没有什么要补充的。”

说完这句话，他坐回原位，低下头，把手放到膝盖上。

“被告，是什么让您做出这种行为的？”审判长问道。

老人明显不是很情愿，慢慢地再次站起来。

“我没什么能够补充的。”重复了一遍之前的话，他匆忙地坐到椅子上。然而审判长依然没有结束自己的问题。

“被告！”

老人再次站起来，带着责备的眼神看向问他问题的审判长。他的眼神好像在说：“您为什么要让我痛苦呢？难道您看不出来，我什么都不想说吗？”

“被告，您有权拒绝解释。那么，您要行使这项权利，您不想解释，是吗？”

“我没有什么要补充的！”霍洛多夫老人第三次重复道。

“请坐！”

他坐下，马上恢复原来的坐姿。坐在对面的陪审团成员们开始有些骚动。他们中的一些人看着老人，小声地交谈着。审判长全神贯注地看着某个文件，书记员迅速地写着什么，而旁听席里的人们也和陪审团成员们一样，一边看着老人一边窃窃私语。人们都好奇地看着老人，而他的注意力似乎都集中在自己放在膝盖上的双手上，全然没有注意到周围发生了什么事情。从法庭所有在场者脸上兴奋的表情可以看出，这个案件从刚开始的那一瞬间就攫取了他们的所有心神。甚至坐在审判长两侧的所有法庭工作人员，平时只是各司其职，一般在开始介绍被告人的时候就感到无聊，而这一次，他们也表现得有些兴奋。

“法警先生，请将证人纳利莫夫带上来！”

老人还是那样坐着。证人纳利莫夫是一个三十岁左右的男人，很好看，金色的鬈发，穿着讲究，看上去很快乐，也可以说是很高兴，只有在此刻，当他的眼神偶然落在老人身上时，他的脸上露出遗憾的神情。

证人纳利莫夫用响亮、悦耳的男中音说，很久之前他就被霍洛多夫一家人视为自己人。当霍洛多夫老人还是中学老师的时候，他就是老人的学生；他上大学的时候，他给老人的儿子尼古拉上课，大学毕业后，他在这所中学当了老师，霍洛多夫老师因为年纪大和身体不好而提前退休了。出事前一周，他向老人的女儿求婚了，她同意了。十二月三日，他在他们家里吃午饭；全家人一起吃饭，老人很严肃，沉默无语，老人以前在他面前从不这样。

“恰恰相反，”证人说，“他在家里喜欢闲聊，聊一些很抽象的内容，他经常回忆起他在莫斯科大学读书的那段时光，他总是兴致勃勃地跟我们反复讲述格拉诺夫斯基讲课的事情，他对格拉诺夫斯基非常敬重，有时会眼含泪水回忆，有一次他在莫斯科的街头看到了别林斯基本人，那种幸福溢于言表……而这一天他沉默地吃着饭，就好像没有注意到我们的谈笑声。尼古拉回来晚了，已经开始上第二道菜了，他高高兴兴地走进来，坐到桌前，开一些玩笑，逗得我们哈哈大笑，老人一直看着他，但是一句话都没有说。午饭后，伊万·彼得洛维奇[①]慢慢地剥橙子，他对尼古拉说‘等一下，我找你有事’，尼古拉留了下来，而我们去了书房。我们想老人和

① 老人的名字全称是伊万·彼得洛维奇·霍洛多夫，俄罗斯人多采用“名＋父称”的称呼以对长者表示尊敬。——译者注

他儿子可能有什么重要事情要谈，就掩上了房门，不想打扰到他们。尼古拉读三年级了，经常不在家，凌晨才回来。这非常有损他的健康，老人很不满，我们觉得，他们应该是要聊聊这件事。在书房里我们继续说笑着，喝着咖啡，十五分钟后，突然听见餐厅里有声响。尼古拉在喊叫。椅子倒了，盘子从桌子上掉下来，碎了。我们跑过去，看到了可怕的一幕——老人一只手紧紧地掐着年轻人的喉咙，另一只手拿着刀……尼古拉的脖子上都是血……我们拉开他们俩。老人全身发抖，嘴唇和双手颤抖着。我们把他扶到客厅，让他躺在沙发上。他面无表情……这就是我看到的全部。”

公诉人开始提问。他让证人重复，吃午饭的时候，在儿子回来之前，老人一直默默无语，若有所思，由此可见，当时他就已经在思忖如何实施自己的犯罪行为。证人重复了第一部分的证词，也回答了涉及第二部分的问题，说自己不知道，当老人沉默时，他是否在思考自己的犯罪计划。公诉人又要求证人回忆，当被告还是教师的时候，他是否有残忍的行为习惯，比如“揪耳朵”或者把学生锁在禁闭室里。

“从来没有！”纳利莫夫庄重、果断地说，“他是一个非常仁慈的人！”

“您说，您向被告的女儿求婚了，她答应了您的求婚，是吗?”

“是的，这件事我已经说过了。”

“但是为什么呢?”

“哪有什么为什么……我们就是订婚了。”

“我没有什么问题了。”公诉人结束了自己的问询，不知为何，他讥讽地看着证人和陪审团的陪审员们。

律师则对案件涉及的另一件事情感兴趣。在被告当老师的时候以及退休之后，是否有人见过被告无缘无故地陷入沉思呢？证人没有在被告身上发现一些与其平常状况不符的奇怪举动吗？律师很奇怪，证人竟然一点儿也没有注意到这些问题。相反，伊万·彼得洛维奇始终思路清晰，他的生活态度很积极热忱。是的，但是证人讲到老人眼含泪水地回忆他在街上看到别林斯基。难道他不觉得古怪吗？证人并不理解问题所在。不，他根本不觉得古怪。律师的表情带着些神秘的期望，他又问道，老人是不是喝多了？他那天吃饭时是不是多喝了一杯葡萄酒？他有时会做这样的事情，但喝的量是在合理的范围内。老人那天究竟喝了多少酒，证人不记得了。这个回答让律师很满意。他甚至向证人鞠了一躬，然后说，他没有其他问题了。

“被告，您对证人纳利莫夫的证词没有什么解释吗?”

被告双手搭在椅背上，稍稍欠了欠身。

“事情就是他说的那样!”他说的声音很轻，但是可以被清楚地听到，因为当老人必须站起来做出回答时，法庭里非常安静，和每次庭审的时候一样。

证人瓦尔瓦拉·霍洛多夫被带进来。她是一个年轻漂亮的姑娘，脸色苍白；除了眼睛，她和老人没有任何相似之处，她的眼睛是灰色的，不太大，看上去若有所思的样子，她的脸上流露出忧郁的神情，和老人一样。她说话的声音很轻，断断续续的，好像下一秒就要哭出来。她的证词和纳利莫夫一样，只是有些语无伦次，老是重复，不时地停顿着。公诉人和律师向她提了各种各样的问题，但两个人都很失望地坐下了。她感到头昏，审判长准许她离开了。又进来一个姓霍洛多夫的证人，她叫玛丽娅。老妇人个子很高，姿态优雅，穿了一身黑色的衣服。她想回答审判长的问题，却一个字也说不出来。她的眼泪让她没有办法回答问题，她在号啕大哭。

法庭的工作人员开始打哈欠。旁听席也很明显不再那么喧闹。人们几乎可以确定，这其中没有什么隐情，案件就是这么简单——老人突然精神错乱了。这个案件实在太过简单，对它根本提不起兴趣。只是当老人慢慢地、不情愿地站起来做解释的时候，人们还满怀期待地看着他：他会坦白什么吗？他会突然说出一句掷地有声的话，揭露真相，暴露出一个可怕的家庭秘密吗？人们的注意力一下子又被提了起来……但是，他的全部解释就只有一句话："就是这样。"又无聊，又让人遗憾。

接下来出庭的是女佣和厨娘，还有一个自愿出庭的证人，他是一名老师，他要以局外人的身份说明被告是个什么样的人。被告是一个性格柔和并很公正的人，甚至不会用无意的话语中伤无辜的人。女佣和厨娘听到了餐厅里的叫喊声，盘子摔碎了，小伙子的脖子流出了鲜血……一切如此简单，寻常，干巴巴的。对于案情的披露没有一丝进展，没有一点儿暗示，对人们来说，这就是问题所在……

但是还是有希望的。审判长吩咐法警请证人尼古拉·霍洛多夫进来。这个名字一瞬间吸引了所有人的注意力。这是最后的希望了。

尼古拉·霍洛多夫是一个穿着大学生制服的年轻小伙子。他长得和他父亲惊人的相似。五十年后这又是一个一模一样的伊万·彼得洛维奇，他们上唇是稀疏的小胡子，下巴上是细细的胡子，脸颊上没有须发。他们只有眼睛有些不同：儿子的眼睛更长，颜色更深一些，脸上不带有父亲那种沉思的、忧郁的神情，恰恰相反，他的眼中有一丝冷意。

他面色苍白，但是平静地走了进来，在黑色的小桌前站定，直视着审判长。老人垂着头，而他没有看老人。他穿的制服是崭新的，裁剪得体，穿在他的身上很好看。

"证人尼古拉·霍洛多夫，请说说，您对这个案件的看法吧！"

证人尼古拉·霍洛多夫沉默着，他的脸色依旧苍白，头因为紧张微微地摇晃着。

“您想作证吗?”审判长问道。

“这里，已经，大概，所有人都说过了……我觉得很难讲!”年轻人小声地说道，声音有些发颤。

“您有权拒绝提供证词，但是可以的话，请说说吧……您的证词非常重要……”

“我们一起吃饭……”尼古拉·霍洛多夫小声地说，他在每一个短句之后都会停顿一下，然后又开口，“吃完饭以后，父亲叫我留下来。我们两个人……他突然向我扑过来……之后的事情您都知道了……”

“您和您父亲单独在一起的时候，您父亲说什么了?”

“他说……说实话，我现在想不起来了……”

“证人!”公诉人转向他，“在这件事之前，您和您父亲之间没发生什么吗?比如说，严肃认真的谈话，但您对他说了某个侮辱性的词语?您能否解释说，被告是因为侮辱性的词语而做出报仇的行为?”

“谈话，当然，我们谈过……父亲十分喜欢教训人……”

“您反驳了他，您不同意他说的，是吗?”

“是这样的。”

“比如呢?您还是不能想起什么吗?”

“比如，父亲说起他的当年……他说，以前的小伙子们都有坚定的信念，但是现在的年轻人都没有目标……”

“您是怎么回答的?”

“我说……我是这个时代的人……这个时代是怎样的，我就是怎样的……”

“但是您，可能还说了什么让他这样责备您?”

“父亲不喜欢我的生活方式……”

“具体说呢，他不喜欢您什么样的生活方式呢?”

“比如，我和同学玩文特牌[①]……我们经常聚在一起玩文特牌……”

“您的父亲觉得这是不道德的行为，是不是?”公诉人冷笑了一下，他用这样的眼光看了一眼陪审团成员们，说道，“这里谁不玩文特牌，陪审团的先生们? 我也玩，审判长先生也玩……”

“他说，我现在的年纪应该有其他的爱好，更高尚的爱好，那些有崇高的思想的爱好……”

律师问道:

“证人，您是否注意到，您的父亲已经渐渐老去，思维可能没有以前清晰了?”

尼古拉·霍洛多夫第一次匆匆地看了一眼他的父亲。老人微微抬起头看着他，皱着眉头，但是很认真，也很平静。

“我也这样认为!”年轻人犹豫不决地回答道。老人皱了皱眉，似乎在留心听着儿子的话。

“您父亲的行为让您觉得惊讶吗? 他这样对您，您觉得很意外吗?”

“是的……我没有预料到会这样!”

“您本人怎么解释他的行为呢?”

“不知道……我无法解释!”

他再次看了他父亲一眼，又撞上了他那审视的目光。

“您发现他那天喝了许多葡萄酒吗?”

年轻人说话结巴起来，脸红了，用发颤的、磕磕巴巴的声音说道:

“好像……大概吧……”

① 类似惠斯特和桥牌的一种纸牌游戏，19 世纪末流行于俄罗斯。——译者注

突然老人站了起来，眼睛盯着年轻人，目光尖锐而犀利，他的声音听起来很陌生，好像不是刚开始勉勉强强做口供的那个人，他说：

“请让我来解释吧……我不能再忍了……”

尼古拉·霍洛多夫迅速地看了一眼父亲，立刻又垂下眼睑，往后退了一步。从父亲发红的眼睛和来自内心的声音中，他感受到的不仅是激动，还有要说出一切的决心。观众们也知道了这一点，他们的注意力明显已经不能留在什么都说明不了的细枝末节上了，在这些内容里他们找不到一点儿能够揭示案情的踪迹。突然间，出现了这样的意外。老人简短地说了一句，他不能再忍了。显然，证人们故意没有把事情全部说出来。隐情是有的，他们知道这个隐情，特别是尼古拉·霍洛多夫，他对这个隐情很了解。难怪，当他回答公诉人的问题时，声音那么颤抖；难怪，律师问那些问题的时候，他脸色时而苍白，时而发红。老人的目光让他局促不安，听到他父亲最后的那句话，他哆嗦得那么厉害，整个人歪歪斜斜的。

“证人，请坐！被告，您可以做您的陈述了！”审判长说道。

尼古拉·霍洛多夫踉踉跄跄地走到座位第一排，他的姐姐也坐在那里，纳利莫夫坐在她旁边；他在空座位前停顿了一下，想了想，骤然转换了方向，坐到第三排。大厅里一片寂静。

“他在说谎！这个年轻人是我的儿子，但是我要说，他在说谎！……”老人意味深长地摇了摇头，说道，“他知道的，我没有喝葡萄酒！……那天午饭我几乎什么都没有吃，也没有喝酒，可能喝了，但是绝对没有超过半杯。他知道这一点，所以他撒谎了……他知道案件发生的原因，他很清楚，但是他难以启齿，因为他觉得很羞耻……他的母亲和姐姐，或许不知道原因，但是他知道。法庭上的先生们，你们应该也看到了……我沉默，我不想说出来，我以为，他会诚心诚意地忏悔，说‘事情是这样子的，对此，我觉得非常抱歉’，但是他没有觉得后悔……他觉得，暗示父亲老糊涂了，父亲是个酒鬼，这样显得更加真实……他是怎么说的，您听到了吧？不是直接说‘是的，这一天他喝了许多葡萄酒’，而是间接的‘好像……大概吧……’他不敢直接说。这是一个胆小的说谎者！……先生，他——我的儿子，您看到了，他长得多么像我……先生，我想说的，比您想听到的更多……但是您只有一次机会判断，从而得知真相。事情是这样的。我不知道如何摆脱，也不知道因何而起，我们，所有的父亲，一生都在绞尽脑汁，要给我们的孩子传输正直的信条，而孩子们长大之后的言行举止却总是与我们期望的大相径庭，好像不是和我们一起长大似的……是的，纳利莫夫说的是真的，我回忆起我听格拉诺夫斯基讲课的时候非常开心，我在街上看到维萨里昂・格里戈里耶维奇・别林斯基的时候，觉得自己非常幸福……我跟儿子说，这就是他们需要学习的内容——变聪明，成为一个正直的人，注重细节。他让我感到伤心，因为在青少年应当有更高追求的时候，他却喜欢打牌，想的、说的都是这个，就好像希望快点结束课业，快点升职一样……先生，我对凭借自己努力而升职的人没有一点儿反对的意思。所有人都应当为祖国服务，作为一名教师，我为祖国服务到老，我得到了薪水，得到了官衔，得到了奖章……但这些是我通过一步步努力才获得的。而年轻人在大学一年级就想着这个，这就证明了人心的冷漠，看着他们这样，我既忧郁又伤心。我们不断地犯错，但是之后又清醒地做事情，这些错误是神圣的，因为它们濯清了我们的内心……远离这些错误的人才是痛苦的！……他的生命，是永远的黑夜，在他的心里，是永远的寒冷……”

“被告，请不要岔开话题，只说涉及案件的事情！”审判长说道。

“好的，现在我只讲涉及案件的事情。我平时对我儿子的态度是平静而稳重的，但是我的心里很久之前就对他充满仇恨了。他的生活观，他的行为侮辱了我清澈如雨滴一般的所有过往；他把我视作神圣的理想践踏到了泥沼里……是的，我对他充满仇恨。是这样的，有一天，有一个女人来找我，我之前从来没有见过她。她是一个穷官吏的遗孀，我不能说她的名字。她是个老太太。我和她在我的书房里单独聊了一会儿。她一直在流眼泪，泣不成声。她跟我说了下面一番话。‘我和您的儿子尼古拉是一年前认识的，他可以随意地出入我家，我也习惯看到他了，就像看到自己的孩子一样。我有个女儿，她是我唯一的心肝宝贝儿。她才年满十七岁，刚刚中学毕业，要考大学。她是个漂亮的姑娘，我注意到，他们之间互相有好感。但是我从来没有想过……啊，您作为父亲，肯定理解，我们都想自己的孩子比实际上过得更好……唉，一言难尽啊，我的女儿快要做母亲了……我知道这件事的时候，我绝望得快要疯了。我们都是实诚人。我的女儿甚至都没有哭。她信誓旦旦地说，“我爱柯利亚[①]，他也爱我……他很快就要毕业了。等他毕业了，我们就举行婚礼。我好幸福”。这使我放心了一些。我想，虽然这是不幸的，但是，无论如何，他会痛改前非的。有一天我女儿不在家的时候，我邀请您儿子来我家，跟他说，“所有事我都知道了。我想听听您的个人意见，您对小萨莎是真心实意的。当然，您也应当更明智地表现您自己，但是这件事已经是无法挽救了的”。他脸红了，说道，“您不该怀疑我的心意”。这之后的两周他都没到我家来，后来顺便来了一趟，待了一个小时，然后过了一周，又过了一周，一个月，大概过了两个月以后，他多次从我家门口经过，但是他一次都没有进来看望我们。我的心慌乱起来。我写信责备他，“你为什么不来我家呢？小萨莎非常担心你！你生病了吗？”

① 柯利亚是俄罗斯男人名字尼古拉的一种爱称。——译者注

他回信说他很忙，他在准备考试，并请求原谅——在信里他一个字都没有提起小萨莎……只字未提！……我给他写信说，这样不可以，什么样的考试都不能阻碍他，他应该马上赶过来安慰小萨莎……我补充说，他们的关系让他有义务这样做。他是怎么回复我的呢？在这里！’她递给我一张纸，在上面我看到我儿子亲手写的话语。是的，我认出了他的笔迹。‘米拉·斯基瓦雅女士！我不明白，您要说什么，您需要我做什么？我和您的女儿过去没有什么特殊的关系，将来也不会有……’庭上的先生们，我的儿子，写下了这样卑鄙的话语。我很快就确信了这一点。我努力安慰我的客人，保证我会和我的儿子谈一谈，保证去她家转一转，但是我很久没有和我儿子谈心了。我之前想看看，这些人要的是什么。我去了她家一次又一次，和那个不幸的姑娘谈了谈，我忍不住哭了。她是多么相信他——我的儿子！她甚至在收到他的回信之后依然相信他。她说，这不可能，他是一个实诚人，他一定会回心转意，会出现的。最后，那一天，我觉得有必要和我儿子谈一谈，我跟他说，让他午饭后留下来。庭上的先生们，你们已经听过了，刚才已经有人跟你们说了，盘子掉到地上摔碎了，但是，你们不知道的是最重要的……我和我儿子的谈话内容！我的上帝啊，难道我要在这里再重复一遍吗？这太可怕了！但是我要再说一遍……请给我一杯水吧，律师先生……”

律师看了一眼老人，递给他一杯水，老人脸色的苍白使他很是惊讶。老人喝了一口水，用变弱的声音继续说：

“我跟他说，所有的事我都知道了……他脸上带着恶毒的笑容回答我说，‘啊，有人向您告状了啊’。我问他，‘你不否认，这个女孩因为你要当母亲了，是吗？’他回答道，‘或许吧！’我说，‘你跟她说，你毕业的时候，就会娶她，是吗？’他回答道，‘在这种情况下大家都会这样回答的！’我说，‘如果你是个实诚人，你现在就应该和她举行婚礼！我到督学那儿给你弄到了批准……’他耸了耸肩，回答道，‘难道您希望我因为这样的蠢事，因为这样瞬间的迷恋，影响到我的前途吗?’在这句话之后我还有足够的能力控制住自己，说，‘我只是希望，你不会是个下流的人!’他回答说，请听听看，他的回答，‘啊哈，父亲！您活到老都不明白，如果您一直这么正直，那生命中有些东西您永远都得不到……’他竟然这么说……他的回答让我俩之间的立场变得泾渭分明……我只记得，我整个人都愤怒起来。我不知道，我对他做了什么，我是怎样不知不觉手里拿着刀子的，盘子掉到地上了没有，他叫喊了吗，我都不知道……但是我有模糊的印象，或者，更确切地说，是感觉，我想掐死他……事情就是这样的……这就是全部了!”

他的声音很微弱，几乎听不到，他说完最后一个字以后，跌坐到椅子上。在大厅里响起被告妻子轻轻的呜咽声。他的女儿用手帕遮住眼睛，尼古拉・霍洛多夫坐在自己的位置上，满面通红，他神经质般时不时地揪着自己的胡子。公诉人希望向证人尼古拉・霍洛多夫询问一些补充问题。年轻人再次走到法庭中间，他的眼眶发热，看了一眼审判长，显然，他有些害怕，就好像他对父亲的目光有些闪躲一样。

“证人，您不否认，被告刚刚说的话吧?”

“我不否认。但是……”

老人激动起来，在座位上一直动弹。他向前伸长脖子，非常紧张地留神听他儿子讲话。

“但是……这个事实只是单方面的，是错误的解释!”

这些话似乎让老人坐立不安。他迅速地从座位上跳起来，结结巴巴地喊道:

“我还有话没说……还有一句话！”

“请讲！”审判长说道。

“我只是感到后悔……我只是对一件事很后悔。”

他停顿了一下，重重地喘气。

“您后悔什么？请讲完，被告！”

“我后悔，当时……当时没有……没有打死这个混蛋！”

他重重地坐到座位上，整个人战栗了一下，头靠在椅背上，低声地恸哭起来。尼古拉·霍洛多夫转过身，大步地、坚决地走出了大厅。

人们几乎没怎么听公诉人和律师的最后陈词。公诉人无精打采地、平淡地、某种程度上很形式主义地说，老人在午餐前蓄谋杀害自己的儿子。律师阐明自己观点：在原则上我们没有异议，但是在正常情况下，父母的爱在与人们的愤怒的斗争中应占上风，由此得出结论，被告的行为是在精神错乱的状态下做出的。陪审团同意他的说法，霍洛多夫老人被释放。当他摇摇晃晃地、脸色苍白地走出大厅时，他身后紧跟着哭泣着的妻子和女儿。观众们想着那个一小时之前从这里走出去的年轻人，他们在家里碰面时会怎样呢，他们以后的关系又会怎样呢？

幡然醒悟

武利茹 译

一

当他乘坐四轮轻便马车前往车站的时候，很多市民停下来打量着他，他觉得那些市民似乎都在对着他摇头。他没有乘坐自己的马车，而是雇了一辆马车，就是为了不引起别人的注意。

行李在马车的前部放着，而他穿着一身军装。父亲能为他谋到的唯一优待就是这一张车站直达许可证，来自省城的部队就是从车站出发前往前线的。

马车夫在城里住了好多年，一辈子都在用四轮轻便马车在这里载客，认识这里每个人的面孔，他一边用缰绳驱赶着马一边想着：

“他不愿意去打仗。这日子啊……要知道啊，他帕尔菲诺夫可不是别人。父母骄纵着呢，他想干什么就干什么。但在军队里，有枪管着你，住营房，喝军队里的白菜汤……兄弟啊，钱啊，没什么用。可不像在城里，想买什么就能买到什么……”

马车夫想这些的时候，当然不无幸灾乐祸的心理，和其他终其一生必须努力干活的穷人一样，他经常想象着有钱人的生活，有钱人整天无所事事却衣食无忧。与此同时，他又有点儿同情这个年轻人，他经常听到这个年轻人生活在蜜罐中，因为关于他的蜜罐生活早已被传得满城风雨了。

帕尔菲诺夫·皮缅·那扎里奇是这个城里的首富，他的房子多得数不过来，他还有两个仓库和几家商店，在别的县里还有一家工厂，靠这些他就挣了一大堆钱。帕尔菲诺夫还是个响当当的大人物，方方面面都是首屈一指，无论在什么地方，不管是在大街上还是在教堂里，人们遇到他都会主动给他让出一条道。他高个子，宽肩膀，面颊红润，重七普特[①]，常穿一身黑色的常礼服，头发上抹了油，很老派地梳得油光锃亮。他总是一副精力充沛的样子，做事细致周到，办事雷厉风行。

这个年轻人是帕尔菲诺夫的二儿子（大儿子住在别的城市），深得他的宠爱。二儿子肆意妄为地生活着，就像王子一样，整天无所事事，只需享受生活。帕尔菲诺夫对他非常疼爱，任由他做任何事情，原谅他犯下的任何过错，要是换作其他人做了违抗老帕尔菲诺夫意愿的事，在任何情况下都会遭到他严厉斥责的。

德米特里·皮缅诺察，或者大家都称呼他小帕尔菲诺夫，城里所有人都认识他，却很少有人尊敬他。小帕尔菲诺夫还不到三十岁，但看起来比实际年龄大一些。过于贪图享乐的生活消耗了他很多精力，很明显，这使得他老了好几岁。小帕尔菲诺夫和他父亲一样个子很高，但可不能拿他们一起相提并论：老帕尔菲诺夫就像是钢铁铸成的，像锤子一般强壮，很显然，

① 普特，俄罗斯重量单位，1 普特≈ 16.38 千克。——译者注

没有什么东西能影响他，他想活多少岁就能活到多少岁。这个小帕尔菲诺夫呢，身子单薄，窄胸，面色苍白，头发稀疏，眼里满是疲惫，就像他已经活了三辈子一样。

他小时候也很受宠爱，无论做什么都让父母打心眼儿里满意。帕尔菲诺夫对别的小孩子总是很严厉，要求很严格，别人早已经在做的事情他也喜欢指手画脚。而唯独对这个德米特里，父母恨不得把他包裹到棉花里。在德米特里九岁的时候，他的衣兜里的金子已经叮当作响了。他也上过中学，但时间不长。他习惯了谁的话也不听，一意孤行、任性以及完全不具备做事能力，这使得他不可能在那里待很长时间。

帕尔菲诺夫的钱，当然了，能做好很多事，一直就是这样的，但凡事都有个限度，这不就是嘛，德米特里好不容易读到了四年级，就再也读不下去了。当时他已经不小了，快十八岁了。不管上几年级，他都超龄了，但脑袋瓜子依旧什么也听不进去。再说，德米特里有自己的四轮轻便马车，四匹纯种的快步马，甚至都有过女人了……他又何必在那儿待着呢？

德米特里从中学退学后，到当兵之前，一直无所事事。可能帕尔菲诺夫根本就没考虑过，或者他认为自己的钱是万能的，他对德米特里没有采取任何管教措施，接着德米特里就去当兵了。他不得不很长一段时间穿着军大衣了。要知道，天晓得军事教育究竟是怎样的。

德米特里以前从没有想过学习、考试、军衔这些事情。他带着厌恶的情绪看着书本，看着各种操练，他的脑袋里只有一个念头：怎样才能尽快地摆脱这些东西，重新尽情地生活……

一切结束了，德米特里又过起以前的日子。他沉迷于骑马，喝高级葡萄酒，不停地换身边的女人，到处惹事。德米特里的口味很刁钻，他不喜欢“二手货”，因为这个缘由，他的身上总是麻烦不断，老帕尔菲诺夫花了不少钱去替他摆平这些事。有人以曝光丑闻、告上法庭等方式相威胁，老帕尔菲诺夫不得不用大笔巨款来封口。比如，顺利嫁人的一些女人为自己的丈夫带来了小笔财产，她们用手指指着这些财产说，自己有“帕尔菲诺夫嫁妆”。老帕尔菲诺夫为了吓唬德米特里就让他结婚，但他无所谓，相反还很乐意呢。

战争突然爆发了。德米特里·帕尔菲诺夫从预备役应召入伍。老帕尔菲诺夫开始辗转反侧起来。

德米特里·帕尔菲诺夫不得不再次穿上军大衣，但这一次并不是装装样子，而是要干实事。

二

很多人来火车站送他，送他鲜花、糖果和一大堆没用的小玩意儿。有老帕尔菲诺夫及他的妻子和姊妹们，还有一些熟人，但德米特里对他们态度冷淡，他冷冰冰地看着这些激动的人群，一副心不在焉的样子。

由此反映出他全部的生活、受过的教育和品性。生活中的一切对他来说，都是为了自己的享乐，他可以利用一切东西、一切人，但没有人可以利用他，他也从没为其他人做过任何事情。

生活中，他从没做过什么危险的事，总是有人帮他化险为夷。

虽然有很多节火车车厢，但需要运送的士兵太多了。他们推搡着挤进车厢里，相互紧靠着，打闹，推挤，打趣，并大声地笑着。他们不认识他，所有人都来自不同的地方，态度随便地对待他，而他惊讶地看着他们。

火车启动了，火车站和所有挥动着手帕并大喊“乌拉”送行的人们消失在视线中。车厢内忽然响起了歌声。而他就瑟缩在角落里，什么也不看，什么也不听。

先是在路上，然后是在某个城市里，在操练和等待命令的军营里，度过的几天几夜就像做梦一样。他顺从地垂下双手，全然感受不到这种生活里的点点滴滴。

到处都是与敌人大小战役的小道消息，士兵们焦躁不安，经常与人拳脚相向。

突然传来命令：集合出发。去哪儿呢？无所谓，哪里都可以。

这一切对他而言太突然了。那是个夜晚，在某片田野上……士兵们安静地行进着，然后休息，就直接睡在草地上。天还没亮，在远处的某个地方就响起了沉闷的一声枪响。随后左右两边都传来了枪声。可以清楚地看见远处有一个小树林。传来口令，士兵们站起来，开始跑。树林那边响起了机枪扫射的声音。头顶上有什么东西呼啸而过，嗖的一声，又一声……是子弹。士兵们在树林里四散乱跑，到处是密集的对射声。

他有一种奇怪又不寻常的感觉，仿佛是在最近几周漫长而折磨人的噩梦之后，他终于醒了，活过来了。子弹呼啸着飞来飞去，枪声也砰砰响，就像成千上万个响炮或者从瓶口飞出的软木塞子。但他不觉得可怕，反而觉得似乎很有趣。

他丝毫没有怀疑过，一秒或者一小时后——这没有区别，流弹中的一颗会射进他的头颅，然后他就死了。要不然呢？子弹乱飞，像面粉一样。离他两步远的地方倒下了一个士兵，又一个，又一个……士兵们就像镰刀下的麦子一样，一个接一个地倒下。轮到谁，谁就倒下。要是轮到他，他也会倒下的。疼痛？哪里来的疼痛啊？还没来得及感到疼痛，就已经感受不到了。倒下了，没有呻吟，没有喊叫，倒下了，死了。

而其他人呢，血在他们的手上、脸上以及太阳穴上流淌，但他们仍然手握枪支，瞄准，射击，从一个地方跑到另一个地方。他也是这样做的。

他看到自己的左手有血，但他看到这些就像看到很平常普通的事一样，好像是别人的手在流血，他也感觉不到疼痛，他跑着，俯下身子，瞄准，射击。树林早就看不见了，在他的眼前是几个小山丘，士兵们不断地向山丘那里开枪开炮。或远或近的某个地方，有人群在移动，这是敌军。从那里响起轰隆声，冒起浓烟。炮弹不断地落下来，伴随着巨大的轰隆声。敌人往哪里跑，炮弹就打向哪里，他们不跑了，子弹就从头顶嗖嗖飞过，响起很大声的“乌拉”……

这个时候，不知什么东西在烧灼着他的脖子，就像划着一根火柴，含磷的火柴头飞到了脸上一样。他刚有这种感觉，一瞬之间，这种感觉又消失了。

三

当“乌拉”声再次响起，已经是胜利了。但此时他并没有一起欢呼。他躺在被践踏过的草地上，和其他许多人一起。接着他被抬走了，然后他就一动不动地躺在医院的病床上。但他没有死，胸膛里的心脏还在跳动。

很多个小时过去了，他终于睁开了眼睛，但他应该还没有恢复意识。大概，他还处于梦境中，因为他的脑袋里没有关于这场战役的记忆了，当时经历的一切，他都不记得了。

但他的双眼却看见了，在他头的上方，一个穿着白大褂、戴着白帽子的女人弯着腰，她的眼睛正看着他。

是的，这当然是梦境，因为在生活中这是不可能的，这些巧合是不可能的。出现在他梦境中的这个女人的脸，他再熟悉不过了。

这个女人曾是他生命中众多女人当中的一个。不对，这样的女人并不是很多，只有她一个。

很多女人找他，但几乎都是为了钱，以这样或那样的方式。这些女人来来去去，没在他心里留下一丝波澜，这个女人的情形却不一样，怎么说呢？就像大站点的火车。

她爱他，还要求他发誓对她忠诚，他就随便发了一些誓言。如果她想要誓言，发完誓后就可以达到目的，那他为什么不发誓呢？他喜欢过她，不，更多的是她身上的什么东西吸引着他，挑逗着他，刺激着他，让他疯狂……然后呢，他的目的达到了，但也很快厌烦了，一切都成了泡影，和对其他女人一样。

她的身上也发生了一些事情，但是并没有给老帕尔菲诺夫造成什么麻烦。她很骄傲，没有提任何要求，以无所谓的态度离开了……听说，她好像去当护士了，但他对此并不感兴趣，很快就把这事忘了。

这已经是一年半之前的事了。奇怪的是，她在他苏醒前的那一瞬间出现在他的梦境里。当他闭上双眼时，明显恢复了意识，开始思考这一切。

几分钟之后，他再次睁开了眼睛，却看不到那个女人了。他费劲地、缓慢地向左向右转头，看到了很多床，床上躺着受伤的士兵，他明白了这里是医院，他没有死，他开始慢慢想起发生过的一切了。

医生和医生助手向他走过来，还有一个不认识的人，他们给他检查并包扎了伤口，还让他喝了些东西。但他们刚离开，他又陷入了梦境。是的，还是那张脸，是她——薇拉·安德烈夫娜。还是她的身高，她的身材，挺拔而苗条，只是比真人瘦一点儿。

“谢天谢地！您感觉好多了……您恢复知觉了……您想喝牛奶吗？或者热茶？可以加红葡萄酒……喝几汤匙热肉汤也行啊。”

他看着，听着，但始终不相信眼前这一切。当然啦，这是梦境，但如此真实。那么多的生命，那么多的血，在这声音里颤抖着。对于她的提议，他只字未回，她离开了。但一分钟后，她又走到他的病床边，还端着个托盘，托盘上有茶和肉汤。

他仍然认为这是梦境，但他想喝肉汤，于是他把头从枕头上抬起，她的表情突然变得有点儿奇怪，温柔中带着严厉，她把手轻轻地贴到他的额头，轻声说：

“这不行，你要躺着。医生说的。这样对您可不好。我喂您喝肉汤。”

她小心并很娴熟地喂他喝了几勺肉汤，一滴也没有洒出来。在生活中，他从来没有体验过用餐带来的如此享受。仿佛，每一滴肉汤都流淌进了他的身体里，给他的身体带来了某种喜悦的消息，然后整个身体都是一片欢腾雀跃。他的每一根神经都在为感受到的喜悦而颤抖。他的意识已经很清晰了，不再觉得这是一个梦境。不，不论这样的巧合多么让人惊叹，但这就是她，那个去当护士的，曾被他欺骗和侮辱过的薇拉·安德烈夫娜·杜曼诺娃。

他的头一动不动地枕在枕头上，医生这样嘱咐他的。左手有伤口也不能动。他的身体还很虚弱，但力气正一天天地恢复。意识已经完全恢复了，他早就不觉得这是个梦境了。不，这是有血有肉的现实生活。

但他经常思考生活中存在着奇迹。他最近一段时间的生活发生了太多神奇的事情。他一想到这些就会浑身发抖：交战时的子弹、炮火和伤口，向敌人开枪，子弹在他头顶呼啸而过，炸弹就在离他几步远的地方爆炸了，士兵们失去知觉倒下，他走啊，跑啊，寻找合适的射击点，给枪装上子弹，射击，然后他负伤了，但没有死掉，现在已经活过来了。最后是这个出现在他病床边的他曾经的女人，使得这一系列奇事显得更为神奇。

旁边几个躺在病床上的伤员也都由她照顾，她要么在忙着照顾这个，要么就是在忙着照顾那个，接着来到他的病床前。她的脸上看不出任何窘迫、痛苦或责备，她眼里只有安然的、对所有人一视同仁的怜悯之情。她走过来，询问是否有什么需要，帮忙调整好枕头，仔细检查绷带，然后帮忙服药，需要什么她就做什么，接着走到另一个伤员那里也是这样做的。

刚开始他特别想叫出她的名字，告诉她，他已经认出她来了，并和她说说这令人惊讶的奇迹。但看到她脸上平静同情的表情，他不知为何改变了主意。感觉得到，她在这里不是那个他熟悉的薇拉·安德烈夫娜，而是一名护士，对所有人来说，一视同仁的护士。

他什么都没有说，只是脑海中经常浮现出过去她和他在一起的时候，回忆纠缠着他，他入神地回忆过去，回到已逝的时光里。

天知道，当他仔细地回忆起一年又一年，一天又一天的时候，看着左右两排躺着受伤士兵的病床，他开始感到窘迫又羞愧。这里没有人知道他的过去，也没有人向他打探这些，更不会指责他，责备他，然而他感到很羞愧。

当她走近他的时候，他立即清楚地记起了他和她在一起的那段日子，那几个月，仿佛又看到了她充满爱意的双眼，感受到她那不求回报的温柔，还有他为了达到目的，使她相信他的爱而欺骗她的那些话。

每当她走近他，为他重新包扎伤口，整理枕头、床单和被子，并照顾他吃饭、喝水的时候，他都会因为这些回忆而备受折磨。

“太奇怪了，”他想，“她竟然没做过任何伤害我的事，她本可以好好地折磨我使我痛苦，比如，触痛我的伤口来加重我的病情，使这成为致命的伤口，但她却照顾我，帮我尽快恢复，这太奇怪了。”

他试图站在她的角度上看这些问题，要是有人这么伤害过自己，他是做不到和她一样的，他一定会狠狠地报复回去。这么和她一对比，显得他是如此渺小、卑鄙啊。她在他的眼中越来越高大，变成了一个巨人，一个女英雄。有时候这种感觉控制着他，使得他在她靠近的时候，甚至没勇气看她一眼，就干脆闭上眼睛。

过了好几个星期，他恢复了许多，已经可以下床走动了。他几乎不需要护士的照顾了，她也忙着照顾其他伤员，很少到他这儿来了。

她不在他身旁的这些日子，他感到如此漫长，他感到极度的思念，他实在是太迫切需要她了，对他来说，她已经像一日三餐那样不可或缺了。

他做了一个决定，到他痊愈可以出院的时候，他要找她好好谈谈，告诉她他所有的感受，他对过去是多么懊悔，告诉她，她对他是多么重要，他是多么需要她，然后跪下来恳求她原谅所有的一切，忘记过去，重新回到他的身边，做他的妻子。

这一天终于来了。离开前的最后一个小时，这时他已经换下了病号服，穿上了士兵制服。和还留在医院的战友们道别，他为了拖延时间，说了很多无关紧要的话，因为他需要见的那个她还没出现呢。他站在敞开的门口，往长长的走廊里看，看她是否会在这里出现。他看见了，在走廊的深处，她正不慌不忙地往这儿走来。

他握住双手很快地走到了走廊，朝着她快步走去，把她拦了下来。

“薇拉·安德烈夫娜……请给我几分钟的时间……这是一个发生在你我身上的奇迹，这个奇迹就是这令人惊叹的相遇……我全部都记起来了并且明白了，在你面前我是多么的矮小卑微……我过去的生活是多么的黑暗……请原谅我，并忘了这些吧……让我为您献出我所有的珍宝、思想和呼吸，我离不开您，放下这里的一切和我一起回到我们的家乡……成为我的妻子吧……”

“对不起……我是这里的一名护士……我还有职责在身……患者们还在等我呢……”

她说这些话的时候很平静也很温和，一点儿也不悲伤，就像和患者说话那样，她以前就是这么和躺在病床上的他说话的。她微微低下头，不慌不忙地沿着走廊向病房走去。他在那儿站了几分钟，目光随着她，直到她消失在眼前，随后他往远处走去，离开了部队医院。

但他没有回到日思夜想的家乡，那里突然没有什么能够吸引他了。他找到领导并申请重返部队。“这次或许会死在战场上吧。”他心里这样想。

阿列克谢·列米佐夫

奇闻异事

凶兽

玛尔信卡

记忆深处

阿列克谢·列米佐夫

全名阿列克谢·米哈伊洛维奇·列米佐夫（1877—1957），是俄罗斯白银时代创作风格十分特殊的一位作家，也是一位画家、书法家。出生于莫斯科一个商人家庭。1902年发表处女作《哭嫁》，1905年年初迁居圣彼得堡，开始真正意义上的文学创作生涯。1921年移民柏林，后抵达巴黎。列米佐夫一生创作了大量的文学作品，包括《池塘》《教妹》《钟表》《在囚禁中》等中长篇小说，童话集《循着太阳运行的方向》，还有自传体作品和短篇小说及戏剧，对同时代及后代作家产生了深远的影响。列米佐夫善于将梦境与神话这两种因素巧妙地结合起来，用非理性的梦境手法表达丰富的神话思维。

奇闻异事

单妮娜 译

有一天发生了一件这样的事，科特·卡特费伊为了从独眼女妖的魔掌中把自己心爱的小白兔解救出来，被一股强风吹到了古老的俄罗斯北方城市，那里的一切照旧：历史悠久的俄语，金顶白石教堂，木制人行道。科特想尽办法，也无法离开那里。虽然他没有经历过这种事情，但他曾和航海家辛德巴德本人一起漂洋过海，所以也并没有太惊慌失措。科特决定先为自己租一间房，他在城里不断地游走寻找，最后来到一座老旧破败的小房子前。虽然这座房子看上去十分破旧，似乎随时都有发生火灾的危险，可看着窗户上“房间出租”的纸条，科特仍然别无选择。他敲了敲门，从房间里走出来一个女人。这位其貌不扬的女人尽力将自己保养得很年轻，但也掩盖不住岁月的痕迹。还未松弛的皮肤上显现出老年人才有的核桃皱纹，眼睛不知是哭肿了还是天生就如此忧郁。

“你们出租房间吗?”卡特费伊问道。

“是的，虽然我不知道是不是真的要出租这样的房间。”女人犹豫着回答道。

“为什么呢，我该去问谁?”

“我真的不知道。”女人喃喃地说道。

“那请问女主人在家吗?”卡特费伊看着衣衫褴褛的女人问道。

“是的，我就是女主人。”

“你就是女主人?”

“是的，在这里我们更像是野人。”

科特和女主人交谈了一会儿，每当他要做出决定时，女主人都会重复着提醒他:“在这里我们更像是野人。”

科特还是租了一间房屋安顿下来。

这里有很多孩子，他们跑着上学，衣衫褴褛，头发蓬乱。

房子里很拥挤，充满污秽，臭虫和蟑螂把这里当作它们的温床。

“这些人是怎么艰难地生活下来的?”科特自言自语地挠了挠头。

无论科特问女主人多少次这个问题，只能听到一个答案:“男主人不见了。”

“男主人不见了。”

“那他去哪儿了，在哪里?”

“不见了。”女人依然这样痴痴地说。

科特不得不在这里过冬了，可该如何消磨夜晚的时光呢?

窗户被大雪覆盖。房子里一片漆黑，伸手不见五指。窗外天寒地冻，白雪皑皑，到处是堆得高高的积雪。

他点亮自己的小灯，坐在桌旁织网。

他要在冬天把所有的网都编织好。他一边做着枯燥的工作，一边哼着歌曲。不一会儿便停了下来。

“玛丽娅·季霍诺夫娜，您最好给我们讲个故事吧！”科特从眼镜底下看着女主人。

这个同样忧郁的女人，无处诉说自己的苦闷。她一会儿走进房间，一会儿默不作声地站在暖炉旁。

科特这样叫了她三次，她才终于开始讲起了故事。你从来没有听到过这样的故事。

臭虫咬你，跳蚤嗑洞，蟑螂在墙上爬来爬去，你什么也感觉不到，你什么也听不到，你在云层下坐着飞毯去找活水和死水。

这不是从海洋那边吹来的风吗？风已经袭来，把声音吹到遥远的古俄罗斯。这不是敲大钟吗？复活节的钟声时断时续，响彻整个古俄罗斯。钟声飘过潮湿的大地。心情激动兴奋。忧郁退却。地球啊！你的大地是亲爱的先知母亲。那里满是绿枝，树枝上长满罂粟花。而那里贤明勇敢的伊戈里骑着一匹白马飞奔过田野穿过森林。这是给你的起死回生之水——神水。不是玛丽娅·季霍诺夫娜，而是童话中聪明美丽的瓦西里萨公主望着科特。

就这样一个故事接着一个故事，一个晚上就会过去。

科特本身也是一个爱讲故事的人，他非常喜欢这些童话故事，所以整个冬天里他都没有好好地织过一张网。网上不需要打结的地方他打了结，所有的东西都和童话故事交织在一起。

春天来了，科特和女主人刚一起庆祝了复活节，就被一阵强风又吹到了其他的国度。不是阿拉伯国家，也不是土耳其国家，而是另一个完全不同的国度。

凶兽

单妮娜译

夏日渐短，阳光不再炽热。

没有鸟儿啾啾叫，没有秧鸡啄麦穗，蜜蜂筑好了蜂巢，而白桦树的叶子却没有了往日的神采奕奕。

绿色的花楸被红色的果实压弯了腰。

夏天已经过去了，甜美的秋天到来了。

“莱拉，白鼬的女儿，你往哪儿看呢?”

“啊，阿拉列，在那个夜里我做了一个梦!”

“那你为什么不叫我呢?”

莱拉讨好地说道:“我倒是没有那么害怕。”

“不，你特别害怕。”

“就有一点点害怕啦。”

“那你梦见什么了?”

“我梦见……我上了战场，在黎巴嫩战场上！那里没有干芦苇，而是驻扎着军队；没有灰色的蜜蜂，而是子弹纷飞；尸体像树干一样倒下，头颅像树叶飘零一样掉落；流淌的血液就像那陡峭的溪涧。并且在陡峭山峰的那边，可怕的乌云正朝我们飘来……瞬间变得就像夜晚，我骑上一匹有着红色马鞍子的灰马疾驰。马刺在闪烁，马蹄铁也在闪闪发光。我疾驰在荒原上，听见风在吼，我踏上有亮光闪烁的芦苇，我飞快穿过满是露水的树林。我走出了战场，这时太阳升起来了。太阳升起来了！”

“莱拉，而我梦见你好像在一个小小的摇篮里，我把你抱在怀里，就像这样抱了一会儿。”

“阿拉列，别把我摔了！”

阿拉列唱起了歌，莱拉也随着唱起最喜爱的歌。

他们一起唱歌，没有发觉竟然遇到了一只小野兔。

小兔子坐在一旁，竖起了耳朵，挠着自己的后背。

留小胡子的家伙自言自语道：“有人在森林里伐树，有人在森林旁边加工、处理并运往大路，他们要建一艘新的小船。在船的角落有布谷鸟。”

莱拉高兴极了，跳到地上，奔向小兔子并说道：“那我们就可以乘船游玩啦！”

然而留小胡子的家伙跳着跑开了，莱拉连小兔子的耳朵都没有看到。

四周一片祥和，平静的天气，连一丝风也没有。

地上绿色的小青蛙向机敏的蚊子吹口哨，唱着自己的歌。

夏天过去了，甜美的秋天到来了。

“莱拉，白鼬的女儿，你往哪儿看呢?”

“啊，阿拉列，有只老虎朝我们跑来了！”

“等等，你在哪儿看见的?”

“就在那儿，红褐色的毛，熊状的爪子……他不会伤害我们吧?”

“那是狼獾，又称北方的老虎，他敏捷得像兔子，聪明得像鸫。”

狼獾听到阿拉列和莱拉的对话，没有感到很惊讶。狼獾猜测，他们能够理解飞禽走兽的语言，不过大概是在吃东西，吐字不清！他并不打算攻击他们，而是走近他们并问道：“旅行者，你们要去哪儿啊?”

莱拉答道：“去海洋。”

狼獾再次问道：“去海洋?”

莱拉肯定地说：“是的，狼獾。请放开我们的猫。”

“要知道这不是很远，不就在熊窝的后面吗?”

“嗯！再远些岂不是你的洞穴了!”

狼獾有些不安。

狼獾鼓起勇气说道：“你们见过大象吗?”

“什么大象呀?”

“离这儿不远住着一头大象，你们千万别告诉任何人，我们野兽把大象藏起来了。”

“让我们看看大象呗!”

狼獾说：“我可不知道。”他懊悔自己说漏了嘴。

“我们不会碰它的。”

“好吧。”狼獾投降了，领着他们去看大象。

他们在森林里走了许久，他们吃力地穿过密林，走过垄岗，走过长着树木的小丘和金色的苔藓，他们跳过树桩和木墩子，经过稀疏的云杉树桩，经过失去光泽的白桦树桩，经过长了绿霉的白杨树桩，穿过发红了的赤杨树桩，来到了榛树林。

狼獾说："我马上就来，我会追上你们的。"便钻进了灌木丛。

他们没有狼獾的陪伴，于是一边前行一边吃坚果。

在榛树林后面露出了一片林中草地。

在草地上有一只年老的大象，长牙，脑袋上长着稀疏的长毛。

大象挥动了几下尾巴，缓慢地抬起它的长鼻子，说道："你们好！"

不知是不是被大象的脚趾吓了一跳，莱拉突然惊叫道：

"是狼獾带我们来的，就是他。"

狼獾若无其事地走上前来。

狼獾低声说道："不要打扰大象，虽然大象很温顺，就像松鸡，但你不要露出獠牙让他感觉到厌烦。"

阿拉列和莱拉开始求大象："就随便给我们讲点什么吧！"

狼獾随声附和道："是啊，就随便讲点什么吧！"并且又一次低声道，"不要碰大象的尾巴，大象不喜欢。"

大象笑着卷起了自己长长的鼻子，咬着下嘴唇说道："想听关于老鼠和喜鹊的故事吗？"

阿拉列和莱拉分散地坐在大象鼻子下面的林间草地上，准备好了听大象讲故事。狼獾也跟着他们一起坐了下来。

大象讲道："从前在那儿住着一只老鼠和一只喜鹊，喜鹊把垃圾打扫出去，老鼠获得了火种，她们就这样生活着。一次，老鼠从干草堆离开，并嘱咐喜鹊做白菜汤。喜鹊开始做白菜汤，并做好了一锅。当老鼠回来的时候，敲门道，'喜鹊小姐姐，开门，开门！'老鼠心想，如果没有抓手，怎么可能打开门呢？白菜汤可都煮好了。老鼠发现了一个裂缝，她吃力地钻进院子，打开棚子，挪开了许多干草，腾出一片空地，进入了小屋，然后把白菜汤从炉子上取下，吃了起来。这一情形被喜鹊撞见了，老鼠就把喜鹊啃了个干净，并用她做了船的支柱……”

莱拉打断道：“在船的角落不是布谷鸟吗?”

狼獾察觉出大象弄错了，但还是说：“别打扰大象讲话。”

大象已经混乱了，并且全然开始讲另一个故事：关于母猪和公马的故事，这两个朋友有着向上卷起的小尾巴，长着花条纹，差一点儿相互吃掉。

狼獾启发了大象许久。

大象总算清醒过来。

大象说道：“一些印度公鸡笑了，这并不好笑，也没什么可笑的。”大象继续讲故事，老鼠做了一艘小船，放到小河里，她坐在船中，驶向远方。她用竿子撑离开河岸，在陡峭的河岸旁用桨航行。竿子是用水獭的尾巴做的，而桨是用海狸的尾巴做的。这时兔子走过来说道：“老鼠妹妹，让我上船吧!”“不行啊，你走吧，我的船太小啦!”“我就用后爪在上面站一会儿。”“我该拿你怎么办啊，上来吧!”后来，狐狸和狼都想坐上老鼠的小船。老鼠让他们都上船了。熊走过来说道：“老鼠妹妹，让我上你的小船吧!”“我们已经很多人了，你太笨拙了，小船坐不下你了!”“我就用一条腿在上面站一会儿。”“快上来吧，我无法拒绝你!”熊坐上了小船，小船翻倒了，所有人都淹没在水中。

大象弯下他的长鼻子，让听众帮他挠痒，并且挥着尾巴说：

“太阳下山了，明天会有风。”

狼獾低声说道：“谢谢你，大象，我们该走了。大象想要睡觉了，我会把你们带到大路上。”

阿拉列和莱拉站了起来，对大象道谢，抚摸了他的鼻子，大象的鼻子好柔软！然后他们安静地跟狼獾走了。

太阳已经下山了，只在山丘上留下了淡红色的余晖。暗淡的余晖，像血一样四溅，又像草莓。

狼獾说：“你们去沼泽地会很危险，不如去小河边吧，我在那里和你们道别。”

“为什么会有危险呢？”

“是有水怪吗？”

“什么样的水怪呀？”

“你们以前没见过他吗？”

“没有，没见过。”

“就是一个额头上长满疙瘩的大块头？”

“不是。”

“一匹腿上没有毛的马呢？”

“你是狼獾，在和我们说水怪！水怪到底长什么样呀？”

“啊，非常吓人！它就是这样的水怪！它会把你拖入沼泽，不松开。水怪就像这棵白杨这么高，身体呈白色，身上长着兔子一样细细的毛，手大得像翅膀，还带着红色的爪子，被爪子抓到的话，它虽然会很温柔，但会像悬钩一样，使你痒得要命。”

“那我们悄悄地去个隐蔽的地方，他就不会抓到我们了。”

“那细腿的小马呢？”

“你这只狼獾是故意的吧！我们是不会害怕的！”

狼獾决定了，说：“去河边吧，你瞧岸边，黑貂挂在那上面就像针一样。”

“你这只狼獾知道这么多，教教我们吧！”阿拉列和莱拉紧紧抓住狼獾。

“我教你什么！我们和老虎一样，可是凶猛的野兽。我是教你如何玩弄斜齿鳊，如何像白鲑一样互相泼水，像狗鱼一样辗转不安，像鳊鱼一样漫步，还是像圆腹鲦一样有精神？”狼獾亮出了白色的牙齿，便跑进了森林。

他们去了岸边。

外面刮起了风，在小树林中呼呼作响。

灰色的蜗牛抬起了他的触角，天黑了。

柳树上的大雁站了起来，伸出他蛇形的脖子。

莱拉同他道别："再见了，蹼足雁，你是要飞走了吗?"

他咯咯地叫着："走啦。"

"去温暖的地方!"

"在湛蓝的大海上。"

"请别忘了问候，蹼足雁!"

"会问候的，会的。"

大雁飞走了。这时雁群出发了，前往那遥远的、蔚蓝的大海。

星星探出了头，湛蓝色的天空上繁星点点，满天星斗，一颗颗流星划过天际。

夏天已经过去了，甜美的秋天到来了。

"莱拉，白鼬的女儿，你在看哪里?"

"哈，阿拉列，我们的船启航了!"

"你在哪里看到它的?"

"那里……"

"这不是我们的船，这是老鼠的船，船上有老鼠、兔子、狐狸、狼，还有熊。"

"但我们的船在那里，在那里……角落里有布谷鸟。"

他们爬上山丘。点燃灯火。

伴着火光，他们在枫树下度过了一个晚上。

"老鼠的船望不到了，它沉没了。我们的船也望不到了，它消失在大海中。”

风啊，你静静地吹，不要吹动枫树，不要吵醒莱拉！

“现在我们的船在海上漂荡着。幸运是会降临在我们的命运中的。还是遥不可及，看不到终点，看不到岸边。随波逐流，看不到终点，看不到岸边？”

风啊，你静静地吹，不要吹动枫树，不要吵醒莱拉！

莱拉静静地睡着。她把手贴着胸口。淡褐色的头发散落在侧面。她梦见，她身穿白衣，就像新娘一样，她坐在白色的桌子旁边，拿着鲜红的玫瑰，像新娘一样。

风啊，你静静地吹，不要吹动枫树，不要吵醒莱拉！

鸽子的翅膀在风中飞舞，他的眼里充满泪水：不久后他将独自留在田野。

夏天已经过去了，甜美的秋天到来了。

玛尔信卡

单妮娜 译

在空旷的田野上住着两只小老鼠，短尾巴的阿利什卡和长胡子的玛尔信卡。老阿利什卡出门觅食，叮嘱小老鼠待在家里，收拾床褥。小老鼠的床是用树叶做的，枕头是用花儿做的，被子是用香草做的。

玛尔信卡在拥挤的洞穴里生活得很好，但是并不开心。用蝴蝶翅膀做成的小窗户泛着点点黄光。洞穴里很黑，小老鼠坐在潮湿的窗台上啃着胡萝卜，用小胡须在蒙上了一层水汽的玻璃上画出它想象中的田野的样子，玛尔信卡从没见过那片空旷的田野。在一个温暖的正午，阿利什卡回到了家，带回来食物给玛尔信卡吃。小老鼠一言不发地吃着，饭后便躺在床上休息。

“姑妈，姑妈，给我讲讲那个空旷的田野吧！”玛尔信卡缠着她说。

“关于那个空旷的田野吗？”阿利什卡打着哈欠，饭后给玛尔信卡讲故事是很困难的，“空旷的田野广阔而温暖，逍遥自在。田野后面是泥泞的沼泽，那里长着勿忘草。沼泽旁边是一片森林，森林后面是欢快流淌的小溪，小溪的后面就是山丘了，在山丘上有一座祖布鲁格里斯基城堡。"

"哦！哦！好想去那里看看呀！"玛尔信卡尖声说。

"那大鼻子鸟呢？"

"什么大鼻子鸟？"

"就是那只沼泽中找到你就会把你吃掉的大鼻子鸟。"

"我不会屈服的。"

"就你一个没屈服。"睡眼惺忪的阿利什卡生气地推开他。

一阵微风从门缝中传来，带来了田间花粉的芳香。小老鼠有些不舒服。

"姑妈啊姑妈，给我讲讲那只大鼻子鸟吧！"但是姑妈已经大声地打起鼾来了。

有一次，老阿利什卡在田间耽搁了些时间，玛尔信卡一个人在家里。他收拾好床褥，然后开始无聊地磨着牙，磨呀磨呀，他向洞外张望着。玛尔信卡动了动他的小胡须，去空旷的田野了。玛尔信卡走过一片又一片的灌木丛，鸟儿在他身旁掠过，猛兽时常与他相伴。沿着沼泽，他穿过了森林，顺着河流到达了一处山丘，这时就到了祖布鲁格里斯基城堡旁边。不知过了多久，阿利什卡回到家，带回来一个装着各种各样食物的袋子。她一看玛尔信卡不见了，也没在洞穴中。老阿利什卡因为伤心不吃也不喝，从枕头下拿出了纸牌开始占卜。

"你为什么离开我？"阿利什卡哭泣着，用树叶手帕擦着眼泪。

纸牌上呈现出可怕的一幕：有独眼鳌和大鼻子鸟，还有各种虾。

"你为什么离开我？"阿利什卡哭泣着，直到深夜。

玛尔信卡在城堡周围走呀走呀，溜进了一个真正的储藏室。储藏室里应有尽有，甜味的酥皮面包，豌豆火腿，粉红色的肥皂和各种颜色的蜡烛。

玛尔信卡把所有的食物都尝遍了，吃饱了之后坐在角落里。坐了一会儿他便开始唱起了歌儿，然后开始思考。他不愿离开，这真是美满而富裕的生活啊！小老鼠拿了一根蜡烛夹在腋下，然后悄悄地走到门外。从山上到河边，沿着河进入森林，从森林里出来到了沼泽，再从沼泽横跨去田野，从猛兽和大鼻子鸟身边经过。玛尔信卡跑回了家里，跟阿利什卡说：

“姑妈，姑妈，我们在这个讨厌的洞里又冷又饿，到祖布鲁格里斯基城堡去吧。”

“什么？你疯了吗？”阿利什卡很惊讶，两只手举起来轻轻地一拍。

而玛尔信卡对姑妈说了关于城堡齿状的城墙，高高的塔楼和城门，说了关于真正的储藏室和里面的所有甜食。但无济于事，姑妈没有信他的话，老阿利什卡吃了一口脂油制成的蜡烛，夸了他一下，却一直坚持着自己的观点。

“我看到了大鼻子鸟，但他没吃我。”玛尔信卡自夸着说。

“那独眼鳌呢？”

“什么独眼鳌？”

“就是生活在河里的，咬住你就会把你的头夹到膝盖里，把你连骨头都一起吞掉的家伙。”

“不会吞掉！”玛尔信卡尖声喊道。

一日之计在于晨。小老鼠静静地躺在小床上。田野上下着细雨，花儿、草儿还有浆果上都沾着水滴。

“姑妈啊姑妈，给我讲讲关于独眼鳌的故事吧！”但是姑妈已经进入美妙的梦乡中了，还在说着梦话。

天还没亮，阿利什卡就叫玛尔信卡起床。深夜里老阿利什卡梦见与之常常打交道的母山羊到她家里来做客，母山羊长着金色的角。梦见母山羊是幸运的，可梦到公山羊是不幸运的。老阿利什卡和玛尔信卡都打扮得漂漂亮亮的。小老鼠们在小镜子前转来转去很长时间，他们的镜子上有露珠，他们在精心地打扮自己。太阳已经升起来了，小老鼠们从洞里出来开启了危险的旅程。沿着田野走着，一路很是惬意。清新的田野很空旷，温暖而辽阔。夜里的雨水打湿了小草，蓝色的花朵随风摇摆着。

“姑妈，姑妈，空旷的田野！”玛尔信卡尖叫着。老阿利什卡用小爪子遮住了眼睛。

“姑妈，田野上有这么多花儿啊！”

老阿利什卡想了想，呈现在眼前的是泥泞的沼泽。小老鼠们安静了下来，弯着身子。

“你们在那里闲逛什么！”大鼻子鸟大声招呼着。这可坏了，在沼泽遇到麻烦事了。小老鼠们爬呀爬。

“我们只是要去城堡。”阿利什卡低声说。小老鼠们的心脏剧烈地跳动着，十分害怕。

“啊！你们要去城堡啊……”大鼻子鸟大声喊道。

好不容易才从大鼻子鸟身边溜走。小老鼠们害怕地走到了森林中。不知道从哪里冒出一只长着金色角的山羊。

“去哪儿?”“说!”“你们老鼠是赶路吗?”

小老鼠们坐在冰冷的灌木丛下，把所有的事情都讲给了山羊听。

“哎，走吧，上帝保佑你们，只是不要碰我的小羊儿啊！”山羊用手指着说道。

“我们不会碰的，你说什么呢，山羊！”小老鼠们说道，与山羊告别后就开始赶路了。

前面是一条湍急的小河。小老鼠们坐上小船，出发了。小爪子被水弄湿了，与小鱼相互对视着。小河很漂亮，水很清凉，在阳光下能游会儿泳可真好啊！小老鼠们想在河里洗个澡。可是当他们靠近岸边的时候，独眼鳌一下子抓住了他们并夹住了他们的尾巴。小老鼠们大哭起来。

“放开！”小老鼠们说道，“放开我们，独眼鳌！”

“不放。”独眼鳌说道，“拿钱来赎自己吧。”

小老鼠们给了他银子、金子还有宝石。

“不需要，”他说，“我用不上你们的银子、金子还有宝石。”

好不容易摆脱了独眼鳌，答应他给他半个王国。小老鼠们的整整半个鼠国啊！独眼鳌坐在虾背上，钻进了河里，而小老鼠们爬上了小山。

“见鬼去吧！”阿利什卡站稳后说，虾缠住了阿利什卡的耳朵，“和你在一起，玛尔信卡，连尾巴都会丢掉的。”

玛尔信卡催促着说：“姑妈，姑妈，城堡那里是白色的，有尖尖的塔楼。”

小老鼠们爬呀爬呀，慢慢地爬上去了。小老鼠们在可怕的城堡周围转了一圈，趁机从门溜进去，直接进到了真正的储藏室。真正的储藏室里应有尽有。

“你看，姑妈，甜味的酥皮面包，豌豆火腿，还有粉红色的香皂和各种颜色的蜡烛……”

玛尔信卡刚说完关于蜡烛的事，锁头就开始咔嚓咔嚓地响起来。在头上的某个地方，护窗板啪嗒一声被打开了，从天花板的窟窿里开始掉下小烤肠般的东西：蛇不是蛇，虾不是虾，天知道是怎么回事。怪物掉了下来，露出了牙。

“又是这些令人厌恶的老鼠！找到他们，芬卡尔，抓住他们，踩死他们！”

“好吧，压死吧，踩死吧！”一只叫芬卡尔的狗回答道。

老阿利什卡钻进碗里，玛尔信卡钻到碗下，小老鼠们半死不活地坐着。

“喏，芬卡尔，老鼠们走了。”

护窗板啪嗒一声被关上了。咔嚓一下锁上了。一连几个小时过去了，小老鼠们安静地、傻傻地坐着，并没有吱吱叫。玛尔信卡从碗里爬了出来。

“姑妈，姑妈，快点走啊，最好我们拿一大块糖走，从此以后再也不走进这个城堡了。”

然而老阿利什卡陷进了果酱里，哆嗦着，可怜巴巴地摇着尾巴，可怜的阿利什卡的尾巴差点儿被吓掉了。小老鼠们随便拿了一个东西撒腿就跑。跑呀跑呀，突然从山上滚下来，坐进了水洼里。独眼鳖正坐在“虾兵”上，赶着虾前进。独眼鳖夹住了老鼠的头。

“拿来，”他说道，“立刻把一半的鼠国给我。”

小老鼠们脸色苍白，全部答应了。独眼鳖看到，没有他的话，小老鼠们该多好啊，于是他把小老鼠们骂了一通，然后放走了他们。现在小老鼠们本该洗洗澡，但是顾不上了。小老鼠们坐在小船上出发了，平安顺利地渡过了小河，进入森林。他们想和山羊说，但山羊正在喂小羊，他们只好用眼神和她打了招呼便走了。大鼻子鸟则从沼泽中大叫：“你们用命担保，要不自己送上门来。”

小老鼠们更加害怕，缩成一团，闭上眼睛，一通乱跑。他们跑呀跑呀，跑呀跑呀，衣服被揪光、啃光，全身光溜溜地跑进洞里，坐下了。他们坐在那里，在小老鼠们自己的洞里，感谢上帝，回到家了。

记忆深处

单妮娜译

人的记忆中总有各种各样的结，生活就囿于这些种种的结，只要人活着，这些结就会伴随一生。据说，弥留之际会回忆一生。这是真的吗？这不是小说文学的一种虚构吗？死亡降临前，什么都记不得，唯有肉体的苦痛。因为死亡只是某种中断，但非终结，须知“终结”一词本来自小说文学。人类记忆的结无源可溯。伟大作家笔下的主题和形象就是无源记忆的鲜明例子。不仅仅是果戈理、托尔斯泰、陀思妥耶夫斯基，还包括我们所有的人：特殊人员或者只是普通员工；常住人员或者是外埠人员；还有那些通过出版社发行自己作品的人和自费出书者；甚至是那些像我一样笔耕不辍却付梓无望的人。我们都曾在某种程度上，按照自己的某种爱好，在一些突发奇想的主题上毫无缘由地发现我们的记忆。谁不知道关于结束只可以在人们创作的小说中谈到呢？记忆中的结伴随着人生道路：突然忆起或者梦见某一件事，睡梦中，不仅仅是混乱的生活、启示或者思想，更是源自心灵深处的回忆。撰写《记忆深处》这篇文章意味着书写出比自己的人生更多的感悟，这篇文章讲述的是我不能忘却什么。

我怎能忘记星期天寺院里低沉的钟声呢？像沉重的银块敲打在红色的扎哈洛夫斯基管道上，在一望无际的圣徒菜地上回响——菜地上有绿色的敞篷温室——声音空灵悠远，传进敞开的窗户里，和柳树枝以及坚硬的橡树栅栏一样，都是用来阻拦梦游者的。

我出生在位于莫斯科市中心的卡伊诺夫石桥附近，我最先看到的，是月光下克里姆林宫的塔楼，最先听到的，是使我为之一震的伊万诺夫钟楼的美妙钟声。但我的记忆始于更晚的时候，是我和妈妈搬到雅兹瓦后，在那里我度过了我的童年，我们住的地方在离莫斯科最古老的修道院——安德罗尼科夫修道院的不远处。夏季周日的清晨，阳光明媚，修道院的金顶闪闪发光，钟声催人前去日祷。在我的房间里，或在雅兹瓦的小路上，都能听到这个钟声。这些小道禁止行人通行，只有来自希特罗夫卡的小猫在那儿睡觉或者漫步，这激起了我某些痛苦的回忆。我听着这一切，所有的声音，就像听歌曲一样。每个人都有一些这样极其熟悉的、勾起回忆的歌曲，而那些被勾起的回忆又显得如此云遮雾罩。记忆中痛苦的感觉令人万分苦闷：感觉自己就是世间的弃儿，我痛苦地期待着有人会告诉我些什么，有人会回应我，有人会了解我。而现在，安德罗尼耶弗寺院正在清理卢布廖夫的壁画，对我来讲一切变得明朗起来。还在早些时候，当我读到《大司祭阿瓦库姆的传记》的时候，我就明白他被锁在安德罗尼耶弗寺院黑暗的仓房里，“离开了人间”。没有任何人到我身边来，只有老鼠和蟑螂，蟋蟀唧唧叫着，还有很多臭虫。就是那个钟声，低沉厚重的钟声，使陀思妥耶夫斯基刻画出了世界文学史上最具血性的形象——母向子请求宽恕。

我想说，我感觉到精神生活的连续性和穿透性；安德烈·卢布廖夫的艺术作品，阿瓦库姆的苦难言论，陀思妥耶夫斯基辛辣的记忆，这是痛楚的转变，母亲深深地一鞠躬，这些在我灵魂的道路上传递，并在星期天的莫斯科古老寺院的钟声中回响，我将这些全部收入囊中。

春天到处郁郁葱葱，一个晚上，邻居家的稠李树开花了，这些白花对我来讲就像巴黎春天的栗子。天完全变黑了，我走出家门，绿色突然都变成了黑色。母亲去做晚祷了，很长时间没有回来，我去接她。我眼睛近视，一直视物不清，可是突然看得很真切：她走走停停，休息一小会儿，再缓慢地挪动！于是我明白了，她走路困难，有一只脚可能不舒服。我急忙迎上去，搀扶着她，相顾无言，我们开始向前走，我感到越来越沉重，我不像是在领着一个人，而像是在抱着一个人。本该几分钟走完的路，我觉得走了一个小时。最终，当我们走进门厅时，她一下子甩掉大衣，她的嘴角隐藏着深深的悲痛！一只手里握着雨伞，另一只手里是我的手杖，她弯着腰，精疲力竭地走进了房间，黑色的泪水从她惊恐而疲惫的眼中流淌出来，看到这一切，我感到心如刀绞。

或者这是我不幸的阴影，我无论如何也摆脱不了这个痛楚。地铁里有个女人，即将下车时起身走向车门，她手里拎着一大包东西妨碍她行走。就在她迈出车厢的那一刻，自动关上的车门夹住了她衣服的下摆。假如不是在列车启动前的一瞬间，邻座迅速掰开了车门，疾驰的列车定会将她掀翻在地，卷入轮下。透过车窗，我匆匆一瞥，看到了那个白色的包裹。看到这个包裹，我仿佛感到阵阵刺痛折磨着我：在那里，我看到痛苦的面容，惊恐而呆滞的双眼，以及粗糙的手指上擦破的皮肤。

痛苦和贫穷，你们是我如影随形的同伴，你们是否还记得咱们第一次相遇是在何时何地呀？

布隆斯基森林近在咫尺，但是要走到那里，你会被晒死！这就是七月的酷暑。旁边身着旧衣裳的女人坐在长椅上。你看不清楚，她是否老态龙钟。她的脸上和手上都充满沧桑感，手里拿着一个包裹和一个破笼子。显而易见，她坐下来不是为了等有轨电车，而只是喘口气。她勉强起身，踉踉跄跄地沿着这条滚烫的道路继续前行。我透过她那双下垂的眼皮洞察到她眼里那条无尽的道路。这就是贫穷，如此之近，肩并肩。我了解她，这样的人不会祈求，在她们的道路上只剩下一块石头。

玛德琳广场就在马路的石台上，你一定会遇到。虽然临近黄昏，但一切都很清晰。寒风肆虐而凛冽，可她仍然坐在那儿，也许她到地方了？她头缠着破布，摇晃着，浑身都在颤抖。实在是寒风彻骨，于是我想：要是我的话，我早就叫喊起来了。但她没有叫喊，她的面颊绯红，就像被热水烫过一样。然后在地铁里，我回家的时候正赶上高峰期，往返两波人，透过人群我看见：他一个人站在那里，没有排队，不着急去哪儿，他也无处可去，天气太冷了！他无事可做，只能孤立无援地、绝望地望着远方！

我也不曾忘记莫斯科圣母升天大教堂里参差不齐的圣咏，单声部合唱，教条主义者，蓝色银边的圣歌罩布，古老的曲调，八月快到圣母安息日时，通宵守夜者点燃的深蓝色安息香燃到黎明。我生来就是这样吗？已经铭刻在我的记忆深处，或者在我还小的时候，古代曲调的方式就已经会不知不觉地进入我的听觉。这个调式传来的不是音乐，而是俄罗斯大地本身的声音。所以这个调式就是我的韵律，也是我的判断。果戈理笔下的词句为我照亮狄康卡之夜，我认出它是俄罗斯大地的和谐之音。

难道我能忘记圣瓦西里大教堂尼古拉·维利柯列茨基旁可活动的石板、侧祭坛，还有墙上的沉重的镣铐吗？我用什么样的眼光去看这些东西？这也是我的镣铐，我自愿戴上它，去世界寻找痛苦。但是有一天，我去红场时不由自主地躲开流血的断头台，突然我停下脚步，头上清楚地传来执事的声音：“铐上手脚，脖子拴上铁链。”

穿越永恒……全世界的恐惧或者普天下的惊恐。无法解开的、无法释怀的结。我经常被无法适应的恐惧包围着。我害怕过马路，我害怕过桥，风把我的帽子吹落在塞纳河，如果是一场大风，就会把我和帽子一起吹走。在纳尔瓦时我们从检疫所被赶往火车站装卸行李，我现在做梦都能梦见纳尔瓦桥！我开始小心翼翼地过马路，我害怕汽车、公交车、有轨电车、叉车和巴黎罕见的马匹。我害怕坐叉车和公交车，当然了，也害怕坐汽车，我觉得，不是车翻了就是车会撞到我；我害怕坐火车，坐地铁，我总是担心会发生事故，所有迎面过来的马匹会用脚掌踢我；飞机上没有任何仪表，我只有在梦里坐飞机，才完全无所畏惧。我常会从睡梦中突然惊醒，疑虑是不是发生了什么事情？是不是着火了？于是我起来检查煤气是否已经关上。即便不发生火灾，我也害怕黑夜：我经常在睡着后突然梦到浅蓝色的星星或者是一个火球在我的脑袋里爆炸，又或者灰色的钢车从我的头上轱辘轱辘地疾驰而过，这梦境使我不寒而栗。而在打雷的天气里，不管是白天还是夜晚，我总是担心闪电会劈中我的房子。我从不吃鱼，我怕让鱼刺卡死，我总觉得所有的食物中都有鱼刺，所以我谢绝一切细小的东西。在剧院和音乐厅我如坐针毡，我总觉得天花板会砸落下来，或是发生火灾。我也从不去电影院。整整两年我不得不住在一家电影院的楼上，请想象一下我的不安和夜晚时的恐惧！我害怕理发店的剃须刀，所以我自己刮胡子，可即使是自己动手，剃须刀锋利的刀片也会使我感到害怕。在街上我怕街道的拐角，在家里怕门后。当我来到农村的时候，又遇到其他一些可怕的东西：我怕狗、牛；我怕蚊子，钻进窗户里的甲虫、蜜蜂、黄蜂、雄蜂以及蝙蝠；所有的活的、移动的、来回穿梭的、大量繁殖的大自然的生物，还有随时可能掉下来砸到我脑袋的东西。冬天我怕冷，秋天怕雨，春天怕感冒，夏天怕雷雨。每天醒来时我总是平静地对自己说，今天是生命的最后一天，而躺下的时候就是我最后一个夜晚。我还是害怕意外死亡——暴卒。我整日整夜都小心翼翼、提心吊胆，我害怕收到信件，恐惧地拆开信封并打开信件。我担心遇见那个约会的人，尤其是害怕在约好的房门附近见面。我不敢去商店，不敢问路，害怕去剧院或赶火车时迟到。我害怕每一个人，无论是陌生人还是熟悉的人。要知道所有的生物对我来说都是可怕的。如果有人无缘无故地打我或者说粗鲁的话，我不知该如何回答，再或者干脆提个问题，而我对一些最简单的问题都感到惊慌失措。在这个世界上，唯一使我感到惊讶的生物是猫科动物，毫不隐瞒地说，它怕我，但只要我们一起生活，哪怕只是一个夏天，到第二年夏天，当我们再次相见时，火红色的小科里不仅不怕我，还跟我如影随形。大概还有一个杰克：它似乎有些怕我，一看见我，它就十分郁闷地跑开了，假如它知道我十分怕狗就好了！当杰克也十分怕我的时候，我们就只剩下两个：危险的世界和恐惧的我。要知道我爱大地，爱花草树木、大海和雷雨；我也爱音乐，爱爵士乐、吉卜赛歌曲。我对人类的痛苦和不幸感到痛心疾首，我可怜动物，我爱惜一切事物，所以在人类的思想，在人们伟大勇敢的行为面前，我感觉自己是一个真正的人。但我就是不能克服自己的恐惧感。蓝色的恐惧折磨着我，我很羡慕鼹鼠，它隐藏在地下并在那里无所畏惧地自由呼吸，那是多么幸福呀！一个幸福的时刻就是从地下倾听暴风雨声，这也是我的记忆节点：我就喜欢海洋上风暴肆虐，漆黑可怕，混乱不堪，黑色的歌声以及黑色的痛苦充斥着我永远不安躁动的心。

我怎能忘记那个夜晚？夕阳西下，在天边洒下一片火红的晚霞。图拉市，就是盛产能工巧匠（列斯科夫给英国的钢跳蚤钉马掌）的图拉市，以出产茶炊、蜜糖饼干、刀具、武器、步枪而久负盛名，还有享誉世界的雅斯纳雅·波良纳庄园（托尔斯泰的故居）。

燥热的白天过后，天气变得闷热，就像风一样把我们这些愚昧无知的人赶往火车站，让我们去莫斯科。我们在站台尽头那个被押送队围住的水泵附近等火车。这一天，到处是满怀好奇心的人看着我们。我站在一旁仔细观察这些人的面孔，我觉得他们长得很像。我觉得他们的眼神很紧张，这应该是因为我们所有人都有一双忧愁的眼睛。班长是一个惯偷，他张罗茶水，在路上我们用铜币换来一些吃的东西，还有锁形小白面包。

我的眼前清楚地呈现出路上的见闻。当我不得不听到叮叮当当的镣铐声时，我知道我在想什么。但我不知道，那些正在送我们前往悲伤失落的路途的，备受痛苦贫困折磨的人们在想什么，或者这是一种迫不得已。令人痛苦的是，叮叮当当的声音表明你替所有人承担的罪过。我仍然看见戴黑色头巾的，也许是失去儿子的母亲，抑或是失去自己儿孙的祖母，如何在自己的胸前画个十字，默默地把戈比塞到我的一只大手里，我是如何用我的大手紧紧地攥着滚热的、唯一的，也许是最后的一枚硬币。我还看见从灯火通明的房子里铺着的漂亮地毯上一个接着一个跑下来的人们，还有感觉从火红色的天窗里爬出来的像幽灵一般的人们。从他们脏嘴里冒出不堪入耳的骂人话还夹杂着可怜的字眼“亲爱的”中，我突然感到自由，我从来没有见过夕阳西下时天边洒下的一片火红晚霞，我的手和同路人铐在一起，我的同路人比我高出一个头。

左撇子烧了开水，这么大的一个茶壶，在铁皮茶壶里沏完茶就开始发面包。这时我看见一个十二岁左右的男孩，我为什么以前没有注意到他呢？瘦瘦的，穿着一件灰色的、沾满尘土的短外衣，他胆怯地握着杯子和面包。或者赶我们去火车站的时候，他害怕了？于是大家都开始注意到他，可以看出他很饿。不仅仅是因为他的吃相，而是因为大家催他自我介绍时，他说话的声音吸引了大家的注意。我感觉到，不光是我一个人，所有的人都觉得他像一道光照亮我们这群被押解的人员。他好像对什么事情都感到非常高兴，迫不及待地讲了起来，就像冰河解冻的声音，这只有在长时间保持沉默又被驱逐的人突然出现在静静的人群中，才会有的说话的模样。他的声音自带光环：有一种信息还有某种记忆。这种光环越来越深地渗入我的灵魂，他说的那些最普通的话语使我感到心痛。他的表达有一些混乱，讲了他饱读爱尔兰裔美国作家托马斯·梅恩·里德和法国著名科学幻想小说家儒勒·凡尔纳的作品之后，如何逃离庇护所去美国寻求冒险，以及他如何被抓住并且现在被赶往莫斯科！

人的生命一文不值！那个时候我完全明白了，不由得暗自问自己：多么残酷的手会写出这项法律，以及多么铁石心肠的人会来执行这项法律？

明天我们要顶着炎炎烈日坐火车去有很多钟的莫斯科，我将从窗栅首先看到拉果什墓地，白色的安德莱耶夫塔楼墙和多层的白色钟楼，另一侧是古荣红砖烟囱，然后我们过桥，再过一个大土堆，我要在房子后面寻找扎哈洛夫斯基工厂，带花园的巴鲁雅拉夫斯基小胡同。明天库尔斯克火车站将排成一队人墙，最前面的是服苦役的人，跟在他们后面的是流放到西伯利亚的人，在他们后面的是一群戴着叮当作响的镣铐、将要被羁押到莫斯科的人，马车夫、装卸工人、货物、铁、棉花、货摊、叫卖小贩、叮当响的四轮轻便马车以及断断续续的吵嚷声，穿过花园，经由苏哈列夫卡、萨玛杰卡、斯洛博茨科伊到达布特尔监狱。

为什么？谁需要这个？叮叮当当的声音永远也不会让我的内心平息下来，我的内心充满了人类的痛苦和贫穷。

还有记忆中的夜晚，星光灿烂，薄薄的蓝雪晶莹剔透。走出家门，令人叹为观止；回到家，从结上窗花的窗户到白瓷砖上面冒着热气的火炉映着一道白光。莫斯科的冬天是我的第一个记忆。我从来没有像那次在海上，也就是亚历山大·勃洛克逝世十周年纪念日那天感受得如此强烈。记忆像是一位久违的老朋友，我紧张的思想呼唤他出来，我们又见面了。

他告诉我说，我应该孤身一人。我看见自己在莫斯科雅乌扎河的巴鲁雅拉夫斯基大桥附近的那个家里。屋里亮着电灯，就是我在童年见过的那种大的电灯，从窗户到火炉都映着一道白光。在这道白色的月光中，我突然看见了勃洛克。似真似幻地，他微笑着向我伸过一只手。从他的衣着来看，我觉得他经历了漫长的、无尽的道路，并且这条路引领他穿过残酷的冬季。他没有住所，旅行是他生活的组成部分，孤独和沉默是他的命运，所以在过去的十年间这是他第一次看到真正的人。但他只是看着我，根据他温柔的笑容我猜到他再也不会感到痛苦，他无处安身，永远行走在无尽头的路上，严寒不再折磨他，他也不会再感到疲惫——他所有的情感都被燃烧殆尽。于是我想到，燃烧感情，倾吐心事！我还想到，我没弄错，他的灵魂不安，总是令人惊慌，令人担忧，没有情感他就安心了，多么温暖，多么安然！我在勃洛克的作品《天堂与地狱的婚姻》中读道：“如果认知之门被洗刷一新，那么所有的事物呈现在人们面前的将会是其本质，无穷无尽。”然后我就醒了。又看到窗内巨大的月亮，从窗户到火炉映着一道白光，月光显得周围一片宁静，好像整个莫斯科都空无人烟，只有我一个人。我开始觉得害怕。我认为，陌生人走在陌生的土地上会更加害怕！我就走进房间里。一看见充满朝气的人们，我就说我现在看见了勃洛克。

我难道能够忘记那个寒冷的八月的夜晚吗？这是勃洛克去世的日子。我们正坐在像牛一样慢的火车上前往纳尔瓦，这里是中立地带：那一侧是穿着考究、靴子及腰的英军，而这一侧是我们俄罗斯人。我感觉这个红军战士就像一个乞丐。突然我的身后传来一个声音：同志，再见了！

这个声音非常清晰，透着一种激昂的情绪，就像从划破的心脏里迸出来的最后一句话。这最后一句话：俄罗斯！我浑身战栗了一下。我看见红军战士笨拙地从脑后脱下帽子，他转过身来，我永远也无法忘记他那双眼睛，眺望着远方，眼神中充满着绝望和不甘。我认出这个声音，有一天我听见这个声音，在敞开的坟墓上方。

早春的一天，这也是我记忆中一个神秘的结，一只小鸟飞到我们的窗下，在光秃秃的梧桐树上筑了一个巢。每天早上我都向窗外观察。很快整个巴黎就像圣诞树一样，被栗树上白色的烛光装饰一新。而梧桐树上悬挂着坚果般的花朵，幼芽鼓起来了。像是麻雀的灰色小鸟盘旋在枝头。当我第一次近距离看它们的时候，我自己都不知道我为什么这么高兴。然后我明白了，这是一位想着我们的人给我们送来的鸟。要知道这听上去很奇怪：有人想你。根据痛苦的经验我知道，一个人是不能随便想某个人的，想一下的话立刻就会安静下来。相信谣言是最愚蠢的。望着那只鸟，我想，世上的一切是多么奇妙，在这个世界上，陌生的人在陌生的土地上行走时，周围的人互相说谎，互相猜疑。我感觉一定还存在着与我们相连的另一个世界。在那里，有一种另外的没有谎言和猜忌的生活。这只小鸟令我想起了阿瓦库姆大司祭的小母鸡：神造。它是来自另外一个世界的善良和关怀，正因为如此我非常高兴。回想起那只小鸟，我感觉整个世界都变成了另外一个样子，我的心也在慢慢融化。

我记得那个词。这个词是不可避免的，就像这只小鸟突如其来，我已经拜读过列斯科夫的作品。尼古拉·谢苗诺维奇[①]！我很早就想对您说，

① 即列斯科夫，尼古拉·谢苗诺维奇是其比较正式的称呼。——译者注

不是您的正义使我感到震惊，而是在地上种园子的园艺工人。您知道果戈理吗？您曾经说："要知道，果戈理在临终前精神失常了。""您知道他精神失常了吗?""听说过。""但是一切都像他听到的那样应验了，他听到了自己死亡的时刻。"果戈理也正是因为这种"正义"而焚烧掉《死魂灵》的第二部，您的丽莎也反对这种"正义"，而长老帕姆瓦毫不谦恭的态度让我感到震惊，据理力争：别摆弄真理！您说过关于巴比伦的话，巴比伦通天塔，那是从您内心迸发出的狂妄自大，当我第一次听到，就使我立刻顿悟，也改变了我对人们关系的看法，我的排斥，我的恐惧，我的欲望以及对果戈理谜一样的命运的猜测。听见自己死亡的时刻"正午呼唤的声音"，果戈理根据《通信集》中的"真理"决然地理解了全部傲慢言行，评价之后发现了以总督为首的园艺工人们那些所谓的"正人君子"的冷酷无情。他和自己唯一的最后的善良，和跑遍海外的手提箱告别后，就烧掉了所有的手稿，由于身体的痛苦不堪，在生命的最后时刻，我相信，他最后听到在自己的内心对整个魔法世界说的一句解除魔法的话，在妖邪的地方，在美好的地方，在耶路撒冷神圣的土地上徒然等待的话语。

尼古拉·谢苗诺维奇！您的长老帕姆瓦带着自己的真理，就像托尔斯泰的三大长老带着自己纯洁的信仰，就像果戈理带着他那从神奇的银色到最后白色的，最火热尖锐的，在巴比伦上空，在我们唯一的、迷人的、满足于自己真理的世界上空，直到最致命的人与人之间的仇恨。